増補新版

韓国文学の中心にあるもの

斎藤真理子

イースト・プレス

まえがき

朝鮮戦争という戦争を初めて具体的に感じたのは、ソウルに語学留学していた一九九一年の初夏のことだった。たまたま知り合った大学生の女性と、ソウルの古い王宮のそばを歩いていた。その人が私を、自分の知っているカフェに連れていってくれた折ではなかったかと思う。

街路樹のプラタナスがたいへんみごとだったので、そのことを私は口にした。すると彼女が、とてもやわらかい感じで次のように答えてくれた。

「このあたりには六・二五《ユギオ》のとき、ソウル大学病院があって、人がたくさん亡くなったらしいんです。その遺体を埋めたのでここの木が大きく育ったと、両親が言っていた」

「両親」と書いたが、韓国語では「プモニム（父母様）」である。その柔和な響きと、揺れているプラタナスの大きな葉と、ソウル中心部で四十一年前に起きたことと、青々とした空とが重なり、「どうしていいかわからない」という感じに軽く襲われて、その後何を話したか覚えていないが、後になって何度もそのときのことを思い出した。ちなみに、六・二五とは朝鮮戦争が始まった六月二十五日を指す。

そこに本当にソウル大学の病院があったのか、遺体を集積したというのがそこなのか、確かめていない。違うのかもしれない。でも、それが事実かどうかより、「プモニムがそう言っていた」と自然に話してくれた若い人のおかげで、この大都会にある見えない地層を感じたことの方が重要だった。または目の前の風景に突然、奥行きができたことが。

その後、沖縄に住んだときも同じような気配を感じた。地上戦が行われた土地は似ているのだろうかと思った。

私は今、プラタナスの木の来歴を教えてくれたあの人と同年代くらいの作家たちの小説を翻訳している。それを読みながらときどき、街に重なるもう一枚の街を感じることがある。再開発によってソウルの街は変貌し、また、歴史の傷跡は整備されて記念物に収まることが増えた。生々しい歴史の息吹はむしろ、作家たちの言葉の中に生きているのかもしれない。

最近日本で、韓国文学の翻訳・出版が飛躍的に増えている。この現象は、読者の広範でエネルギッシュな支持に支えられたものだ。読者層は多様で、一言ではくくれないが、寄せられる感想を聞くうちに、読書の喜びと同時に、またはそれ以上に、不条理で凶暴で困惑に満ちた世の中を生きていくための具体的な支えとして、大切に読んでくれる人が多いことに気づいた。

一つの文化圏や言語圏の作品を一つにまとめてカテゴライズすることに、意味はないかもしれない。まして「韓国文学はこれこれです」と断定できるわけもない。けれども、韓国で書かれた小説や詩を集中的に読む人々の出現は、ここに、今の日本が求めている何かが塊としてあるようだと思わせた。それが何なのか、小説を読み、また翻訳しながら考えたことをまとめたのが本書である。

現在翻訳されている作品の多くは、一九八七年の民主化後に成人した作家たちのものである。さまざまな規制から自由になった時代に世界じゅうのカルチャーを吸収して育ったこの世代は、上の世代が備えざるをえなかったナショナリズムからも自由で、世界に広汎な読み手を得ている。そしてこの人たちの作品には、「どう生きたらいいのか」という率直な問いかけが、それぞれの方法で躍動している。それが突出していたのが、フェミニズム文学といわれるジャンルだろう。また、ＳＦ作品を見ても、現在の社会と地続きの「今、ここ」の問題に想像力で解を与えたり、到来させたい未来を先取りしてプランを示すようなものが多い。こうした能動性、生命力のようなものの原点を探るためにも、本書は役に立つかもしれない。

現在、韓国と日本の生活水準はほとんど変わらず、抱えている悩みも似た種類のものが多い。だが少し近寄って見れば、植民地にされた経験、朝鮮戦争と南北分断、軍事独裁政権による強権支配と、たどってきた歴史は大きく違う。朝鮮戦争はあくまで「休戦」状態にすぎず、和平がもたらされたわけではない。現在の韓国の文化コンテンツに見られる敏捷で聡明な繊細さは、このような重い歴史をくぐり抜けた足腰に支えられているといってよい。本書では、この足腰部分の解剖図を目指してみた。

私は研究者ではなく、知識と関心が限られているため、この本は文学史でもなく、網羅的な文学案内でもないことを最初にお断りしておきたい。作品の選定には偏りがあり、飛躍も多いが、個人的な経験に基づく読書案内と考えていただければと思う。

全体の構成は、日本で韓国文学への注目が高まった二〇一〇年代後半を起点として、植民地支配が終わる一九四五年までをさかのぼる形となっている。

従って、一九四五年以前の文学については補足的にしか触れていない。日本との関わりでいえばそこが最重要であることはいうまでもない。また、朝鮮民主主義人民共和国（北朝鮮）の文学にも一例しか触れていない。これらはひとえに私の知識不足によるものだ。

できるだけ具体的な作品に触れてほしいと思ったので、おおむね日本語訳が存在する作品を取り上げた（少しの例外はある）。古い本の中には相当に入手困難なものもあるが、図書館を探していただければと思う。また、翻訳という行為は精読するという行為を伴うため、自分が読み込んだ＝翻訳した作品を多く取り上げる結果となったこともお断りしておく。

第6章以降では、同時代の日本の文学作品にも触れている。古い時代の作品に集中したのは私の連想の幅が偏っているからでもあるし、時間を経て評価の定まったものに絞ったからでもある。

取り上げたのは主に小説だが、随所で、無理のない範囲で詩の引用をするように心がけた。韓国は詩が非常に好まれる国である。もしも気になる詩句があったらぜひ本を探して、全体に触れてみてほしい。

一つ大それた希望を言うなら、韓国文学を一つの有用な視点として、自分の生きている世界を俯瞰《ふかん》し、社会や歴史について考える助けにしてもらえたらありがたい。私自身の場合でいえば、この本を書く作業は、自分の子供時代から二十代にあたる冷戦時代を見つめ直すことに近かった。日本の歴史は、朝鮮半島の歴史と対照させて見るときに生々しい奥行きを持つ。この奥行きを意識することは、日本で生きる一人ひとりにとって、必ず役に立つときがある。

例えば、韓国では一九八〇年代後半に民主化を迎えるまでの長い間、表現の自由が保証されていなかった。文学者たちは「反共」という縛りの中で、あの手この手で作品を書いてきた。そのことを「かつての韓国は遅れていて自由がなかった」と考えて済ませるのは、少なくとも文学について考える上ではもったいないことだ。韓国に比べて段違いに自由があったはずの日本でも、天皇・皇室表現をめぐる筆禍事件は起きたし、現在でも「忖度」によって書かれずに終わったり、そもそも無意識の自主規制で言語化されなかったり、作品化につながらない事柄もあるだろう。韓国文学を自分の生きる社会を見るための助けにするとは、このようなことを含む。

なお、本書の初版は二〇二二年七月に刊行された。その後二年と少しの間に、新たに多くの韓国文学が翻訳出版された。増補新版ではその中から注目すべきものを追加すると同時に、初版時に紙幅の関係などで見送った作品にも触れることにした。特に「第7章　朝鮮戦争は韓国文学の背骨である」の章に多くを追補している。

その作業を進めていた二〇二四年十月に、ハン・ガンがアジア人女性として初のノーベル文学賞を受賞した。本書を読めば、ハン・ガンが決して孤立した天才ではなく、韓国文学の豊かな鉱床から生まれた結晶の一つであることがわかっていただけると思う。

海外文学には、それが書かれた地域の人々の思いの蓄積が表れている。隣国でもあり、かつて日本が植民地にした土地でもある韓国の文学は、日本に生きる私たちを最も近くから励まし、また省みさせてくれる存在だ。それを受け止めるための読書案内として、本書を使っていただけたらと思う。

韓国文学の中心にあるもの／目次

第6章 「分断文学」の代表『広場』 157

第7章　朝鮮戦争は韓国文学の背骨である　187

終章 ある日本の小説を読み直しながら 299

ブックデザイン　鈴木成一デザイン室

韓国文学の中心にあるもの

第1章
キム・ジヨンが私たちにくれたもの

『82年生まれ、キム・ジヨン』の降臨

チョ・ナムジュの小説『82年生まれ、キム・ジヨン』の主人公は、タイトルの通り、一九八二年にソウルのとある産婦人科病院で誕生した「キム・ジヨン」という女性である。この名前は、韓国では非常に平凡なものだ。家族は公務員の父と主婦の母、そして二歳年上の姉ウニョンと五歳下の弟（弟の名前は書かれていない）。

弟が生まれると、同居していた祖母は大喜びし、何かとその子ばかりを可愛がる。二人の姉は、そんなものかと思って別に羨ましがりもしない。母は、ひがみもせずに弟の面倒をよく見るいいお姉ちゃんたちだとほめてくれる。ほめられるとなおさら、ひがむわけにいかない。

母は韓国の田舎で生まれ、中学を出るとすぐソウルの小さな縫製工場で働いた経験を持つ。埃がもうもうと舞う環境の悪い工場で一生けんめいお金を稼ぎ、せっせと実家に仕送りした。兄や弟たちを大学に行かせるためである。ときは一九七〇年代、韓国には同じような境遇の娘たちがたくさんいた。

このように、一人の女性の人生を淡々と振り返る内容の本書は、二〇一六年に出版されると、フェミニズム入門書の役割も備えた小説としてどんどん読者を増やし、一三六万部に達するベストセラーとなった。

この本の日本語版（拙訳、筑摩書房。以下『キム・ジヨン』と略）が刊行されたのは、その二年後の二〇一八年十二月である。韓国発のフェミニズム小説として、刊行前から多少の話題にはなっていた。だが、実際に本が世に出てみると、その後の動きは予想をはるかに上回った。目立つ広告を打ったわけでも何でもないのに、SNSなどを通じて読者がどんどん増え、すぐに二刷、三刷が決まり、その熱気は韓国でも報道されるほどだった。そして、一か月経っても二か月経っても勢いは止まらなかった。

その後もこの本は読まれつづけ、二〇二四年五月現在、日本での販売部数は単行本と文庫版を合わせて二十九万部に上る。刊行から約六年経った今、あれは「降臨」といってもおかしくない出来事だったと思い返している。

今にして思えば、二〇一八年という年は、日本のフェミニズムの裾野が広がるような、言い方を変えれば女性たちが怒ってしまうような事件がいろいろ起きた年だった。それまでにも伊藤詩織さんによるレイプ事件の告発や、ツイッターへの「保育園落ちた、日本死ね」という投稿などがきっかけとなって女性たちの怒りは可視化されてきたが、この年の動きは大きかった。

四月には福田淳一財務事務次官のセクハラ発言が週刊誌で報道され、夏になると、東京医科大学をはじめとする医学部不正入試問題が明るみに出た。さまざまな受験の機会に男性受験者が「下駄をはかせてもらっている」という噂は従来からささやかれてきたが、それが事実だと責任者が認めたのは初めてのことだった。平等と信じられていた土台にひびが入り、足元がぐらついた。このようにして、『キム・ジヨン』を翻訳・編集している間にも、本書が読まれる素地はどんどん作られていったのだ。

そして、『キム・ジヨン』が書店に並んですぐの十二月十日、順天堂大学が不正入試に関する謝罪会見を行い、女性受験生らの得点を操作したのは「男子に比べ、女子の方がコミュニケーション能力が高いため」だったと説明した。みんなの怒りは瞬間最大風速に達した。『キム・ジヨン』はその渦中へまっすぐ投下されたという印象を、私は持った。

出版とほぼ同時に、この本を読んだ人たちの意見がＳＮＳの随所からほとばしり出た。その勢いは、えっ、こんなエネルギーが日本のどこに溜まっていたのと思うほどだった。

ある印象深い投稿を記憶している。専業主婦として幼い娘を育てている一人の女性が、ｎｏｔｅに綴ったものだった。そこでは、『キム・ジヨン』の一章を読み終えるころにはもう大泣きしていたこと、高校時代までは「男女平等」を信じていたこと、だが今は子育てでくたくたに疲れ、すきま時間で資格取得のために勉強をしているが、集中して何時間も勉強できるチャンスはめったにないことが綴られ、また、彼女の母や祖母がいかに自分を殺して生きてきたかが振り返られていた。

それに続く何か月間かを思い出すと、詳細な記録をとっておけばよかったと悔やまれる。一万部売れれば御の字といわれる海外文学の本があっという間に部数を伸ばすのと並行して、読者の言葉はなみなみと溢れつづけた。一冊の本はこうして多くの人にすっと浸透していった。まさに、降臨したのである。

キム・ジヨンは何を描いていたか

この小説には、キム・ジヨンが女性として経験した負の体験が綴られているのだが、それは冒頭でも紹介した通り、誕生のときから始まっている。韓国では一家の祖先を祀る儀式が男性から男性にしか受け継がれないため、どうしても男の子を産まなくてはならないというプレッシャーが強い。今はそれも変化したが、一九八二年は男児選好の風潮が最も強く、新生児の男女比が記録をとりはじめて以来最も偏っていたという。著者が主人公を八二年生まれと設定したのは、そのためである。

ジヨンの母は最初の子供が娘だったので、次の出産時には「こんどこそ息子を」と望んでいた。だが、生まれたのは女の子であるジヨンだった。思わず泣いてしまった母を、姑は優しく「大丈夫、次は息子を産めばいい」と慰める。決して「女の子も可愛いじゃないか」と言ってはくれないのだ。だから母は、次の妊娠で出生前に赤ちゃんが女だとわかったときには、中絶手術を選ぶ。

ジヨンは両親にも祖母にもちゃんと愛されている。けれども家族の中に男女による扱いの違いが明らかにあり、二人の娘が小さいころからやっているお手伝いを、弟はしない。

一見「たいしたことない」と見過ごされがちな負の体験が心のどこかに溜まってしまう。

学校に入ると、先生が男女に不公平な扱いをする。高校でバス通学を始めるとたんに痴漢に遭う。ジヨンが大学に入るころには女性の大学進学率もかなり上がっていたが、就職は圧倒的に女性に不利だ。何度も試験に落ちた末にやっと入社した会社でも、女性には、目に見えない厳しい壁が設定されている。

そんな中でもジヨンは広告代理店で一生けんめい仕事をし、結婚し、結婚後も当然働きつづける。しかし出産によって会社を辞めざるをえなくなる。そしてワンオペ育児が直接の引き金となって、精神に変調をきたしていく。

それが隠せなくなったのは、一家で夫の実家に里帰りしたときだった。ジヨンが姑に向かっていきなり、「お宅の娘さんが帰省してるんだったら、うちの子だって里帰りさせてくださいよ」と言い出したのだ。その声や口調は、ジヨンの実母にそっくりである。それ以前にもジヨンは突然、夫婦の共通の知人である女性そっくりの口調で話しはじめたことがあった。その人はジヨンがとても慕っていた大学時代の先輩で、二人目の子供の出産の際に羊水塞栓症で亡くなっていたのである。どうやらジヨンは、自分にとって大切な、そして言いたいことを言えなかった女性に憑依《ひょうい》されるようになったらしいのだ。

本人も気づかないうちに、鬱屈はマックス値に達していたらしい。赤ん坊を連れて散歩に出た公園でコーヒーを飲んでいたところ、近くにいた会社員風の若い人たちに「ママ虫」

と陰口をたたかれたことでジョンは限界を迎えてしまう。「ママ虫」とは、子供を保育園に預けて遊びまわる不届きな母親に投げつけられるネットスラングだ。

「死ぬほど痛い思いをして赤ちゃん産んで、私の生活も、仕事も、夢も捨てて、自分の人生や私自身のことはほったらかして子どもを育ててるのに、虫だって。害虫なんだって。私、どうすればいい？」

夫にそう訴えてジヨンは泣き出す。小説は、その後訪れた精神科の病院で、医師がジヨンに聞き取りをして作成したカルテという形式を取っている。

みんなの思いが引き出されていく

日本での『キム・ジヨン』の広がり方は、驚きという他はなかった。日本の読者が韓国の小説を熱心に読む。しかも、それによって自分の言葉や自分の物語が引き出される。八〇年代から韓国文学を読んできた私にとって、それは目を疑うような光景だった。

ここで、日本における韓国文学受容の流れを簡単に整理しておこう。

大ざっぱに言って、朝鮮半島の文学に日本の一般の読者たちがとりたてて大きな関心を抱いたことはほぼ、なかったと言ってよい。朝鮮半島が日本の植民地にされていた時代はもちろん、その後も同様だ。

言い添えておくが、最初は在日コリアンの人々の手によって、七〇年代からは日本の研究者・翻訳者・市民たちの努力も加わって、朝鮮半島の文学の翻訳紹介は営々と続けられてきた。まだ手薄な部分はあるが、今までに、文学史上重要な作品のかなりの部分は出版され、熱心な読み手たちに受容されてきた。

五〇年代から六〇年代中盤にかけては、朝鮮民主主義人民共和国（北朝鮮）の小説や詩が知識人や進歩的な市民たちの間で読まれた。対して、大韓民国の文学が読まれる機会は非常に少なかった（例外としては六〇年代に、朝鮮戦争後の困難な時代に貧困の中で必死に生きる少年、李潤福《イユンボク》が記した『ユンボギの日記』［塚本勲訳、太平出版社。二〇〇六年に評言社より完訳版が刊行］が、児童文学として異例のセールスを記録したことがある）。

七〇年代になると、軍事独裁政権と闘う詩人金芝河《キムジハ》が話題になり、多数の本が出版された。その後、朝鮮戦争を少年の視点で書いた尹興吉《ユンフンギル》の『長雨』（姜舜訳、東京新聞出版局）が、中上健次の強力な推薦によってヒットしたこともある。そうしたヒットをはさみながら、韓国文学黎明期の名作から最新のベストセラーまで、さまざまな文学が紹介されてきたし、二〇〇〇年代の韓流ドラマブームの後は、ドラマの原作がよく読まれた。

二〇一〇年代に入ると、韓国の民主化以降に成人を迎えた新しい世代の作家が多数紹介されるようになった。中でも、二〇一一年に「新しい韓国の文学」シリーズの一冊目として出版されたハン・ガンの『菜食主義者』（きむ ふな訳、クオン）が、一六年にアジア人作家として初のブッカー国際賞を受賞したこと、そしてパク・ミンギュの『カステラ』（ヒョン・ジェフン＋斎藤真理子訳、クレイン）が二〇一五年に第一回日本翻訳大賞を受賞したことは、海外文学の愛好者に韓国文学を強く印象づけるきっかけとなった。

しかし『82年生まれ、キム・ジヨン』は、特に文学好きでもなく、そもそもあまり本を読まないという若い読者たちにも強く働きかけた。韓国文学が日本の読み手に、集団的に、これほど深く食い込んだことはなかっただろう。

もしかして今、読者は韓国文学から何かを、自分の問題として、学んでいるのだろうか？いささか慌てながら、当時の私は自問した。そして、まさにその通りだったのだと今は思う。

『キム・ジヨン』は、女性の生き方を真っ正面からテーマにした小説だ。もちろん今の時代、フェミニズムをまったく意識しない文学者はいないだろうし、自分自身のジェンダー感覚を問い返さずに作品が書ける時代ではない。だが、ここまでストレートな書き方をする作家は、日本では少ない。

「顔のない」主人公

『キム・ジヨン』は、社会に存在するジェンダー不平等を可視化させるという明確な目的を持った、コンセプチュアルな小説である。ノンフィクションの手法をとってもおかしくない内容だが、あくまで物語としての体裁を備えていたことが成功の鍵だった。そのためには主人公像の設定が決め手となる。

ジヨンは、決して個性の強い主人公ではない。この人物は、「普通」「平均」を目指して作られた、きわめて人工的なキャラクターである。そもそも「キム・ジヨン」という命名からしてそうなのだ。韓国で最も多い姓は「キム」であり、「ジヨン」は一九八二年生まれの女児に最も多くつけられた名前である。だからキム・ジヨンは、八二年生まれの女性の中で最もありふれた人ということになる。著者のチョ・ナムジュはもともとドキュメンタリー番組を手がける構成作家であり、リサーチを通して人物像を作るすべにたけていた。その手腕を発揮したのがキム・ジヨンという透明なキャラクターなのである。

だからキム・ジヨンは、女性解放運動の闘士でもないし、突出した能力を持っているわけでもない。すべてにおいて中の上あたり、「普通」と言い切ると少々語弊があるが、決して超エリートや、一握りの恵まれた人ではない。一方で、特別に貧乏だったり不遇な家庭の出身でもない。性格は、現代韓国の女性としては自己主張が薄い方で、あまりはっきり意思を表明しないタイプといえる。だが、突出して内向的だというわけでもない。

つまり、キム・ジヨンにははっきりした「顔」がない。これは、小説の中にジヨンの外見描写がほとんどないこととも整合性がとれている。ジヨンに顔がないのは、彼女が経験した女性としての失望や悲しみは個性や性格のせいではなく、社会システムに起因するものだということを訴えるためだ。こうした明確なコンセプトのもとでニュートラルなキャラクターを打ち出した上、文章にもあまり心理描写がないので、読者はたやすく物語に入っていくことができ、何にも邪魔されずにキム・ジヨンに自分を投影することができる。日本語版の表紙（榎本マリコ装画、名久井直子装丁）がそこをとてもうまく視覚化している。女性の顔の部分がくり抜かれて風景が映り込んでいる。実は、原書の表紙も女性の後ろ姿と長い影法師のイラストで、やはり「顔のない」本であることが際立っている。

ジヨンの経験の多くは、読者たちにも覚えのあることだ。日本では特に、自分自身が封印してきた嫌な思い出、例えば不当に扱われたのに一言も反論できなかった体験などを思い出して泣いてしまったという声が多く聞かれた。私も講演などの際に、「今まで、うまくいかないのは自分の性格や努力不足のせいだと思ってきたけれど、『キム・ジヨン』を読んで、社会の側に原因があったとわかった」「これを読んで自分を肯定する気持ちが生まれた」といったことを、ときには涙ぐみながら話してくれる方に何度も会ったことがある。

今思えば、この本は一種の「フェミニズム養成めがね」だったのかもしれない。これを身につけて自分の歩みを振り返ると、個人的な嫌な思い出と思ってきたことに個人を超えた理由があるとわかり、自分が社会的な存在であることが見えてくる。自分も当事者なのだという認識を読者にもたらしたことの意味は大きい。こうした気持ちは「これから大人になっていく日本の女の子たちにこんな思いをしてほしくない」「こんな社会は変えなくてはならない」という気持ちにつながっただろう。

だから、日本の読者はまさしく『キム・ジヨン』に学んだのだ。読むと、自分のことだけでなく母のこと、祖母のことを思い出すと語ってくれたのは、女性たちだけではなかった。このように、自分につながる女性たちの歴史を振り返るためのツールとして、韓国の小説はまことにちょうどいい弾力を持っていたのだと思う。その壁に「思い」をぶつけてみると、手ごたえのある「考え」がはね返ってくる。それは、あらかじめ想像がついてしまう日本の物語にも、文化的背景が大きく異なる欧米諸国や南米、アフリカ大陸などの物語にもできないことだ。似ていて違う韓国の文化だからこそ、それが可能になったのではないだろうか。

キム・ジヨン以前のフェミニズム文学のベストセラー

韓国におけるフェミニズムの躍進ぶりは目覚ましかった。特に、二〇一六年に起きた「江南《カンナム》女性殺人事件」への敏速な抗議行動、また#Me too運動の広汎な盛り上がりは一時代を画した。

江南女性殺人事件は、ソウル有数の繁華街である江南駅周辺の雑居ビルのトイレで、二十代の女性が面識のない男性に殺害された事件。犯人は男性の利用客を何人も見送った後で被害者を襲っており、「女性たちが自分を無視するからやった」などと供述したことから、ミソジニー（女性嫌悪）殺人と呼ばれた。事件後、江南駅の最寄りの出口にメッセージを書いた付箋を貼り、白菊の花を手向けるという追悼行動が爆発的に広がった。参加者の多くは被害者と同年代の女性で、身をもって感じた恐怖と怒りを即座に行動に移した。

また、韓国の #Me too 運動は二〇一八年に検察庁を舞台として始まったが、文学界にも「文壇 #Me too」と呼ばれる動きが広がった。民主化運動の立役者でもあり、ノーベル賞の受賞への期待で毎年話題に上っていた詩人の高銀《コウン》が、セクシャルハラスメントを告発されて失脚した。これらの動きは、一六年から一七年にかけて高まっていた朴槿恵《パククネ》大統領弾劾の動きと同じ流れにあるものだった。

作家たちもさまざまなフェミニズム文学を生み出してきたが、『キム・ジヨン』はその裾野を広げる上で最も貢献したといっていいだろう。

ところで、『キム・ジヨン』は忽然と現れたわけではない。それ以前にも韓国で、女性の生き方を真っ正面から書いたベストセラーが生まれたことがあった。一九八五年に出た朴婉緒《パクワンソ》の『結婚』（中野宣子訳、学芸省林）と、九三年に出た孔枝泳《コンジヨン》の『サイの角のようにひとりで行け』（石坂浩一訳、新幹社）である。この二冊を参照して『キム・ジヨン』の位置づけを考えてみよう。

過去に書かれたこの二冊の主人公たちは、キム・ジヨンに比べ、才気にあふれ意志の強い個性的な女性たちだ。従来から韓流ドラマに出てくるのはこのタイプの人の方が多かっただろう。

『結婚』は、韓国が民主化される前、全斗煥《チョンドゥファン》の独裁政権時代の小説だ。政治的な自由のない厳しい時代だったが、一方で、韓国経済が急速に成長して中産階級が育ち、市民の意識が刷新されつつある時期でもあった。

著者の朴婉緒は、「長老」という呼称がぴったりの、特筆すべき女性作家である。『結婚』執筆当時は五十代だった。極上のストーリーテラーとして韓国人の生活と意識を生き生きと描き、男性社会である文壇で長く尊敬と信頼を集め、読者にも後輩の作家たちにも愛された。

『結婚』は、当初「揺れる結婚」というタイトルで一九八四年に女性雑誌に連載され、翌年単行本になるときに『立っている女』に改められた。朴婉緒は、子育てを終えた三十九歳のとき、女性雑誌への投稿によって作家になった人で、本作は最も親しみのある読者に向けてホームグラウンドから放たれた作品といえるだろう。この本の執筆は、作家自身にとっても、変化しつつある新世代の恋愛・結婚事情を考察するための作業として重要なものだった。「（結婚が）神聖なものであるなら、どうしてそれを守る責任を妻にだけ負わせるのか」とあとがきに記されていることからも、それがわかる。

『結婚』の主人公ヨンジは才気煥発な大学教授の娘で、一流大学を出て雑誌社で働いている。そして、文化資産のない地方の家庭で育った同級生との「格差婚」に踏み切る。それは一種の契約結婚のようなもので、妻が働き、夫が家事をしながら大学院へ通うという、当時としては画期的なものだった。

二人は元気いっぱいで新生活をスタートさせるが、結果は大失敗に終わる。実際に一緒に生活してみると、強固な家父長制の原理は健在で、さまざまな局面で夫が男のプライドを捨てないためトラブルが絶えず、それがどんどん深刻化する。あげくの果てに夫が浮気をし、ヨンジは激しく傷つく。しかし自分の側にも、格下の相手と結婚して人生を自分本位にリードしたいというあざとさがあったと認め、夫に「殴られてやる」という形で破局を受け入れる。

たいへん意欲的な作品だったが、実は連載中、この小説には読者からの苦情や意見がかなり寄せられたそうで、結局、ヨンジという女性像が新しすぎたという現実を示すにとどまった。あとがきには、「結婚という制度はどんなに波風が立とうと辛抱しなければならず、必ずハッピーエンドに終わらなければならないとする読者の強烈な願いは、私には非常な圧力となった」という著者の言葉が記されている（とはいえ著者は結局、読者の期待を裏切ってヨンジの結婚を失敗に終わらせるのだが）。

それから約十年後の一九九三年、『サイの角のようにひとりで行け』（以下『サイの角』と略）が発表され、六十五万部を超えるベストセラーとなり、映画化もされた。著者の孔枝泳は六三年生まれ、八〇年代の民主化闘争の中で大学生活を送り、その時代を舞台として三人の女性の群像ドラマを描いた。

『結婚』と『サイの角』の間に韓国は民主化を迎え、社会は大きく変化した。しかし変わらないものがあった。女性の地位である。『サイの角』の主人公たちは学生時代、勉学でも闘争でも恋愛でも男性と対等だった。しかし卒業するや否や男社会の冷たさを思い知る。三人のうち一人は、離婚がまだ珍しかった時代に離婚したため後ろ指をさされ、一人は自分の感情を殺してセックスレスの仮面夫婦生活を続けている。もう一人は夫婦ともども映画界を目指していたが、妻の書いたシナリオを自作と称して映画を撮った夫が賞をもらって監督になり、成功したのに対し、妻は鬱屈して精神状態を崩したあげく、最悪の結果を迎える。

『結婚』もそうなのだが、この小説では男性が女性をひっきりなしに殴るので、実に憂鬱な気持ちにさせられる。最近、孔枝泳自身が、この小説を書いていたころ自分も実際にパートナーにしょっちゅう殴られていたことをインタビューで明かしていた。

『サイの角』は、韓国文学史の中で「後日談文学」と呼ばれるものに属している。これは、九〇年代に、かつて民主化闘争に積極的に参加した人々が、一応の民主化を果たした後に味わった虚脱感や、目的を失った感覚を描いた作品のことだ。孔枝泳と同年代で、『離れ部屋』（安宇植訳、集英社）などのベストセラーを残した申京淑《シンギョンスク》などが代表的な作家とされる。『サイの角』は、女性たちの後日談は男性よりさらに悲痛だという印象を残した。

この二作に共通するのは、夫婦が敵どうしとして描かれている点である。それまでにももちろん、結婚の失敗による女の悲運はたびたび描かれてきた。だがそれを、男女の対決構造として物語の主軸に据えることは斬新だったのではないか。

その背景には、韓国の経済的発展と生活水準の上昇があっただろう。植民地支配、朝鮮戦争と南北分断という過酷な歴史を経験し、軍事独裁政権による人権弾圧、また貧困が大問題だった時代には、粗暴な夫に虐げられた妻の言い分など遠景に行ってしまい、まして、結婚しても自分らしく生きたいという『結婚』のヨンジの主張など、贅沢な娘の世迷い言として顧みられなかっただろう。

『結婚』が婦人雑誌に掲載されたという事実は、八〇年代当時、結婚制度の不自由さに対する女性からの異議申し立てがようやく可能になりつつあったことを意味するのだろう。ヨンジは結局負けてしまうが、一人で再出発を誓うという爽やかな負けっぷりを見せ、読後感に救いがあった。先にも書いたが、この小説が単行本になる際に『立っている女』というタイトルに変更されたのは、女性の自立が大きなテーマだった当時の世界的風潮と無縁ではない。全体として、ヨンジの負け方は生産的だった。

それに比べると『サイの角』の女性たちの負け方は、はるかに無残である。十年経って社会全体は豊かに、民主的になったはずなのに、高い教育を受けた女性たちがなぜこんなに満身創痍の負け方をしなくてはならないのか。だが、その落差こそが韓国の現実だというのが、一九九三年当時に著者が訴えたいことだったのだろう。

大韓民国を支える男女の契約、徴兵制

これらと比べてみると、『キム・ジヨン』では、夫婦が敵同士として描かれていないことが一目瞭然だ。

ジヨンの夫は暴力を振るったり大声を出したりしない。やや鈍感な性格として描かれてはいるが、基本的には妻を理解し、助けたいと願っている。これもまた作者チョ・ナムジュの戦略である。もし夫が性格の悪いパワハラ男だったら、キム・ジヨンの不幸は男運の悪さで説明されてしまうからだ。著者が訴えたいのは、どんなに家族に恵まれていても社会のシステムに問題がある限り、個人の性格や努力だけで解決はできないという点だからである。

『サイの角』が書かれた一九九〇年代以降、韓国では男女平等実現のための多くの法的・行政的改革が行われてきた。金大中《キムデジュン》政権の時代に「女性家族部」という省庁が発足し、保育の無償化、出産奨励金など、女性の社会進出のための施策も実行された。二〇〇五年に民法が改正されて「戸主制」が廃止された意味も大きい。家父長制の大本が法的に否定されたのだ。また、大学進学率ではかなり早いうちに女性が男性を抜いたのも特筆すべきことだった。

だが、そのように「社会」が変わっても、「世間」には容易には変わらない部分がある。

さらに、女性の側が底上げされるほど、男性の不公平感がつのってきた。そこには、韓国という国家の存立基盤に関わる理由がある。兵役の問題だ。

韓国では男性全員に、憲法で決められた兵役の義務がある。良心的兵役拒否者は少なく、そのほとんどがエホバの証人の信者だといわれる。誰もが軍隊に行きたくはないだろうが、男性なら二年近い年月を軍隊に捧げねばならず、そこで耐えに耐え、暴力も受け入れてやっと一人前という一種の通過儀礼が長らく続いてきた。除隊後八年間は「予備軍」という身分に属し、年に一度の訓練に参加しなくてはならないし、その後も四十歳まで「民防衛隊」の一員として国防を担う。

それが当たり前の韓国と、ないのが当たり前の日本とでは前提が違いすぎる。実は『キム・ジヨン』の日本語版を出すにあたって最も心配したのはこの点だった。そこで、ジャーナリストで友人の伊東順子氏にそこを踏まえた詳細な解説を書いてもらった。実際、この解説なしではこの物語を理解することは難しかったと思う。

伊東氏はそこで、現在の韓国社会における女性嫌悪の根源に、一九九九年末に下された「軍服務加算点制」への違憲判決があることを指摘してくれた。もともと、軍での服務を終えた人には公務員採用試験などで加算点が与えられていたのだが、それが「女性や障害者などの権利を侵害する」ものとして退けられたのだ。この措置への反発が、「女はずるい」

という根強い意見につながっている。「軍隊で苦労して、さらに同年齢の女性よりも二年遅れて社会に出なければならないのは、現実の競争社会では凄まじいハンディ」と伊東氏が書いている通りだ。

このように、大韓民国の男と女の間には、大きな一つの契約が存在してきた。それは、全男性が全女性と子供、老人、弱者を共産主義の脅威から守り、全女性はそれを全力でサポートする、というものだ。

日本よりずっと苛酷な歴史の中で、韓国の男女は、このような「大きな物語」を共有してきた。そして民主化後、社会が洗練され、さまざまな施策によってジェンダー平等が徐々に実現されればされるほど、根底にある物語の土台がむき出しになってきたのである。『キム・ジヨン』は、その土台に匕首《あいくち》をつきつけている。だからこそ、この小説は勇気ある作品だったし、だからこそ、強く支持されるとともに激しいバッシングも受けた。

冷戦構造の置き土産

例えば、K-POPアイドルでレッドベルベットのメンバーであるアイリーンは、ファンミーティングでこの本を読んだと言っただけで激しくバッシングされた。また、日本語版が出版された直後、Amazonの本書のレビュー欄には、明らかに韓国語話者とわかる、男性と見られる人たちの書き込みで「こんな悪い本を輸出してしまって、日本の皆さん、ごめんなさい」といった批判的内容のレビューが立て続けに投稿された。それに対して、「韓国のろくでもない男が変な書き込みをしているが、それこそが本書の意義を証明するものだ」といった投稿が続いた。こちらはどう見ても女性たちの投稿と思われた。リアルタイムでその模様を追いながら、『キム・ジヨン』をめぐる韓国の男女対立が国境を越えてきたことに、ちょっとくらくらしたことを覚えている。こんなにもこの本は目の敵にされるのか。

その陰に、兵役の存在があることは明らかだ。

別の小説を見てみよう。一九六八年生まれのパク・ミンギュは短編「ビーチボーイズ」(『ダブル　サイドB』拙訳、筑摩書房所収)の中で、入隊を目前にした少年たちの会話を書いている。一人の少年が「アラブ人も軍隊に行くのかな?　ヨーロッパ人は?」と聞くと、もう一人が「俺たちぐらいなんだよ軍隊行くの」と答える。実際、冷戦構造の崩壊後、さまざまな国で徴兵制は緩やかに崩れた。現在、徴兵制を布いている国は六十数か国、世界全体の三分の一程度である。軍服務が志願制になれば、多くのことが変わらざるをえないだろうが、当面の南北関係がそれを許さないだろう。一方、日本では、『キム・ジヨン』への男性読者からの反感はほぼ聞こえてこなかった。むしろ、「これは男こそ読むべき本だ」という感想の数々が、男性から寄せられたほどだ。

日本では戦後、男たちが自分の意志と関係なく兵士にされることはなくなった。国家の安全保障は男が担うから女はがまんしろというのが韓国なら、アメリカの核の傘の下で安保は自衛隊に任せ、基地のほとんどを沖縄に押しつけ、男女そろって無関心でも生きてこられたのが、日本である。そして自衛隊の誕生は、第7章で触れるが、朝鮮戦争と深い関わりがある。

ところで、二〇二〇年のコロナ禍の中で、ドラマ『愛の不時着』がよく話題になった。北朝鮮の大尉と韓国の起業家とのラブストーリーで、物語の発端は、女性起業家がパラグライダーに乗っていて軍事境界線を越え、北朝鮮に不時着してしまい、それを大尉が救助するというもの。どこから見ても徹底したファンタジーである。韓国ではそんなに大きなブームにもならなかったようだが、日本では大ヒットした。それはソン・イェジン演ずるヒロインの魅力に負うところが大きかったと思うが、同時に、ヒョンビンの軍服姿が素敵なものとして眺められていることに、不思議な気分を味わった。韓国のエンターテイメント界には、「北の軍人」という表象を「憎むべき敵」から「対話可能な一人の人間」へと転換させてきた試行錯誤の蓄積がある。だが、その前提が日本には伝わっていない。だから、「一人の人間」がさらに「王子様」に変貌したとき、韓国と日本とで、このファンタジーを見つめる目に差が出ることはやむをえない。とはいってもやはりその様子は不思議に見えた。だが、そもそも日本のドラマ視聴者は、軍服を見慣れていないのだ。

考えてみれば、日本のドラマに「軍人もの」は存在しない。映画になるのは過去の日本軍だけで、自衛隊や防衛大学がドラマの背景になることがないわけではないが、あまり話題にならない。軍服という表象が生み出す男らしさはアニメの世界には溢れていたが、実際にそれを着たり、着た姿を見たりする経験はほとんどないまま、戦後の日本は歩んできた。もっといえば、そこを白抜きにすることで、企業社会への滅私奉公を可能にさせてきたともいえるだろうが、それでは話が大きくなりすぎるだろうか。

一方、国を奪われた経験を持つ人々にとってはどうだろう。朝鮮王朝が持っていた自前の軍隊は日韓併合前の一九〇七年に日本によって解散させられ、以後、朝鮮人自らが国防を担うことはできなかった。そして四四年になると、兵力需要を満たすために朝鮮半島で初めての徴兵制が布かれる。それは「内鮮一体」実現の一環でもあり、日本軍の兵士になることは栄光に満ちた特権であると宣伝された。

韓国軍は、日本の敗戦後、アメリカ軍政下の一九四六年に作られた南朝鮮国防警備隊が前身であり、四八年の大韓民国成立とともに正式な国家の軍隊となった。その後四九年に兵役法が制定され、徴兵検査が施行されたが、これはアメリカの意向によってすぐに廃止される。韓国軍が北へ侵攻することを恐れたアメリカが、国境警備と国内治安のために必要な十万人の兵力に限定したためである。しかし朝鮮戦争が始まると兵力が不足し、五一年に徴兵制が復活した。休戦協定締結後の五四年には韓国軍は六五万人にまで増えていた。

自前の軍を持つことは、独立国と植民地との最大の違いだ。そこに、ごくわずかの例外を除いて全男性が投入され、軍服を着用して軍人らしくなり、それを女性の全員が目撃する。キム・ジヨンの夫も父も弟も、会社の同僚や上司たちも、男は全員兵役を終えており、全員銃の分解と組立てができる。大韓民国の軍服は「男らしさ」のデフォルトであり、その積み重ねが北朝鮮との対峙を根底で支えてきたのである。

さらに遡るなら、植民地において「男らしさ」とは何かということにも想像が及ぶ。かつて一九三〇年代、時代に先駆けて女性作家・画家として活躍した羅蕙錫《ナヘソク》はこう書いた。「朝鮮の知識階級の男性社会は哀れです。第一舞台の政治方面で道が塞がれ、学んだ知識の使い道がなくなり、あの理論この理論を主張してみたところで社会は理解してくれるわけでもなく（後略）」（「離婚告白状」『近代韓国の「新女性」——羅蕙錫の作品世界』李相福・金華栄・神谷美穂共編訳、渡邊澄子監修、オークラ情報サービス所収）。

羅蕙錫は日本の女子美術大学に留学し、平塚らいてうの『青踏』や与謝野晶子の作品などから強い影響を受けていた。帰国後、朝鮮初の女性作家として、また女性西洋画家として多くの作品を発表し、当時珍しかったヨーロッパへの旅を経験し、啓蒙的な文章もたくさん書いた（『朝鮮女性、初の世界一周記』山田裕子訳、展望社）。彼女の作品には、「女といえども人間なのだ」「私は私であり、自由に生きる」という叫びが溢れている。しかし、植民地という現実の中で女性が解放を求めることには、日本とはまた別の困難が伴った。

植民地支配は、男性を「去勢」する。その鬱屈のはけ口は女性たちに回ってくる。右の文章は、羅蕙錫自身が夫に浮気を疑われて離婚を要求され、納得できないままそれに応じざるをえず、子供も取られてしまったという事情を綴った自伝的小説の一部である。その後彼女は誹謗中傷の中で起伏多い人生をたどり、夫のもとに置いてきた子供に会うこともできず、困窮したまま一九四八年に亡くなった。すっかり忘れられていた羅蕙錫の作品が再評価されたのは、八〇年代後半のことである。

キム・ジヨンのもたらしたもの

「兵役が嫌なら、男性たち自身で兵役拒否運動をすればいい」と若いフェミニストたちは言う。正論である。だが一方で、二〇一九年の調査では、「男性だけが軍隊に入ることは差別」と回答した人が、二十代男性では七二・二パーセントにも上る。

羅蕙錫からキム・ジヨンまで、その間ざっと百年。植民地時代に生まれたジヨンの祖母や、朝鮮戦争からの復興期に生まれたジヨンの母も、この百年をリアルに生きた女性たちだ。この流れをたどって二〇一八年に日本に降臨したキム・ジヨンは、何よりも「社会構造が差別を作り出している」「自分は、その構造によって規制を受けている、当事者そのものだ」という覚醒を、多くの読者にもたらした。私はそこに、個人の中の社会と社会の中の個人を浮き彫りにする韓国文学の底力を感じる。

植民地支配、朝鮮戦争、軍事独裁政権を経験し、国民全体が共有する「大きな物語」を背負ってきた韓国。片や、早期に経済成長を果たし、一九七〇年代には「政治の季節」がいったん終わりを告げた日本においては、個人の物語と社会との関わりが可視化されにくく、そのために多くの女性たちが、生きづらさを自分のせいだと思って胸に封じ込めてきたのかもしれない。

それをこじ開けたのが『82年生まれ、キム・ジヨン』であり、その後あいついで出版された韓国のフェミニズム小説やフェミニズム関連書だったことは、大いに注目すべきだと思う。それは、日本の文化コンテンツは覚醒を促す構造になっていなかったということでもあるのだから。

思えば日本は、韓国よりずっと早く女性の生きやすい社会を実現させたはずだった。それは男女雇用機会均等法をはじめとする法律に落とし込まれ、「男女共同参画」という名前で制度化されたはずだった。だが、その内実が一人ひとりにとってどのようなものだったかを、『キム・ジヨン』は改めて突いたのである。

二二ページで紹介した一人の読者は、『キム・ジヨン』を読んで泣く理由を、「私たちがすでにそれを〝知っている〟からだ」と書いた。すでに知っていたのに可視化されず、言語化されなかった思いが、なぜ一冊の韓国の小説でこんなに強く引き出されたのか？

それはおそらく、キム・ジヨンが水面下のトレーニングによって入念に鍛えられていたからだ。

家父長制、資本主義、そして最後に徴兵制。この最後の項目に対抗するために、小説『キム・ジヨン』はとことん鍛えられていた。兵役をめぐる緊張関係に耐えられるように、キム・ジヨンという人物は四方八方からガードが固められている。例えば、この本では、小説らしからぬ統計数値などのデータが注釈として多用されている。それもまた、軍隊に行かない女はずるいと考える男性からの異論をあらかじめ封ずるための措置であり、このような注が入っても不自然ではないようにという発想から逆算して、医師のカルテというスタイルが選ばれたのである。

守りだけではなく攻めの技法も充実していた。例えば、この章の冒頭でキム・ジヨンの弟の名前が書かれていないことに触れたが、それも一例である。この小説の中で、女性の名前はうるさいほど常にフルネームで書かれているが、男性の名前は一人を除いて明らかではない。これは女性がしばしば「誰々のお母さん」「誰々の奥さん」と呼ばれ、名前を持たないことへの強烈なミラーリングである。

また、夫との出会いと恋愛のプロセスが一切省略されていることもそうだ。

このような水面下の緊張感ある訓練によって、表面は淡々として見えても訴えかける力は強く、だからこそ、ジヨンの立てた波風は思いがけない水圧の高いしぶきとなって、日本の読者に降りかかったといえるだろう。

こうした訓練の結果が、ノンフィクションではなく、読者が主人公の座に自分を代入しうる「物語」として整備されたとき、効果は目覚ましかった。『キム・ジヨン』降臨から振り返って今、あの経験を一言で言うとすれば、「物語の力を見た」ということに尽きる。ちなみに、noteに印象的な読後感を書いてくれた読者はその後、資格を取得し、今はそれを生かして仕事についていると知らせてくれた。

その後韓国では、堕胎罪の廃止や、最悪のサイバー性犯罪を二人の女性から成る「追跡団火花」が調査報道し、犯人の検挙と実刑判決につなげた「n番部屋事件」など、さまざまな成果があった。「n番部屋事件」では一連の法改正が行われた。一方で、二〇二二年に就任した尹錫悦《ユンソンニョル》大統領が、女性家族部の廃止を明言しているなど、バックラッシュの動きも常にある。

日本では、『キム・ジヨン』に続き、さまざまな韓国フェミニズム文学が日本に多く紹介されて読者を獲得してきた。チェ・ウニョン、チョン・セラン、ファン・ジョンウン、カン・ファギル、ミン・ジヒョン、ク・ビョンモ、イ・スラ、そしてSF作品を得意とするチョン・ソヨンやキム・チョヨプ、キム・ボヨンといった女性作家たちの小説は、日本の読者を強くエンパワーする文学として人気を集めつづけている。

今、世界で、フェミニズムと全く無関係に作品を書いている作家はほとんどいないといってよいのではないだろうか。それとともに韓国では、性少数者の生を描く「クィア文学」

も健闘している。一例として、キム・ヘジンの『娘について』（古川綾子訳、亜紀書房）を挙げておく。主人公は六十代のシングルマザーで、懸命に育てた自慢の一人娘がある日、同性の恋人を連れて実家に舞い戻ってくるという物語の発端だ。中産階級の没落、若年層の労働環境の厳しさ、高齢者の尊厳、介護職の現実といった韓日共通の困難が描かれるとともに、なぜ自分は娘がレズビアンであることを受け入れられないのかと考えに考え抜く主人公の姿が圧倒的な存在感を放つ。驚くほどまっすぐに読む人に響く物語の骨は、『キム・ジヨン』とも共通の勁《つよ》さを持っている。その他にもパク・サンヨン、チョ・ウリなど多くの作家たちが性少数者の日常や人生を描き、異性愛前提の社会にさまざまな形で揺さぶりをかけるような作品を生みつづけている。

韓国においては、キリスト教保守勢力を中心に、フェミニストや性少数者など韓国社会に意見の対立を持ち込む存在はすべて北朝鮮の回し者（「従北」という言葉で表される）という見方をする人々が存在するため、当事者たちは、日本とはまた違う厳しい差別の中で奮闘せざるをえない。そんな中でも、クィア文学に特化した出版社が存在し、二〇一八年以降毎年、本書にもたびたび名前が出てくるような作家たちに新作を依頼したアンソロジー『クィア短編選』を刊行するなど、意欲的な試みが続けられている。

第2章

セウォル号以後文学とキャンドル革命

社会の矛盾が一隻の船に集中した

二〇一四年四月十六日、旅客船セウォル号が全羅南道珍島《チョルラナムドチンド》沖で沈没したとき、そこには修学旅行中の高校生三二五人が乗っていた。船が傾きはじめたとき、生徒たちは「タイタニックみたい」などと言い、ふざけてスマホで動画を撮っていた。だが、徐々に傾きはひどくなっていく。

船内放送は「その場を動かずじっとしているように」とくり返すばかりだ。救命胴衣の保管場所を教えてくれる人もなく、生徒たちは自力でそれを探して身につけた。

事故発生からまもなく、メディアは「乗客全員救助」の速報を流し、ニュースを見ていた多くの人はほっとした。だがやがて、それが誤報だったことが明らかになる。現場に駆けつけ、泣いて訴える家族たちの前で、なぜか海洋警察（海上保安庁に該当する）は船に近づこうとさえせず、ボランティアの民間ダイバーたちも海に入れなかった。その後のことを、作家のキム・エランはこう書いている。

今年四月、セウォル号が沈むのを全国民が見た。「聞いた」のでも「読んだ」のでもなく、座って、あるいは立って、リアルタイムで「見た」。毎日毎日、時々刻々、辛い思いで「見た」。朝のニュースで見て、夕方のニュースで見て、インターネットのニュースで見た。結局、「一名」も救助できないのを。関係者たちが責任逃れをし、利害の算段をしている間に、一部だけ顔を出していた船体が海の中に完全に沈んでいくのを「見た」。

——キム・エラン「傾く春、私たちが見たもの」『目の眩んだ者たちの国家』矢島暁子訳、新泉社

セウォル号沈没事故は現在の韓国文学の随所にくっきりとした影を落としている。それは同時代の日本に暮らす私たちに多くのことを教えてくれる。

この事故は単なる海運事故ではなかったし、ただ人災と言ってすませることもできないほど重大な意味を持っていた。先に挙げたキム・エランの文章を読むと、東日本大震災の直後に津波の映像を呆然と見つめ、続いて福島第一原子力発電所の爆発のニュースに接したときのことが思い出される。原発の危険性はわかっていながら手を打てなかった私たちが、故郷を後にする福島の人々を目撃したときの自責の念と無力感を。

この「わかっていたのに、むざむざと」という感覚が、多数の子供たちが亡くなったことでさらに増幅された。この点が、セウォル号事故を語るときの重要ポイントではないかと思う。

セウォル号事故では二九九人が死亡、五人がいまだ行方不明のままである。犠牲者のうち二五〇人が、安山《アンサン》市の公立高校、檀園《ダヌォン》高校の生徒だった。同校の教師十人も犠牲になり、

生き残った副校長は、修学旅行の実施を強く主張した自分に責任があると表明して自殺した。また、捜索関係者からも八人の死者が出ている。

嵐でもなく、船が座礁したわけでもなかった。完全に沈没するまでには五十時間以上あり、普通なら助けられたはずだった。みすみす失われた命に国じゅうが絶句し、喪の空気に浸った。

「何か間違っているとは思っていたけれど、まさかこれほどまでとんでもなく壊れているとは」。作家のペ・ミョンフンは、事故後にこう書いた。彼と同様多くの人が直感的に、セウォル号事故が単なる沈没事故ではないことを知っていた。言論学者のチョン・ギュチャンはそれを「新自由主義の体制矛盾が集中し、凝縮して発生した事件」と呼ぶ。

セウォル号を運航していた船会社は、老朽化した船を日本から買い入れ、そこに違法な改造を施し、より多くの乗客と貨物を積み込めるようにしていた。その結果ひどい過積載が起こり、さらにその固定の仕方にも問題があったため、荷崩れが起きやすくなっていた。過積載に関連して、日常的に書類の偽造が横行していた。

船底に積む「重し」の役割を果たすバラスト水のタンクの一つは空だった。救命ボートは錆びついて使えない状態だった。これら安全面での重大な過失はすべて、規制緩和と不徹底な検査によって見過ごされていた。それまでにセウォル号への警告や制裁が行われたことはない。

また、海洋警察が救助作業をせずに帰ったのは、民営化によって人命救助の任務を私企業に譲り渡したので手出しができなかったためと説明された。乗客の避難誘導をせず、真っ先に逃げ出した船長は非正規雇用で、事故当時操縦していたのは新人の三等航海士だった。

大きくまとめれば、以前からの官民癒着と、一九九〇年代後半以降に始まった新自由主義的な政策が一体となってセウォル号に集中し、高校生たちを道連れにしたのである。

また、この事件のショックは、できごとそのものの重さによるものだけではなかった。事件後、朴槿恵《パククネ》元大統領と連絡が取れなくなった「空白の七時間」事件をはじめ、後から後から政府の不手際と嘘が暴かれ、さらに放言や失言が垂れ流されて遺族を傷つけ、そのたびに世の中が紛糾した。それは言葉の意味が根底から揺らぎ、対話の可能性が根本から疑われるような事態だった。

作家のキム・エランは、事故直後、政府など「上の方」から下りてきたもっともらしい話の数々には、副詞や形容詞、述語や抽象名詞はたくさん使われていたが、その時制は不明で、動詞や主語、固有名詞はほとんどなかったと書いている。「積弊」「責任」といった言葉が盛んに使われたが、話を全部聞いても、誰が何に対してどう責任をとるというのか、わからなかったという。そして、「言葉の一つひとつではなく、文法自体が破壊されてしまった」「ある単語が指す対象とその意味が一致していられず揺らいでいる」という危機を、作家は感じる。これもまた、日本に住む人々が近年たびたび、政治家の言葉の信頼性をめぐって味わってきた失意に似ているだろう。

セウォル号事件は韓国の作家たちに大きな衝撃を与えた。そこには、いったい今後、言葉というものをどのように使っていけばいいのかという自問自答も含まれていただろう。何か月も文章が書けなくなった人も多かった。その時期を経て生み出されたいくつかの作品が、「セウォル号以後文学」と呼ばれている。

止まった時間を描く――キム・エラン「立冬」

キム・エランが二〇一四年冬に発表した短編「立冬」(『外は夏』古川綾子訳、亜紀書房所収)は、その代表といってよい。

「立冬」には、セウォル号そのものが出てくるわけではない。不妊治療を経てやっと生まれた幼い息子を失ったある夫婦の物語だ。息子は四歳だった春に、バックしてきた保育園の車に轢かれて即死した。妻はショックで仕事を辞め、以後、自宅にこもっている。

秋になって、保育園から健康食品の木イチゴエキスが送られてくる。事故によって落ちた評判を挽回するために、園が保護者に配布している粗品だ。自分たちの名前がまだ保護者名簿に残っていたことに妻は腹を立て、返送するつもりでしまっておく。家事を手伝うために来ていた夫の母がそれを見つけて開けようとした瞬間、ふたがはじけ、真っ赤なエキスがキッチンに飛び散って壁を台無しにする。「全部、めちゃくちゃになっちゃったじゃない」と妻は叫ぶ。

その後、木イチゴのエキスが爆発した日の話が二人の間で持ち出されることはなかった。（中略）たまに世間が「時間」と呼んでいる何かが、早送りしたフィルムみたいにかすめていくような気分になった。風景が、季節が、世の中が、自分たち二人を置き去りにして自転しているような。その幅を少しずつ狭めて渦を作り、自分たち家族を呑みこもうとしているように見えた。花が咲いて風が吹く理由も、雪が解けて新芽が顔を出すわけも、全部そのせいだと思っていた。時間が誰かに対して一方的にえこひいきしているようだった。

――キム・エラン「立冬」『外は夏』古川綾子訳、亜紀書房

それから二か月が過ぎた立冬の日の夜中、妻がいきなり、壁紙を張ろうと言い出す。韓国では壁紙は自分の好みのものを自分で張ることが一般的で、それは夫婦の共同作業になる。この作業を通して二人はようやく、お互いの気持ちを確認する。

子供のいない家の中では時間が止まったままだが、気がつくと世の中は立冬を迎えている。その間に、最初は悲しみや弔意を表してきた隣人たちが、よそよそしい態度をとるようになっていった。まるで「いつまで悲しんでいるつもりなのか」と責めるかのように。

そんな思いを反芻しながら壁紙張りをするうちに、夫婦は、壁の下の方に子供が自分で書いた拙い文字の落書きを発見する。気づかないうちに子供はそこまで成長していたのだと、夫婦は初めて知る。

糊がついたままの壁紙を持っているために手を離すこともできず、立ち尽くしたままの夫と、うずくまって泣く妻の描写でこの物語は終わる。二人の間に理解は訪れたが、救いは来ない。お互いの悲しみを認め合うためにもこれだけの時間が必要だったと気づいただけだ。だが、それがなければ、再生はないだろう。

ところで、この短編は『外は夏』という短編集に収められている。「外は夏」とは、セウォル号事故前と後で時間の流れが全く違ってしまったことを示唆している。セウォル号事故は春に起きた。それによって人生が変わってしまい、季節を意識する余裕もなかった人にとって、夏は「外のできごと」にすぎないという暗喩と見てもいいだろうし、それでも確実に時は過ぎ、生きている者は生きていくしかないことを示しているのかもしれない。興味深いのは、『外は夏』には「外は夏」というタイトルの短編が存在しないことだ。

韓国には、このような名づけ方をした短編集がよくある。

作家は通常、ある期間内に発表した作品をまとめて短編集を編むので、一冊の中に二年なり五年なりの時間が流れている。通常は、その中の代表作を本の総タイトルとすることが多いが、韓国では、一作品に一冊を代表させるのではなく、作品群全体を俯瞰して、一冊の中に流れる時間を貫く共通テーマのようなものをタイトルにすることがある。私の見たところでは、その多くが、作家の心境というよりは、その時期の社会のあり方を表しているように感じられ、興味深い。

『外は夏』の場合、共通テーマとなっているのは喪失体験だ。

作家自身はそれを「世の中や他人に対して感じる温度差、時差のせいで／胸に結露や斑点ができてしまう人びとの物語を集めた」と表現している。「立冬」の二人は、関係者を処分し、損害賠償も支払ったのに、これ以上何を望むのかと言いたげな保育園の態度や、「巨大な不幸に感染するとでもいうように自分たちを避け、ひそひそと噂話をする」近隣の人々に傷ついている。

セウォル号事故も同様で、市民の多くが深く悲しんだ一方で、政府の対応を強く批判する遺族の態度を「賠償金目当て」と嘲笑する人々も絶えなかった。遺族たちが特別法の制定を求めて行ったハンストの傍らでわざわざ暴食するという嫌がらせもあった。右翼からの攻撃、インターネット上のヘイト発言もすさまじかった。社会を二分してしまうような雰囲気の中で、作家は肌身に迫る危機を感じながら「立冬」を書いたのだと思う。

キャンドル革命に立ち会う——ファン・ジョンウン『ディディの傘』

一方、ファン・ジョンウンの『ディディの傘』（拙訳、亜紀書房）は、セウォル号事故が韓国社会に及ぼした巨大な影響そのものを個性的な形で描いている。

事故直後のあまりの不手際さ、その後の無策続き、そして「チェ・スンシルゲート」と呼ばれたスキャンダルに至るまで、セウォル号事故は朴槿恵政権を揺るがした。ファン・ジョンウンは、その時期の自分自身の体験と思索を、『ディディの傘』にすべて投入した。

実はファン・ジョンウンは、セウォル号に乗ったことがあった。何年も前に同じ船便を利用して済州島《チェジュド》に行ったことがあり、そのため、事故直後にニュースを見たとき、船の煙突に見覚えがあると思ったそうだ。それは「全員救助」というニュースだったのでホッとしたのだが、それもつかのま、ファン・ジョンウンもまた、「言葉が折れてしまった」という状態に陥る。

そのショックから五年かけて書き上げた『ディディの傘』は、二つの中編から成っている。前半は、恋人をなくした青年の物語「d」、後半は、恋人と一緒に暮らしながら小説を書いているレズビアンの作家の一人称の物語「何も言う必要がない」だ。

シチュエーションも、語り口も、人物の性格もまったく違う二つの話だが、『ディディの傘』は、それらがセウォル号事故をめぐって向き合う形に構成されている。

前半の物語「d」の主人公は、非正規労働者として働く三十代の男性「d」だ。dは、戦争や貧困の中で成長してきた両親のもとで孤独に育つが、小学校の同級生「dd」と再会して初めて愛を知り、一緒に暮らすようになる。しかしその恋人が不慮のバス事故であっけなく死んでしまう。

ddは取るに足りない存在だったから死んだのだ、だから自分も取るに足りない存在なのだと感じたdは、部屋に引きこもる。だが、朝鮮戦争のとき南に避難してきた老婦人や、古い電気街で音響機器修理の仕事をしている老人との交流が、少しずつdを変化させていく。

肉体労働に明け暮れ、音楽に耳を傾け、深い幻滅からほんの少し再生しかけたとき、dはセウォル号事件の遺族たちを意識する。事故後ずっと遺族たちはソウルの光化門にテントを張って座り込み、毎週市民たちの支援デモが行われている。友人と共にその列に合流して歩くとき、「あの人たちは何に抗っているのだ」という思いが湧き上がってくる。それはもしかしたら、「取るに足りなさ」への抵抗なのではないか?

最後の場面で、真空管に手を触れてその熱さに驚き、手を引っ込めるdに、音響機器修理技師の老人は「それはとても熱いのだから、気をつけろ」と声をかける。それが、キャンドル集会に集まった人々の比喩であることはいうまでもない。

一方、後半の「何も言う必要がない」は全く違うスタイルで、働きながら小説を書いている一人の女性が、自分の思索と労働と読書と闘いと生活について縦横無尽に語りながら、韓国の歴史と現在を立体的に描き出していく。

主人公は学生時代に運動に参加して警察に捕まった経験があり、国家権力が女性に対してどう振る舞うかを知っている。同時に、運動内部にあるミソジニーも経験している。また性少数者として常に嘲笑、監視、偏見に身構えながら生きている。ここに描かれているのは、少数者にとって革命とは何かという命題だ。

　主人公とその恋人は毎週粘り強く支援デモに出かけていくが、その中でも少数者の意志は常にこぼれ落ちてしまうことを感じている。『ディディの傘』では、この二つの物語の主人公たちが同じ日の集会に参加したという設定になっている。

　彼らはお互いを知らない。しかし、ある日のデモの現場で彼らが非常に近くまで接近していたことが、注意深く読んでいくとわかってくる。彼らは、最も悲しんでいるセウォル号遺族のいる場所で一瞬しっかりと時空を共にして、すぐに別れていく。そんなミニマムな出会いを描くことで、ファン・ジョンウンは、今後の韓国社会を支える小さな支点を確保しようとしたのではないだろうか。

当事者の前で、寡黙で

キム・エランとファン・ジョンウンのセウォル号以後文学はかなり性格が違うが、俯瞰してみると、それぞれの立場で当事者性を真剣に追求した成果とも見える。

　事件の年にキム・エランが書いたエッセイ「傾く春、私たちが見たもの」には、セウォル号事故より前に、ある労働争議の支援コンサートに参加したときの話が出てくる。それはサンヨン自動車という企業で起きた、非常に長期化した争議である。この争議は世間の関心を集め、多くの作家が支援の立場を表明していた。

キム・エランはこの争議の参加者を支援するためのそのコンサートで、一人の組合員の妻が「いま、あなたを最も絶望させているものは何ですか」という質問に、「私を最も絶望させたのは、もっと努力しなさいという言葉でした」と答えるのを聞いた。

もしかしたら質問者は、参加者たちの闘争意欲を駆り立てるような答えを期待したのかもしれない。キム・エラン自身もこの回答に驚いたが、同時に、その女性が抱えている想像もつかないような巨大な寂しさを初めて感じたという。

セウォル号事故後で死亡したある高校生の母親が、荒れた海に向かって「力のない母さんでごめんね」と叫んだときにも、同じような寒々したものを作家は感じる。そして「誰かの話を『聞く』ということは、単なる受動的な行為にとどまらず、勇気と努力が必要な行為となるだろう」と述べた。それが、言葉の価値が揺らいでしまった後に作家が見出した、新たなスタート地点だったのだと思う。

当事者の語りをどんなに聞いても、その人たちの内部にまで入っていくことができるわけではない。「誰かの苦痛に共感することと不幸を見物することとはまったく違う」。その認識から出発して、じわじわと距離を狭めていった結果が、「立冬」の寡黙さに現れている。

一方でファン・ジョンウンは、セウォル号事故を多くの韓国市民が、つまり非当事者たちがどう受け止めたかを正面から描く。その際に二つの視点が重要となる。一つは、セウォル号に関心を持つ余裕のない者の視点。もう一つはそれを自分の生存の危機として感じながらも、同じ目的で集まった人々の中で強烈な違和感を覚える少数者の視点だ。

キャンドル集会で、ある男性が持っていた「悪女ＯＵＴ」というプラカードに、「何も言う必要がない」の主人公は強い抵抗を感じる。それは朴槿恵を批判するプラカードだが、「悪女」の「女」という文字が赤く塗られていたからだ。

このプラカードを持つ男性は、そこに集まった多くの女性のことは眼中にない。この集会の一体感を主人公は疑い、我々が一丸になっているというのは、「辛い錯覚」だと感じる。しかしその男性もまた、この集団を代表しているわけではない。

続いて主人公は、偶然広場で隣り合った人と「毛糸の手袋についてしまったキャンドルの蠟《ろう》の取り方」といった会話をやりとりしながら、自分にとってのこの広場の意味を再構成する。つまり、集団への幻滅と信頼の両方に足を置いて、両方とも無視しないという立場だ。物語の最終盤で主人公は、革命の熱気が去った後に残るたった一つの食卓を想像する。それは、痛みを伴う大きな変革の中でも日々営まれる生活への信頼でもあり、どんなときにも見過ごされる少数者たちの生存への注意喚起でもある。

『ディディの傘』は、セウォル号事故を通して「他者とともにある」ことの熱と闇を同時に語りつくした、セウォル号以後文学の白眉といえるだろう。

傾いた船を降りて

現在の韓国文学を読んでいると随所に、大人として、自分より若い人への責任をどう果たしたらよいかという生真面目な問いかけが感じられる。それが最もはっきり現れているのが、セウォル号以後文学かもしれない。

徐々に傾き、子供たちを道連れにして沈んだ船は、国家の傾き具合を明瞭に示した。その船の肖像をパク・ミンギュは、次のように描く。

日本が三十六年間運航してきた船だった。私たちが自力で購入した船ではなかった。一種の戦利品だった。戦勝国の米国は、軍政を通じて船のバラスト水を調節し、船の管理は、以前から操舵室と機関室で働いてきた船員たちに任された。あるとき、彼らは勝手に片方のバラストバルブを開けてみた。バラスト水を減らせば減らすほど、船に積み込める貨物の量は増えた。積んで、積んで、さらに積んで……私たちはそれを奇跡だと思った。船はいつも統制され管理されてきた。二階の客室から三階の客室へ、そして四階の客室へと上がる階段はいつも狭くてぎゅうぎゅうだった。混雑する通路で、あるいは廊下で、私たちはいつも放送を聞いた。もっと豊かに生きよう、やればできるという放送だった。上にのぼるため、一つでも上の階に上がるために私たちは努力した。発展と繁栄は宗教になり、どうしてこんなに船が傾いているの？　と疑問の声をあげれば、従北という名の異端に追い込まれなければならなかった。私たちは、生まれながらに傾いていなければならなかった国民だ。傾いた船で生涯を過ごしてきた人間にとって、

この傾きは

安定したものだった。

――パク・ミンギュ「目の眩んだ者たちの国家」『目の眩んだ者たちの国家』矢島暁子訳、新泉社

ここではセウォル号が、解放後の大韓民国そのもののメタファーとして描かれている。ちなみに、文中、「以前から操舵室と機関室で働いてきた船員たち」とは、韓国で、植民地時代の対日協力者が処罰を受けずにそのまま政財界に残ったこと、また「従北」とは「北朝鮮に影響を受けている」というほどの意味だ。

傾いていることが普通になってしまった船が沈む前、高校生たちは音声メッセージを残した。「俺、本当に死ぬのが怖い」「俺には夢があるのに、やりたいことがたくさんあったのに」。

傾きを是正するためには、傾きを計測する人が必要だ。傾きの上に立ったとき、「これは傾いているんだ」と指摘してやれる大人が必要だ。キム・エランとファン・ジョンウンが描こうとしたのは、そのようにして斜面で踏みとどまる大人たちの姿だったのだと思う。ファン・ジョンウンは二〇一四年に、「セウォルは、もう後戻りできないところまで私を大人にしてしまった」と書いた。また、キム・エランは「すべての価値と信頼が滑り落ちてしまうこの絶壁、儲けばかりは上に上げ、危険と責任はいつも下に押しつけてくるこの急で危険な傾きという問題に、どうやって答えを見つけていったらよいのか」と書いた。二人の答えは作品の中にある。

無念の死に捧げる鎮魂の執念

セウォル号を描いた文学は他にも多くあるが、フェミニズム詩人の代表といわれる金恵《キムヘ》順《スン》の詩集『死の自叙伝』(吉川凪訳、クオン)は、セウォル号事故や光州事件など権力の暴力や怠慢によってもたらされた死、及びすべての無念な死に捧げられた連作詩である。霊魂がこの世とあの世の間にとどまるという四十九日の間、一日に一編ずつ当てて書かれたもので、例えば、四十日目の詩の冒頭はこのように始まる。

あなたは聞け　私の話をよく聞け
これからあなたは自分の眼鏡の中の世界が見えるようになる
自分の中の水が話す言葉がわかるようになる
自分の中の火が話す言葉がわかるようになる

目が三つある自分を見ることになる
自分の憤怒を他人のように見ることになる
目が四つある自分を見ることになる
自分の不安を他人のように見ることになる
頭が八つある自分を見ることになる
自分の恐怖を他人のように見ることになる
あなたは自分の中の犬たちを見ることになる
あなたは自分の中の豚たちを見ることになる

――金恵順「これほどまでに痛い幻覚――四十日目」『死の自叙伝』吉川凪訳、クオン

セウォル号事故の後、正気を失いそうな中で、一日一日事態を見守った詩人の息遣いが

感じられ、無念の死を一人の詩人が引き受けようとする執念から、逆に底知れない生命力が放たれているようでもある。なお、金恵順はこの詩集で、「詩壇のノーベル賞」といわれるカナダのグリフィン詩賞を、アジア人女性として初めて受賞した。

また、『ショウコの微笑』（チェ・ウニョン著、牧野美加・横本麻矢・小林由紀訳、吉川凪監修、クオン）は日本でも女性読者を中心に非常に人気のあるチェ・ウニョンのデビュー短編集で、「ミカエラ」という作品がセウォル号事故を扱っている。社会運動への献身のあり方をめぐってすれ違っていた母と娘が、事故の遺族たちへの思いを媒介に和解にたどりつく。いずれも、追悼と鎮魂は現在と未来のための仕事だという立場に立脚しており、ここにも韓国文学の一つのエッセンスが感じられる。

一方、キム・グミの『あまりにも真昼の恋愛』（すんみ訳、晶文社）は、セウォル号事故ですべての価値観が崩壊した後の不確かさ自体がテーマであるかのような短編集だ。恋愛のようだったもの、悲しみや憎しみのようだったものの曖昧さを見つめ、その言語化の方法を探ることで新しい世界を求めようとする気配に満ちており、若い世代の熱狂的な支持を集めた。

また、哲学の研究者であり「文学カウンセリング」という実践を行っている詩人のチン・ウニョンは、大人として何もできなかったという罪悪感と羞恥心に悩まされていたが、事件後一年間、精神科医のチョン・ヘシンとともに、亡くなった高校生の家族たちにインタビューを行い、その内容を『天使は隣の家に住んでいる』(二〇一五年、未邦訳)という本にまとめた。同じころ、亡くなった高校生の一人であるユ・イェウンさんの家族から依頼を受けて「あの日以後」という詩を書いた。

お母さんお父さん　あの日以後も　いっそうたくさん愛してくれてありがとう
お母さんお父さん　つらい思いで愛してくれてありがとう
お母さんお父さん　私のために歩き　私のために断食し　私のために叫び　闘ってくれた
私はこの世でいちばん誠実で正直な親として生きようとする二人の娘、イェウンです
私はあの日以後も永遠に愛される子　私たちみんなのイェウン

——チン・ウニョン「花も星も、沈みゆく船も、人ひとりの苦痛も——韓国詩壇の第一人者、チン・ウニョンが語る『詩の力』」吉川凪訳、『WORKSIGHT21』コクヨ株式会社)

チン・ウニョン自身は、遺族でもないのに、犠牲者の立場になって詩を書くことにためらいがあったという。また、この作品においては従来自分が書いてきた詩とは違うスタイルを選ばざるをえず、今までに受けた依頼の中で最も苦しかったが、家族の慰めになるのならと思い、イェウンさんのことをできるだけ詳しく調べて書いたそうだ。そして、イェ

ウンさんがどんな人だったかを伝えることは、「記憶の共同体」を作り出すという意味で重要な仕事だったと振り返った。

チン・ウニョンが研究・実践している「文学カウンセリング」とは、文学、特に詩が持つ音楽性や強力な比喩を通じて気持ちを表現し、それについてディスカッションすることで苦痛に耐える日常的な方法を見出すというものだ。この実践は、カウンセラーを目指す人々のために開設された大学院だけの大学で行われており、多様な年代の人たちが参加しているそうだ。さまざまな喪失体験を詩として表現することが、個人の傷と社会の傷の双方を、癒やすことはできなくても、耐えられるものにしてくれるという。

後述するように、韓国では、何度にもわたって不条理な大量死が生み出されてきた歴史がある。その後、コロナ禍明けの二〇二二年に起きた梨泰院雑踏事故では若い人々を中心に一五九人が死亡した。韓国では、このような社会全体で悼まなくてはならない事件・事故を「惨事」と呼ぶ。セウォル号惨事や梨泰院惨事は、歴史の中で積み重ねられてきた無念の大量死への想いを召喚し、目まぐるしく進化する韓国社会において振り返りの契機となるのだろう。

第3章

ＩＭＦ危機という未曾有の体験

IMF危機とは何か

二〇二四年五月現在、韓国の十五歳〜二十九歳の若者の失業率は六・七パーセントと、コロナ禍以前には一〇パーセントに達していたのに比べて回復している。一方で、十月の統計庁の発表では、二十代の賃金労働者の非正規率は全体の四三・一パーセントであり、二〇〇三年の統計開始以降、最も高い数値を記録したそうだ。

韓国では主要財閥企業十グループへの資本集中率が高く、その総売上高がGDPの約七五パーセントまでを占めるといわれる。しかし、それらの企業が全求人に占める割合はわずか一パーセントだ。

韓国では大企業と中小企業の給与格差が非常に大きく、そのため、求人倍率がどんなに低くても財閥企業に応募が集まるという状態が続いている。多くの大学生が休学して留学したり資格を取ったりTOEFLの点数を確保し、就職に有利な条件を整えるために必死の努力をする。男性の場合は同時期に、二年弱の兵役を終えなくてはならない。

そして結果は、富裕層の親を持つ学生が常に圧倒的に有利である。こうした現実の中で、第1章の『82年生まれ、キム・ジヨン』のくだりで見た通り、兵役につかず就職戦線を有利に戦う（と見える）女性たちへの反感をつのらせる男性が生まれるというわけだ。

では、韓国はいつから、このような熾烈な格差社会になったのだろうか。そのきっかけは一九九七年のＩＭＦ危機にある。この、未曽有の国難といわれた経済危機以後、コスト・人員削減による新自由主義経済政策への適応が迫られ、非正規雇用が拡大し、競争主義と成果主義に拍車がかかった。また、新卒採用の枠が大幅に減少したのもこのときだという。「アジア通貨危機」とも呼ばれるＩＭＦ危機が起きたのは、韓国が念願のＯＥＣＤ（経済協力開発機構）加盟を果たし、名実ともに先進国として認められた翌年のことだった。

一九九七年七月にタイの通貨バーツが暴落し、香港に飛び火し、通貨危機は本格化していた。しかし十月ごろになっても、韓国の庶民層は深刻には受け止めていなかったようである。危機が突然身近に迫ってきたのは十一月だった。韓国でも株価が大暴落し、外国資本の引き上げが始まり、企業の倒産、リストラが雪崩《なだれ》のように起こった。

大混乱の中、任期末期を迎えていた金泳三《キムヨンサム》政権は同月二十一日、ＩＭＦ（国際通貨基金）にＳＯＳを求めた。十二月三日にはＩＭＦとの間でスタンドバイ協定が締結され、韓国は経済的主権を失う。ここから、何年かにわたる韓国人たちの懸命のサバイバルがスタートしたのである。

ＩＭＦ危機の本質は、日本のバブル崩壊とおおむね変わらない。要は、無原則な融資の加熱のせいで経済が大打撃を被ったのである。しかしその規模が日本のバブルよりずっと大きかった。ＩＭＦ危機を扱った『国家不渡りの日』（チェ・グクヒ監督、邦題『国家が破産する日』）という映画があるが、このタイトルはよく言いえていると思う。まさに、国民が国に全く頼れない現実が広がったのだ。この事態は「朝鮮戦争以来最大の国難」と呼ばれたこともあるし、ＩＭＦという外来勢力に頼ったことから、「国恥」という言い方もされた。

金泳三の後を受けて一九九八年に就任した金大中《キムデジュン》大統領は、総額一九五億ドルもの外貨を借り入れ、ＩＭＦの指導下で大規模な構造改革に着手した。「苦痛の分担」が当時のスローガンである。このスローガンは社会の至るところで実現された。すさまじいリストラによって国民の十人に一人が失業を体験し、経済格差が広がり、雇用の非正規化が常態化した。若者の内定取り消しもあいつぎ、貧困による離婚も急増して家族が解体し、夜逃げ、詐欺が横行し、街にはホームレスがあふれた。国民が国のために貴金属を献納する運動まで広く展開された。

結果として、韓国経済は比較的早く立ち直った。一九九九年には早くも経済は上向きに転じ、二〇〇一年八月にはＩＭＦ決済の完了が宣言されている。これは予定より三年近く早かった。同様の危機を体験した他国に比べて素早い回復ぶりは、国際的にも高く評価された。しかし、格差の拡大と雇用の非正規化、そして新自由主義に対応するための教育熱の加速という、現在の韓国が抱える問題の数々は、このときに決定づけられたといえる。

ＩＭＦ危機が起きたとき韓国は、一九八七年に民主化宣言を行ってからわずか十年しか経っていなかった。十年間で自由と民主主義の方へ大きくシフトを切り、八八年のソウルオリンピックをやりとげ、経済成長によって中産階級が厚みを増し、国連に加盟し、

ＯＥＣＤの一員となり、そして突然すべてを失った。かんたんに言えば、十年で天国と地獄を見たことになる。

危機の予兆――チョン・イヒョン「三豊百貨店」

だが、バラ色だった十年の終わりの方ではすでに、ＩＭＦ危機の予兆も現れていた。それを描いた文芸作品に、短編「三豊百貨店《サムプン》」（『優しい暴力の時代』チョン・イヒョン著、拙訳、河出文庫所収）がある。

この小説は、一九九五年六月に実際に起きた三豊百貨店の崩壊事故を描いている。このデパートは、ソウルの経済発展を象徴する江南《カンナム》に実在した高級店で、独特のピンク色の建築で非常に目立ち、絶大の人気を誇っていた。そのデパートが設計ミスや手抜き工事のため、突然崩壊したのである。行方不明者三十名を含め死亡者五〇一名、負傷者九三八名という悲惨な事故だった。

チョン・イヒョンの短編小説「三豊百貨店」は、この事故で友人を失った女性が十年後に当時を振り返る設定で書かれている。

主人公の女子大生は、就職活動がうまくいかない鬱屈を抱えてデパートを散策しているとき、婦人服売り場で働く高校時代の同級生に再会する。二人は在学中、特に仲がよかったわけでもないし、学歴でも、経済水準でも明らかな格差がある。だが、それぞれに悩みを抱えた二人は偶然の出会いから友情を育てていく。やがて主人公は就職が決まり、仕事が忙しくなり、友人との連絡も途絶えがちになる。そして、久しぶりにあの子に会いたいと思った日、三豊百貨店は崩壊する。

日本でも人気を集めた映画『はちどり』（キム・ボラ監督）では、一九九四年に、やはり手抜き工事のために起きた聖水《ソンス》大橋の崩落事故が重要なモチーフとして描かれていた。どちらの事故も、韓国のバブル経済の凋落を告げる序曲だったといえるだろう。短編小説「三豊百貨店」も映画『はちどり』も、その中で大切な人を失った女性の視点から、揺れる社会をしっかりと見つめ、記憶しようとしている。

IMF危機が家族を変えた――キム・エラン「走れ、オヤジ殿」

ＩＭＦ危機が到来したとき、第2章でも紹介した作家キム・エランはまだ十七歳だった。思春期のまっただ中でこの大事件を体験したキム・エランは、二〇〇二年、二十二歳の若さで作家デビューする。初の作品集のタイトルは『走れ、オヤジ殿』だった。この「オヤジ殿」という言葉そのものが、ＩＭＦ危機がもたらした大きな変化の証だといわれている。つまり、これをきっかけに起きた父親の権威の失墜を象徴しているというのだ。

短編「走れ、オヤジ殿」は、母親と二人で暮らす若い女性の語りで描かれている。彼女の父は、恋人（母）を妊娠させると恐れをなして姿をくらました人間だ。母はその後タクシー運転手として働き、娘を一人で育て、成長した娘と二人で元気に暮らしている。

そのとき、父がどこにいたかは記憶にない。父はいつもどこかにいたが、ここではなかった。父はいつも遅れるか、来ない人だった。母と私は脈打つ心臓を突き合わせ、しっかりと抱き合っていた。（中略）父を想像するたびに浮かんでくる情景がある。それは、父がどこかに向かってひた走る姿だ。父は蛍光ピンクのハーフパンツの先から、やせ細った毛深い脚を見せている。

——キム・エラン「走れ、オヤジ殿」『走れ、オヤジ殿』古川綾子訳、晶文社

そこへある日、父がアメリカで交通事故死したという知らせがエアメールで届く。何と彼はアメリカで結婚しており、その家族から死亡の知らせが来たのだった。娘は母にその英語の手紙の内容を脚色して読んでやり、永遠に逃げて走りつづける父のイメージを、詩的に、肯定的に思い描く。

ＩＭＦ危機の時期には、リストラされて家でごろごろしたり、酒浸りになったりと、情けない姿を家族の前にさらすしかない多くの父親たちが存在した。自殺者も続出する深刻な状況の中、女性たちは力を合わせて危機を乗り越えた。『82年生まれ、キム・ジヨン』でも、このときジヨンの父が公務員だったにもかかわらずリストラされ、才覚のある母の

不動産投資によって切り抜けていく様子が描かれる。母たちや子供たちは、父がいなくても回る世界を経験したわけだ。そしてこの時期に女性の専業主婦志向は薄れ、社会進出への気運が高まったという。

「走れ、オヤジ殿」は、そうした世界をさわやかに描写して韓国文学に新しい風を吹き込んだ。タイトルに使われた「オヤジ」（アビ）という言葉は、父親自身や母親が子供たちに向かって言うときの呼称であり、子供が、特に娘が口にするような言葉では決してない。物語の中で実際に娘がこの言葉を口にするわけではないのだが、会ったこともない父親をあらかじめ軽やかに乗り越えているかのような若い女性の語り口は、かつてない清新さを備えていた。キム・エランの初期の作品にはこのように、社会が足元からガラガラと崩れた跡地に芽生えた新しい植物のような魅力がある。

Qマートを経営している夫婦は四〇代後半だ。アジア通貨危機のときに受け取った名誉退職金でQマートを始めたのだろう。確証はない。でも、彼ら夫婦の顔つきが温和だったから、私は自分の推測に確信を持っていた。その歳で疑り深くなくて、性格が穏やかな人たちというのは、大概において穏やかになるしかない環境で生きてきている。彼らは詐欺を、背反を、搾取を、不平等を知らない。彼らはおそらく努力しただけの稼ぎや、それ以上の稼ぎがあった人たちなのだろう。どの穏やかさにも、当人たちには気づくことのできないある種の残忍さがある。

――キム・エラン「コンビニへ行く」『走れ、オヤジ殿』前掲書

コンビニという小宇宙から、一つの社会の崩壊と再生の奥行きが見える。ここでも、大きな変化を目撃した人ならではの観察眼が物語をしっかりと支えている。

「何でもない人」たちの風景――ファン・ジョンウン「誰が」

キム・エランより四歳年上のファン・ジョンウンは、ＩＭＦ危機のときに二十一歳の大学生だった。

作家は二〇一八年に来日したとき、「韓国は金融危機から比較的早く抜け出しましたが、その後ずっと後遺症をわずらっています。過去二十年間の日常と非日常のいたるところで人々は、自らが『何でもない人』にされる瞬間を味わい、他人が『何でもない人』として扱われる瞬間を見てきました」と語った。

短編集『誰でもない』（拙訳、晶文社）の中には「誰でもない」という作品はないが、代わりに「誰が」と「誰も行ったことがない」というタイトルの小説がある。

「誰が」は、金融業界の下請けで電話オペレーターをしている非正規の若い女性が主人公だ。彼女は毎日、クレジットカードの延滞金の支払い督促をしながら、自分の契約がいつ

まで続くか気にしている。隣の席の先輩が契約を切られたとき、彼女は「ひどい」と思うが、そこまでで考えるのをやめる。「そこから先は崖だから」だ。

静かな家に住みたいというのが彼女の望みだが、自分が借りられる程度の住まいはいつもうるさい。「人に悩まされずにすむ権利」が欲しいと彼女は思う。

たとえば行商人とか、訪問販売とか勧誘とか、拡声器の騒音、携帯ショップの容赦ないプレイリスト、人が落ちぶれていく姿、そういうものたちからの解放……解放というより、遮断する権利……そういう権利が存在し、それは私にも確かにあるはずなのに、それを確実に実現させようとしたらお金を持っていなくちゃならない。

――ファン・ジョンウン「誰が」『誰でもない』拙訳、晶文社

ファン・ジョンウンは常に、このような不安定な足場で生きる人々の目で世界を見ている。短編集『誰でもない』には他にも、感情労働によって静かに病んでいく女性の独白「わらわい」や、書店に勤めていて思いがけない事件を目撃してしまった女性を描く「ヤンの未来」など、新自由主義の中での働き方と切り離せない作品が収められている。

生き延びるための野球術

一方、一九六八年生まれのパク・ミンギュはＩＭＦ危機のときすでに二十代後半の社会人だった。そのころ彼が勤めていた会社のビルからは、近くの大きな公園が見渡せた。そこには連日、失業したことを家族に言えない人々が、スーツ姿でかばんを持ち、「出勤」していたという。報道関係者が毎日そこに集まり、モザイクをかけた彼らのインタビューがニュースとして流れた。

パク・ミンギュは毎日、真面目に働いてきた人たちが、メール一本でクビを切られる状況を見つづけた末に、この人たちを励ますために小説を書こうと決めた。パク・ミンギュはもともと大学の文芸創作科で詩を専攻した人で、小説を書きたいと思ったことは一度もなかったそうだが、その決心一つで会社に辞表を出し、いきなり小説を書きはじめたという。

そして生まれたのが、二〇〇三年に書かれ、ハンギョレ文学賞を受賞したデビュー作の『三美スーパースターズ 最後のファンクラブ』（拙訳、晶文社）だった。三美スーパースターズとは、かつて韓国プロ野球の黎明期に仁川《インチョン》に実在したチームで、信じられないほど弱かった。物語は、そんなチームに入れ込んだ二人の少年のその後を描く。

平凡な家庭に生まれ育った「僕」は、愛したチームがランク外の成績だったために、強豪チームの少年ファンたちから見下される屈辱を味わう。その反動もあって彼はその後、自分自身のランクアップに心を砕きながら大人になっていく。一流大学を出て一流企業に入り、良い家のお嬢さんと見合い結婚する。しかしIMF危機が訪れたときにはメール一本で職場を失い、そのときにはもう、働きすぎによって妻とも別れた後である。

会社を追い出され自分自身も失ったように感じていた「僕」のところに、かつて一緒に三美スーパースターズを応援していた友、ソンフンがやってくる。ソンフンによって「僕」は、いかなるランクとも関係ない、楽しむための野球と改めて出会い、再生していく。

記憶をたどって、記憶をたどって僕はグローブをかかげ、ボールを追って、ボールを追って、視線を上空に上げていった。そのときだ、セミの鳴き声が突然止んだのは、そしてボールが視野から消えたのは。その代わり僕は、何か巨大で広々としたものが僕の頭の上に存在していることを知った。

空だ。

とてつもなく巨大で広々とした、晴れやかで透明で、目にもまぶしい青さと美しさ。社会人になってから初めて見る空だった。僕はそのまま身動きすることができず、自分が何者なのかも忘れ、僕がどこに属しているのか、僕の階級が何なのかも忘れ果てていた。

——パク・ミンギュ『三美スーパースターズ 最後のファンクラブ』拙訳、晶文社

パク・ミンギュはＩＭＦ危機について、「日本のプラザ合意の十倍、二十倍と思えば理解しやすいのでは」と語ったことがある。プラザ合意とは一九八五年に締結された為替レート安定化に関する合意だが、円が安すぎるから何とかしろと迫られた結果、一ドル二三五円ほどだったのがわずか一年で一五〇円ほどにまで下がった。この円高不況が低金利政策などの金融緩和につながり、バブル経済とその崩壊を招いたのだった。パク・ミンギュの言葉からも、ＩＭＦ危機の深刻さが想像できるだろう。

もしかしたらそのときの彼らは息もできなくて、息をするためにまずは、上を向くことが必要だったのだろう。そのためには空を見ることだ。だからそのために、順位を追う野球ではなく、文字通り野に球を追う野球をして、何のために生きているのだったか思い出そう、というサバイバルの呼びかけがこの小説である。

セウォル号はＩＭＦ危機の答え合わせ

ここに挙げた三人の作家はいずれも、二〇一四年のセウォル号事故の際にいち早く強い危機感を表明した。彼らはＩＭＦ危機のときに既得権益を持たなかったか、持っていたと

してもまだごく少なかった。しかし二〇一四年にはすでに子供や若者ではなかった。セウォル号事故に際して三人が三様に大人の責任を果たそうとしたその原点が、ＩＭＦ危機にある。

セウォル号事故の地点から振り返ると、ＩＭＦ危機について考えることは答え合わせのような行為だ。セウォル号事故のときに船から逃げ出した非正規雇用の船長は、事故当時六十八歳だった。ＩＭＦ危機の際はすでに五十代で、もう正規雇用の仕事は見つからなかっただろう。そして、事故で亡くなった高校生の多くは、まさにＩＭＦの時期に生まれたのである。

先に紹介したファン・ジョンウンの短編「誰が」は、ＩＭＦ危機から六年ほど経ったころに作家自身が住んでいた街を書いたものだそうだ。そのことに触れて作家は、「そこで私が感じたのは、階級的に近いところにいる人同士が、閉じた輪の中で暮らし、お互いの没落していく姿を目撃しているんだな、ということでした。没落の大きな理由は社会構造にあるのですが、毎日、目の前のことに追われていると、構造的な問題について考える余裕がありませんよね。考えてみたところで解決方法はないようですし、個人個人の状況があまりにも悲惨なのになすすべがないので、日々無力感を覚え、この無力感が、自分と他人への嫌悪感に発展して、嫌悪感が高じると他人への想像力も弱まってしまいます」と来日時に語った。

このように、じわじわと人間らしさが削り取られるような社会に住んでいるとき、自分と自分の周囲を俯瞰することは難しい。そもそも、歴史の中を生きているときに全体像を眺めること自体が不可能に近い。けれども、過去を振り返って個々の経路をたどってみることはできる。そこに因果を感じることができれば、対策を立てることも可能かもしれない。ここに挙げた作家たちは後の世代のために、自分に見える限りの経路に責任を持ちつづけようとしていると、私には見える。

日本よりも早く荒々しい新自由主義の洗礼を受けた韓国の経験からは、さまざまなことが学べる。これから世界経済に何が起きるのか、日本はどう変化するか、果たしてどのような凋落の推移をたどるのか、誰にもわからない。だがはっきりしているのは、そのときこそ必要になるのがファン・ジョンウンの言う、「構造的な問題について考える余裕」と「他人への想像力」であるということだ。

その想像力が韓国文学のすみずみに息づいているのを、垣間見ることがある。チョン・セランの連作小説『フィフティ・ピープル』（拙訳、亜紀書房）には、大病院の警備室に寝泊まりし、亡くなった人の遺体の搬送をたった一人で担当する高齢の非正規職員が登場する。もともとは二人で担当する業務だったが、一人が辞めた後、病院側が後任の人を雇わなかったのだ。残った彼は、いつ発生するかわからないたくさんの臨終に備え、休日も、外出の機会もほとんどないまま病院で暮らしている。彼がそんな変則的な働き方をしていることを誰も把握していなかったが、若い事務職の正規職員が気づいて改善をはかろうとする。

この何十年かの生活を振り返って本人は、「友人に会うことも贅沢なぐらい、生きていくことが大変だったのだ」ともらす。ＩＭＦ危機が残した影と、そこに光を当てようと一歩踏み出す人の体温を感じる一コマだ。

第4章 光州事件は生きている

五・一八を振り返る

映画『タクシー運転手　約束は海を越えて』（チャン・フン監督）などによって、光州事件（韓国では「五・一八光州民主化運動」と呼ぶ）は改めて広く知られることとなった。一九八〇年五月十八日から二十七日にかけて、民主主義を求める学生と市民のデモを国家が暴力で制圧し、多数の犠牲者を出した事件だ。韓国ではこのできごとが起きた日の日付をとって「五・一八《オーイルパル》」と呼ばれ、忘れてはならない記念日となっている。

まず、ざっと事件の概要を振り返っておこう。

事件前年の一九七九年十月二十六日、それまで二十年近く独裁政治を行ってきた朴正熙《パクチョンヒ》大統領が暗殺されるという大事件が起きた。常軌を逸した強権政治ぶりを憂慮した部下による犯行だった。全土に非常戒厳令が出され、社会は騒然とするが、同時にそれまで押さえつけられていた民主化への期待も高まる。年が明けて八〇年には多くの野党政治家が復権し、自由を求める大学生たちの動きが活発化し、「ソウルの春」と呼ばれる事態を迎えていた。しかし、軍を掌握して権力を握った全斗煥《チョンドゥファン》は、こうした変革の芽を一掃すべく、五月十七日、前年から出ていた非常戒厳令を全土に拡大した。それとともに、金大中《キムデジュン》を含む二十六人の政治家や民主化運動関係者が内乱陰謀などの罪で逮捕され、すべてのデモは禁止され、大学も休校となった。

だが、韓国南西部、全羅南道《チョルラナムド》の中心地である光州の大学では、全国で唯一デモが敢行された。もともと光州を中心とする全羅道は、一八九四年の甲午農民戦争や、一九二九年の光州学生運動など、抵抗の歴史を持つ地域である。全羅南道出身である金大中の逮捕が人々をかりたてたことも大きな要因だった。大学には五月十七日から鎮圧部隊が駐屯しており、十八日朝に全南大学正門前に集まった学生らが鎮圧部隊に排除され、市内へ出て街頭デモを行ったのが事件の発端とされる。そこへ空挺部隊が投入され、激しい暴力をふるわれ連行される学生たちを市民は目撃した。残酷で過剰な鎮圧がさらに人々の怒りに火をつけ、市民たちは軍隊の武器保管所を襲撃して自ら武装し、市民軍を結成した。

武装といっても空挺部隊に勝てるわけがなく、孤立した戦いである。市民軍は、全羅南道の行政を管轄する中枢である道庁に立てこもって戦ったが、二十七日に制圧された。結局、下は小学生から上は高齢者まで、妊婦までもが無差別に殺されるという残虐な光景が展開され、韓国現代史に消えない汚点を残した。事件当時、秘密裏に処理された遺体も少なくなかったため、正確な犠牲者はいまだに明らかではないが、二〇〇一年に韓国政府が発表したところでは、死者数は民間人一六八人、軍人二三人、警察四人となっている。

光州事件はなぜ生きているか

光州事件は生きている。それは「歴史を風化させず、語り継ぐ」といった次元を超えて、より先鋭な形で生きつづけている。ごく簡単に言うなら、光州事件に韓国社会の礎を見ようとするか、忘れてしまおうとするか、または歪曲しようとするのか、そのせめぎあいの中で生命を保ちつづけてきたといってよい。

それは、光州事件が隠された歴史だったことと切り離せない。

韓国では長らく反共の国是のもとに、厳しい報道管制を行ってきた。光州事件が起きた当時、それは「一部暴徒による暴動」にすぎないと伝えられ、背後に朝鮮民主主義人民共和国（北朝鮮）の策動があると解説されてきた。海外メディアがいっせいに伝えた残虐な暴力の場面を、ほとんどの韓国人はリアルタイムで見ていない。

民主化闘争に参加した学生・活動家などを除き、広く一般の人が事実を知ったのは、一九八七年に民主化宣言が行われた後のことである。それまでは、光州事件を小説に書くことなど考えられなかったし、映画やドラマにすることも論外だった。人々は多くの噂を耳にしていただろうが、公然の事実として事件が扱われるのは、それとはまったく次元が違う。

民主化以降、従来「暴徒の妄動」と説明されてきたこのできごとは、段階を踏んで民衆の崇高な戦いへと転換した。だが、転換は一瞬にして実現したわけではなかったから、それ以後も犠牲者遺族は「暴徒」と呼ばれた家族の名誉回復のために戦わなければならなかった。このように、事実が強烈にねじ曲げられてきた経緯があるからこそ、光州事件には、くり返し問いつづけなくてはならない反復運動のような性格が伴うのである。

光州事件は今日、現在の韓国社会の民主主義の根幹を支える存在であり、光州は国家が認めた聖地である。その一方で先にも書いたように、北朝鮮の関与説を信じる人々が昔も今も存在するし、保守派層からの反発も、インターネット上での犠牲者遺族へのヘイトスピーチも消えない。

全斗煥元大統領は、一度は死刑判決を受けて服役したがすぐに無期懲役に減刑され、特赦で釈放された後、市民への無差別発砲を命じた責任が自分にあると認めることなく二〇二一年に死亡した。二〇一七年には三冊から成る回顧録を出版したが、うち一冊は光州事件を歪曲する記述があるという理由で販売が禁止された。その中で全斗煥は、光州事件は北朝鮮の策動に乗せられたものだという主張をくり返し、その記述がある人物への名誉毀損にあたるとして訴えられ、死亡当時にはその裁判も続行中だった。真相解明はまだ終わっていない。光州事件が生きているというのは、このようなダイナミックな現在性を帯びて生きているという意味だ。

詩に描かれた光州事件

では、文学は光州事件をどのように扱ってきただろうか。表現の自由が保障されていない環境で、当初、その中心にあったのは詩だった。

金準泰《キムジュンテ》の「ああ光州よ、我が国の十字架よ」は、その代表といってよい。

この詩は、事件後間もない六月二日に地元紙「全南毎日新聞」の一面に載ったもので、作者の金準泰は高校教師として働きながら詩を書いていた人である。実は「全南毎日新聞」では、五月二十日に全記者が集団辞表を出していた。光州事件への弾圧を目撃したのに、厳しい検閲のもとで一行も紙面に載せることができなかったことへの抗議の辞表である。そして新聞が出せない状態が続くと、次は、一週間以内に新聞を発行せよという圧力を加えられた。そこでやむをえず復刊させることになったのだが、編集局が「記事では絶対に検閲削除されてしまうから詩にしよう」と考えて金準泰に原稿依頼したという。この詩は、次のように始まる。

ああ、光州よ無等山よ
死と死の間で
血涙を流す
我々の永遠なる青春の都市よ
我々の父はどこに行ったか
我々の母はどこで倒れたか

我々の息子は
どこで死にどこに葬られたか
我々の可愛い娘は
またどこで口を開けたまま横たわっているか

我々の魂魄はまたどこで
破れてこなごなになってしまったか

――金準泰「ああ光州よ、我が国の十字架よ」『光州へ行く道』金正勲訳、風媒社

無辜の人々が命を奪われた事実を「青春」「家族」というキーワードで歌ったこの詩は、ひそかに広く伝播され、後世に残るものとなった。また、この作品は、報道されなかった事件の詳細を伝える役割も担っていた。

ああ　あなた！
しかし私は子をはらんだ身で
このまま死んだのよ　あなた！

すみません、あなた！

このパートは、ある女性が死後に夫に呼びかけた言葉という設定で、崔美愛《チェミエ》という実在した犠牲者のエピソードに基づいている。この女性は妊娠中だったが、夫の帰りを案じて通りに出ていたところ銃弾が当たり、胎児ともども亡くなったのである。彼女が夫に謝罪しているのは、儒教的な考え方にもとづくもので、子孫を産んでやり、家系がとだえないようにすることが妻の務めだからだ。金準泰は実際に凄惨な死の数々を目撃し、この詩を書いたときには幻聴が聞こえていたと証言しており、作品に刻印されたリアリティは並々ならないものがある。そして詩の最後は、「歳月が流れれば流れるほど／いっそう若くなっていく青春の都市よ」と締めくくられる。

本来、百三十行ほどある長詩だったが、検閲によってズタズタにされ、三十三行しか残らなかったという。それでも捕まるだろうからと、金は逃亡した。だが、検閲前の抜き刷りを誰かが十万部印刷して市内に撒き散らし、それが海外で民主化運動を行う人々のもとにも届いたといわれる。

そもそも韓国は詩人の地位が高く、詩人の数も多く、日本に比べるとはるかに詩がよく読まれるが、全斗煥政権下の八〇年代は、検閲をかいくぐる有利さもあってか特に詩が非常に盛んに書かれた。私も八〇年代中盤に、それらを手に入れるために韓国輸入書籍の専門店に通ったが、詩集だけでなく詩の雑誌やムックがどんどん出版されており、その勢いに圧倒された覚えがある。「光州」「五月」という単語はそれらの作品の中心にあった。「五月」は今も、民主化運動のメタファーである。

例えば、その名もずばり「光州」というタイトルを持つ金津経《キムジンギョン》の詩を見てみよう。

あなたはそこにいました
電話も切れ　車道も切れ
私たちの都市が捨てられ　城になった時
最も遠くに捨てられたそこにあなたはいました
そこであなたは心でした
そこであなたは人でした

そこでは涙も血も憤怒もあなたでした
この世界で最も遠くに捨てられた都市になった時
光州はあなたでした
そこでは石ころも、山も、川もあなたでした
光州川はあなたの血管でした

――金津経「光州」文炳蘭・李榮鎭編『日韓対訳　韓国・光州事件の抵抗詩』金正勲・佐川亜紀訳、彩流社

光州を描いたたくさんの詩は、不定期に刊行されるゲリラ的な出版物に集約され、抵抗歌のカセットテープ、伝統民衆芸能を基にしたマダン劇、民衆美術運動の所産である版画などとともに地下で流通し、後にこれらは「五月文化」と呼ばれるようになっていく。

体験者による小説

一九八七年の民主化以降は、徐々に事件の真相が明らかにされ、光州事件を描くことも可能になった。

日本に紹介されたものの中から、体験者たちの作品を見てみよう。まず、宋基淑《ソンギスク》の『光州の五月』（金松伊訳、藤原書店）である。著者は事件当時光州の全南大学の教授だった人で、学生たちとともに蜂起に参加し、首謀者の一人として逮捕され内乱罪で服役という経歴を持つ、まさに生き証人だ。

この小説は事件の二十年後である二〇〇〇年に書かれたもので、ある殺人事件をめぐる推理劇の体裁をとっている。そこには、光州事件を避けえなかった韓国現代史への痛恨の念と、和解への願望が溢れている。

現在、この小説を読み通すことにはかなりの困難が伴うといわざるをえない。まず、最

も困惑させられるのは、その女性観だ。『光州の五月』で重要な役割を担う女性の登場人物は、事件当時に軍人にレイプされて出産し、その子を育て上げた後に自殺する。物語の最終盤ではこの死んだ女性と、やはり謎の死を遂げた元軍人（事件当時に加害者側にいた人物）が、生き残った人々によってめあわせられる「死後結婚式」が描かれる。

死後結婚式という風習は韓国のシャーマニズムの中に位置づけられる伝統的な鎮魂の儀式だ。未婚のまま死んだ人には無念が残るので、釣り合う死者どうしを探し、良い日取りを選んで式を行い、双方の家族は姻戚関係としてつきあいつづける。実際に、光州事件で死んだ若い男性リーダー尹祥源《ユンサンウォン》と、彼と一緒に夜学を運営していた同志の女性朴玘順《パクキスン》（一九七八年に練炭中毒により死亡）の死後結婚の儀式が一九八一年に執り行われ、その際に作られた歌「ニム（あなた）のための行進曲」が光州事件と民主化運動のテーマソングになったという経緯もある。このように光州事件の追悼と記録は、土着の巫俗《ふぞく》文化との親和性が高く、その意味では『光州の五月』での死後結婚式という設定も、決して突飛な発想ではない。

この小説では、被害者と加害者にあたる人間どうしが結婚させられ、死んだ女性の内面や意志が一切考慮されていないかに見えて辛い。だが、著者が訴えているのは和解への道筋だ。それは、両者とも大きく見れば被害者であり、本当の加害者は他にいるという視点にもとづいている。光州事件がコミュニティに深刻な分断を持ち込み、人々の中に長く傷が残ったことを思わせる。

この小説ではまた、実に二十六ページを費やして、光州事件が起きた理由を韓国現代史に求める長大な論議をマダン劇のスタイルで展開しており、正論の噴出に圧倒される。ここからも、体験者である著者が事件後、いかに「答え」を求めて奮闘したかが想像される。

また、韓国を代表する作家、黄皙暎《ファンソギョン》が二〇〇〇年に発表した長編『懐かしの庭』（青柳優子訳、岩波書店）も、重要な小説だ。

黄皙暎は民主化運動に生涯をかけてきた文学者である。子供時代、朝鮮戦争の際に北から避難してきて、四・一九革命（第6章参照）に参加、また一兵士としてベトナム戦争に従軍、八九年には北朝鮮を訪問したため国家保安法違反に問われ、ドイツとアメリカで亡命生活を送り、九三年に韓国に帰国すると五年間の服役生活を送るという、韓国現代史を代弁するかのようなすさまじい経歴を持つ。『懐かしの庭』は、光州事件のため十四年間投獄されていた男性を主人公にした長編で、映画化もされている。

十四年の間に韓国社会は民主化され自由になっているが、同時に俗化しており、出獄してきた主人公はいたたまれなさを味わう。そんな中、かつての恋人が自分との間にできた女の子を、自分には告げずに出産して育てていたこと、またその娘を残してガンで亡くなっていたことを知る。主人公は恋人の足跡をたどり、存在も知らなかった娘との出会いを果たし、彼女にも受け入れられて、再生の可能性が示唆される。ただ、現在の目で読むと、女性たちがあまりに男性たちの救済に都合よく理想化されているかに見える。

黄晳暎は当時、光州に事務所を置いてソウルと行き来しながら仲間とともにさまざまな文化活動を行っていた。事件のときには光州に居合わせなかったが、尹祥源をはじめリーダーたちと非常に近い関係にあり、八五年には、光州事件の実態を明らかにする記録集『光州5月民衆抗争の記録――死を越えて、時代の暗闇を越えて』を地下出版物として著すという大役も果たした（この本は当時、日本でも日本カトリック正義と平和協議会によって刊行された）。報道の自由がなかった時代の韓国と民主化運動のスポークスマンのような存在であり、八〇年代後半には来日して、在日コリアンの人々とともに、韓国の民衆伝統文化の華ともいえるマダン劇の製作を指揮したこともあった。

宋基淑も黄晳暎も事件当時すでに立派な大人で、運動の組織者だった。したがって、光州事件の犠牲者たちの「正しさ」を十分に描きることは、死んだ若い同志への責務だっただろう。彼らの作品を読んで気づくのは、生き残ったことへの罪悪感と羞恥の意識である。この意識は光州事件に対するある世代の人々の情緒を代表するものといってよいと思うが、さらにいえばこれこそが、植民地時代から引き継がれた韓国文学の大きなテーマの一つでもある。それらを抱えて物語を構築することは、非常に難しい作業だったに違いない。こうした歩みをすべて俯瞰して、より普遍的な物語に昇華させるのは、次の世代の仕事になる。

決定版の小説、ハン・ガン『少年が来る』

光州事件を描いた小説の決定版は、ハン・ガンの『少年が来る』（井手俊作訳、クオン）だろう。

ハン・ガンへのノーベル文学賞授賞理由の「歴史的トラウマに立ち向かい、人間の命のはかなさをあらわにした詩的散文」という部分は、まさに『少年が来る』や、第8章で紹介する『別れを告げない』（拙訳、白水社）の特徴を一言で言い表している。

ハン・ガンのルーツは光州にある。父親のハン・スンウォンは苦労して作家になった人で、長らく光州で中学校の先生をしていた。ハン・ガン自身も光州で生まれ、事件の数か月前に一家でソウルに転居したのである。当時ハン・ガンは九歳だった。

『少年が来る』は、光州事件に関わるさまざまな人の声を立体的に構成した長編で、最終章には作家自身を彷彿させる人物が出てきて、子供時代の記憶を語っている。この内容は著者の自伝的事実と大きな開きはないものと見てよいだろう。ソウルに移住して間もない五月、父母が深刻な表情で友人や親戚とささやき合う様子を、幼い娘は目撃する。自分たちが光州で住んでいた家には今、父の教え子の一家が住んでいる。どうやらその家族に何かが起きたらしいのだが、大人たちははっきりと教えてくれない。

当時、ソウルに住んでいた光州出身の知識人や学生たちは予防拘禁を受けたし、一般の光州出身者たちも、逃亡中の関係者をかくまっていないかと疑われ、警察の急な捜査を受けることがよくあった。彼女の家もそれを体験し、子供たちはいよいよ何かを予感する。

そして二年後の夏、娘は、光州事件に関する地下出版物を自宅で見つける。父親がこっそり持ち帰ったもので、そこには自分と同じ年ごろの女の子の痛ましい死体の写真があった。それを見た娘は「私の中の、そこにあると意識したことのなかった柔らかい部分が、音もなく砕けた」と感じる。

ハン・ガンという作家は、一九九四年のデビュー以来、社会の基層に食い込んだ暴力のさまざまな形と、それに抗って生きていこうとする人間の意志を描いてきた作家だが、具体的な社会問題や歴史的事件を直接的に描くことはあまりなかった。そんなハン・ガンが「これは避けられない小説、ここを通過しないとどこにも行けない」と感じて、膨大な資料を読み込んで書き下ろしたのが『少年が来る』だった。そのモチベーションの背景には、二〇一〇年代の韓国社会の変化がある。

韓国では、一九九三年の金泳三《キムヨンサム》政権から二〇〇八年に盧武鉉《ノムヒョン》政権が終わるまで、かつて民主化運動陣営にいた政治家が執権したが、それ以後一六年までは、李明博《イミョンバク》、朴槿恵《パククネ》と保守派の大統領が政権の座についた。この時期には光州事件に対する態度にさまざまな面で変化が見られ、インターネット上で事件の犠牲者や遺族へのヘイト発言がくり返されることも多かった。ハン・ガンがこの小説を構想し、二〇一四年に完成させたのも、そうした事情を受けてのことと見てよい。そのとき彼女は四十代後半になっていた。

遺体安置所の少年

『少年が来る』は、生者と死者の声が等しく響く小説だ。六章から成っており、それぞれ違う語り手が、事件やその後の歳月について語る。その顔ぶれは慎重に選ばれている。子供、女、そして弱い男だ。中でも、すでに死者となった少年二人が霊魂になった状態で語る一章、二章がまず圧巻である。

この本を読むことは、今まで知らなかったスポーツをする体験に似ている。身体にかかる負荷が独特なのだ。たとえていうなら、水の中でやるべきではない動作を水の中でやっているような、異様に重い食器で食事をするような、今までにない感覚である。それは、死に一歩踏み込んだ状態でハン・ガンが書いており、それを追体験する形になるからではないかと思う。

一章「幼い鳥」の主人公はトンホという光州の男子中学生だ。彼は、同級生のチョンデという友達と二人で事件の初日に街頭へ出かけていく。チョンデは父子家庭の子供であり、父親が遠くの町へ出稼ぎに行ったので、二十歳の姉チョンミと二人だけでトンホの家に下宿しているのである。そして、チョンミが外出から帰ってこないのを心配して、二人で探しに出かけたのだ。

ところが二人はデモに巻き込まれ、チョンデは銃弾が当たって倒れてしまう。トンホは一人で逃げ出して助かるが、チョンデの遺体があるのではないかと市民の遺体安置所へ向かう。結局チョンデは見つからず、トンホは大学生ボランティアに手伝いを頼まれたため、遺体安置所にとどまって働きはじめる。それほど人手不足だったのだ。

トンホは、家族の遺体を探しにきた人たちを案内し、すさまじい死臭に耐えながら遺体をおおった布を持ち上げ、顔を確認してもらう仕事を担当している。そして、ろうそくの火が消えないようにひたすら取り替えつづける。母親がやってきて家に帰るように懇願するが、トンホは帰らない。彼の心には、チョンデを見捨ててきたという負い目がある。そして、死のごく間近で働きつづけた末、鎮圧部隊が攻め込んできたとき、あっというまに生死の境界を越えてしまう。

死者の声と悪夢体験

二章の「黒い吐息」は、トンホが心配しつづけていたチョンデのモノローグで構成されている。彼はもうそのとき死んでおり、トラックで運ばれた他のたくさんの遺体とともに、空き地に積み上げられている。それは「体の塔」であり、何十本もの足が突き出した大きな獣の死骸のようになっているという。チョンデはその下から二番目に積まれてぺちゃんこになっている。

上下に積み重なって一緒に腐っていく死体たちはお互いのことを知らない。そして魂どうしは、何かを語りたがり、交流したいと思って接近していくが、それができずにまた離れていく。「お互いに言葉の掛け方を知らないのに、ただ僕たちがお互いのことを力の限り思っているってことだけは感じられたんだ」とチョンデの魂は語る。このときチョンデが考えていたのは、もちろんトンホのことだ。

まだチョンデの肉体は消えていないが、やがて「体の塔」に石油がかけられ、火が放たれる。

僕たちの体はずっと炎を噴きながら燃えていった。内臓が煮え返りながら縮んでいったんだ。間欠的にシューシュー噴き出る黒い煙は、僕たちの腐った体が吐き出す息みたいだったよ。そのざらざらした吐息がほとんど出なくなった所から白っぽい骨が現れたんだ。骨が現れた体の魂はいつの間にか遠くなって、ゆらゆらする影がもう感じられなくなったよ。だからとうとう自由になったんだ、もう僕たちはどこにだって行けるようになったんだ。

どこに行こうか、と僕は自分に聞いたんだ。

——ハン・ガン「黒い吐息」『少年が来る』井手俊作訳、クオンこのように『少年が来る』が、二人の死んだ少年の声から始まっていることの意味は小さくない。実際にも光州事件では小学生、中学生、高校生が殺害されており、トンホやチョンデにもモデルがあるのだが、そうした意味だけではない。それは、死者の声を再現するという困難な仕事に深く関わっている。

そこを詳しく掘り下げてみよう。

先にも書いた通り、最後の章は、ハン・ガン自身と思われる作家の語り口で書かれている。そこには、この小説のために集めた資料を読みはじめて二か月経ったとき、作家が悪夢に悩まされる場面がある。例えば、こんな夢だ。

何日か後に誰かが私を訪ねてきて言った。一九八〇年から今までの三十三年間、五・一八光州事件の連行者数十人が地下の密室に閉じ込められていると言った。これから秘密裏に、明日の午後三時に全員処刑されることになっていると言った。夢の中での時刻は夜八時だった。明日の午後三時まで、せいぜい十九時間しか残っていなかった。どうやってそれを阻もうか。教えてくれた人はどこかに行ってしまい、私は携帯電話を持ってどうしたらいいか分からず道の中央に立っていた。どこに電話をかけるべきだろうか。誰に伝えたらそれを阻むことができるのだろうか。このことをなぜよりによって私に、何の力もない私に教えたのだろうか。

この夢を見たとされているのは二〇一三年、朴正煕の娘の朴槿恵が第十八代大統領に就任した年である。

こうした悪夢の重圧に耐えて物語を書きはじめるために、ハン・ガンは、死者の声を獲得することが必要だった。死者の声を持つとは、究極の他者を生きることだといってかまわないだろう。一章の「幼い鳥」はトンホの死の直前までの様子を生き生きと捉えており、二章の「黒い吐息」では彼の友だちチョンデがすでに死を迎えた状態で語りはじめる。ハン・ガンはこの二つの章の間で、生死を飛び越えるとともに、自らジェンダーを飛び越え、少年という存在になりかわることによって、境界を二重に越えたといえるのではないだろうか。

二章では、チョンデの魂が性的な意識についても語っている。「いつか女の子を抱き締めてみたかった。抱き締めても構わない僕の初めての女の子。まだ顔も知らないその子の心臓辺りに、震える手を置いてみたかった」。ハン・ガンはこうした試みを経て、自分の声が死者の声と重なる領域をじりじりと増やし、想像力の可動域を広げ、語りの自在さを身につけていったのではないか。その自在さが、続く章の語りをも支えていく。

このような語りは、作家個人の想像力の所産というより、韓国の民主化運動、特に文化

――ハン・ガン「エピローグ　雪に覆われたランプ」『少年が来る』前掲書

運動を支えてきた伝統的な鎮魂の文化と深いところで結びついているのではないかと思う。光州事件が生んだ「五月文化」は、土着の巫俗の力を借りて、死者の魂を慰め、悼むだけでなく、死者たちの思いを具体的に形象化してきた。ハン・ガンの、死んだ二人の少年の声を再現しようとする努力にもそれに通じるものを感じる。その背景には、光州事件だけではない、無念の死の堆積がある。

死を殺してきた韓国現代史

歴史家の韓洪九《ハンホング》は、韓国現代史は「死を殺す」という行為を積み重ねてきたと語っている。

例えば、第7章で詳しく述べるが、朝鮮戦争の時期、戦闘員ではない一般市民が虐殺される事件が枚挙にいとまがないほど起きた。朝鮮戦争はイデオロギー戦争であり、さらに戦線が何度も上下して勢力地図が入れ替わったため、敵味方が入れ替わるたびに「裏切り者狩り」のようなことが行われ、市民の大量虐殺がくり返されたのである。

その規模は非常に大きく、全貌を把握することは非常に困難だが、社会学者の金東椿《キムドンチュン》は、朝鮮戦争初期に韓国軍と警察、右翼団体によって二十万人から三十万人の民間人が虐殺されたものと推測している。そのほかに北朝鮮軍による虐殺と米軍による虐殺がある。

重要なのは、これらの事件もまた光州事件同様、伏せられ、秘められてきたという事実だ。民間人の虐殺は口にしてはならないタブーとされ、遺族は公に悲しむことも、悲しみを分かち合うこともできなかった。ある虐殺事件の場合には、住民がやっとのことで建てた追悼碑もブルドーザーで撤去されたという。韓国では、二〇〇五年に設置された「真実・和解のための過去事整理委員会」がこれらの市民虐殺事件にも取り組んでおり、各地で犠牲者の遺骨の発掘調査や犠牲者の名誉回復が進んできた。

それは、朝鮮戦争前の一九四八年に起きた済州島《チェジュド》四・三事件の大虐殺でも同じである。第8章で詳しく述べるが、この事件が広く知られるようになったのも民主化以降のことだし、小説や映画になったのもそれ以降である。

韓国にはこうした、「死が死であることが許されな」かった歴史が蓄積している。それらについて語るためには、追悼の前に、なかったことにされた死をまずあったことにする、死の可視化、死の回復というプロセスが必要になるだろう。ハン・ガンが『少年が来る』の第一章と第二章で二人の死んだ少年の声を借りてやったことは、「死の回復」に当たるのだと思う。

死者の声に招かれて読み進むうちに、こんどは生き残った人々の声が響いてくる。

それからのことは言いたくありません。
もっと思い出せと私に言う権限はもう誰にもありません。先生も同じです。

いいえ、撃ちませんでした。
誰も殺しませんでした。
階段を上ってきた軍人が暗がりの中で近づいてくるのを見ながらも、私たちのチームの誰一人として引き金を引きませんでした。引き金を引けば人が死ぬと分かっていながらそうすることはできませんでした。私たちは撃つことのできない銃を分かち持った子どもだったのです。

――ハン・ガン「鉄と血」『少年が来る』前掲書

四章「鉄と血」でこう語る男性は、銃をとって道庁に立てこもったものの、誰も殺さなかった。しかし激しい拷問で体も心もぼろぼろになってしまう。その後彼は、精神を病んだ仲間が耐えられずに自殺していくかたわらで、自分たちが経験した暴力について考えながら生きている。

当時光州に投入された軍人の中には、ベトナム戦争に派遣され、残虐な方法で市民を殺した経験を持つ人々がいたという。それと同じことが「済州島で、関東（関東大震災を指す）と南京で、ボスニアで、全ての新大陸でそうしたように、遺伝子に刻み込まれたみたいに同一の残忍性で」くり返されてきたことについて、彼は考えつづける。考えることが彼の闘いだ。

『少年が来る』は世界に開かれている

第三章の「七つのビンタ」と第五章「夜の瞳」の主人公は女性で、二人とも、トンホと一緒にあの遺体安置所で働いていた。彼女たちもその後逮捕されて激しい拷問を受けるが、そこには性的拷問も含まれる。二人はトンホの死に対する罪悪感を抱えながら、平坦ではない人生を生きていくが、やがて暴力の記憶の中から死者の尊厳の記憶が立ち上がり、それによってかろうじて生かされる。

特別に残忍な軍人がいたように、特別に消極的な軍人がいた。血を流している人を背負って病院の前に下ろし、急いで走り去った空輸部隊員がいた。集団発砲の命令が下されたとき、人に弾を当てないように銃身を上げて撃った兵士たちがいた。道庁前の遺体の前で隊列を整えて軍歌を合唱するとき、最後まで口をつぐんでいて、外信記者のカメラにその姿を捉えられた兵士がいた。

どこか似たような態度が、道庁に残った市民軍にもあった。大半の人たちは銃を受け取っただけで撃つことはできなかった。敗北すると分かっていながらなぜ残ったのかという質問に、生き残った証言者たちは皆同じように答えた。分かりません。ただそうしなくてはいけないような気がしたんです。

――ハン・ガン「エピローグ 雪に覆われたランプ」『少年が来る』前掲書

『少年が来る』が見出した答えは、右の引用文に言い尽くされているといってよい。ここでわかるのは、父の世代の『光州の五月』や『懐かしの庭』が、悲劇の原因を韓国現代史に求めてやまなかったのに比べ、『少年が来る』は、それを徹底して、人間が人間であることに求めているということだ。この小説の英文タイトルが『Human Acts』（人間の行為）だという事実がそれを十分に語っている。『少年が来る』が世界に開かれた文学である理由はここにあるといえるだろう。

アディーチェの作品との類似性

これを例えば、ナイジェリア出身の作家チママンダ・ンゴズィ・アディーチェがビアフラ戦争を描いた『半分のぼった黄色い太陽』（くぼたのぞみ訳、河出書房新社）と並べてみてもいいかもしれない。

『半分のぼった黄色い太陽』は、戦争に巻き込まれていくさまざまな人々の物語を重層的に重ね、ラブストーリーとしても読みごたえのある、非常にパワフルな小説であり、一九六〇年代後半に起きたビアフラ戦争を背景にしている。この戦争では、小国ビアフラが徹底した封じ込めにあい、食料が届かず、数百万人が飢餓で死んだとされる。「半分のぼった黄色い太陽」とは、ビアフラの国旗を指す。

アディーチェがこの小説を書いた動機も、また執筆中に味わった思いも、ハン・ガンのそれととてもよく似ている。

アディーチェ自身は一九七七年生まれで、当然この戦争の体験者ではない。だが、彼女の祖父が二人ともこの戦争で死んでいる。また、これを書いた動機について作家自身が「私たちの歴史のなかでビアフラはとても重要な部分です。あの戦争をめぐる多くの問題がいまも未解決のままですから。でもいちばん心配なのは、そんな問題はなかったことにすれば消えてしまう、と私たちが考えているらしいということです」と語っている。

つまり、アディーチェもハン・ガンも、歴史上の大きな悲劇に家族史の一部として触れながら成長し、あるときに歴史が歪められるのを見て、膨大な資料を集め、読み込んで、執筆にあたったのだ。

戦争当時にビアフラのスポークスマンであった作家のチヌア・アチェベは、アディーチェについて「恐れを知らない、というより、人を怖じ気づかせるようなナイジェリア内戦の恐怖をまともに相手にしないと決めたのかもしれないが、それをほぼ完璧にやってのけた」と賛辞を送っている。

このように、アディーチェもハン・ガンも、「なかったことにされた死」を丁寧に可視化する作業を経て、かつての時代の暴力を俯瞰する広い視野に到達した。死者とサバイバーとの間には、余人には想像のつかない強いつながりがあり、同時に、手を触れてはいけないような罪意識や恥の感覚がある。それらを俯瞰できるのは、体験者ではなく次世代の人間なのだと思う。

ところで、男性に兵役義務のある韓国では、暴力を振るえる兵士になることが大人になることでもある。光州事件はその頂点をなすようなできごとだった。そのことをきわめて鮮やかに見せてくれたのが、作家でもあるイ・チャンドンの映画『ペパーミント・キャンディー』だった。この映画は、心優しい工場労働者だった青年が、たまたま光州事件の鎮圧に動員され、少女を誤射したことから大きなトラウマを抱えるようになり、やがて人生に絶望し、挫折していく様子を描いたものだが、多くの人がこれを「自分の時代を象徴する物語」と感じたのである。

こういった背景のもとで、権力に立ち向かう「男らしい」「雄々しい」戦いというステロタイプを拒否し、素のままの人間が、その無力さによって尊厳を維持していく姿を描くことが娘世代の仕事になるのは、ある意味、必然なのかもしれない。

娘世代の仕事としてもう一つ挙げておきたいのは、千雲寧《チョンウニョン》の『生姜』（橋本智保訳、新幹社）だ。この小説は直接光州事件を扱ってはいないが、その時代を巧みに描き出した作品で、実在した「拷問の達人」をモデルとしている。政治犯を拷問して自白を引き出す名人だった主人公は、潜伏していた大物スパイ団を一網打尽にして摘発した後、「俺の体が放っていた饐えた匂いさえも香ばしかった」と回想するような男性だ。

だが民主化後は一転して追われる立場となり、自宅の屋根裏部屋に閉じこもって妻と娘に養われている。それは、女性たちが屋根裏に「父権」を閉じ込め、えさをやって飼い殺しにしている図にも見える。父親はそこで悪臭を放って腐っていき、娘は、自分はもうそれに耐えることはしないと父親に言い渡す。

ハン・ガンやチョン・ウニョンの小説は、一九七〇年代生まれの女性作家たちが、父親世代の作家たちの困難をよく知りつつ、そこにも内包された家父長制を解体しながら新しい歴史観を作り上げようとしたことを証明している。

さらに先を考えつづけるパク・ソルメ

もっと若い世代の女性作家が描いた光州事件も見てみよう。事件後の一九八五年に光州に生まれたパク・ソルメだ。

今、最も個性的な作家の一人といわれるパク・ソルメは、「じゃあ、何を歌うんだ」(『もう死んでいる十二人の女たちと』拙訳、白水社所収)という短編で、光州事件を扱った詩や歌などをモチーフに、一人の若い韓国人女性と巨大な歴史的事件との関係を独特の距離感で描いている。

主人公は光州出身だが、事件後に生まれたので事件を経験してはいない。サンフランシスコに旅行に行って韓国系アメリカ人の女性と出会い、あまり上手ではない韓国語で行われる光州事件のレクチャーを聞く。主人公が光州の出身だと告げると、韓国系アメリカ人の女性は「ほんとお?」と感嘆する。このときだけでなく、京都へ旅行したときもあの事件のことが必ず話題になる。だが彼女にとって、言葉になったり、人々に語られたりする光州は、まるで六〇年代の南米で起きた事件や、アイルランドの血の日曜日のことのように感じられる。主人公の実感は、次のようなものだ。

ただ、私の前には何枚ものカーテンがかかっていて、私にはその先へまっすぐに歩み出ることができないということ、それだけは確かだということだ。

——パク・ソルメ「じゃあ、何を歌うんだ」『もう死んでいる十二人の女たちと』拙訳、白水社

「じゃあ、何を歌うんだ」はタイトルの通り、歌に関する話だ。それは「ニム(あなた)のための行進曲」(白基玩作詞、キム・ジョンニュル作曲)という、韓国民主化運動のシンボルともいえる有名な歌であり、二〇一〇年に、その歌を公の場でどう扱うかをめぐる議論が起きたことがある。かなりややこしいのだが説明を試みてみよう。まず、この歌の歌詞を見ておく。

愛も名誉も名前も残さず
一生進むと熱く誓った
同志の行方は知れず　旗だけが翻る
新たな日が来るまで揺らぐまい
月日が流れても山河は知っている
目覚めて叫ぶ熱い喚声
先に行くから　生者よ続け
先に行くから　生者よ続け

（拙訳）

この歌は、前述のように、尹祥源と朴琪順の死後結婚式のために一九八一年に作られた歌で、成立には黄晳暎が関わっている。闘争の中で倒れた同志の前で誓いを立てるという内容で、哀切にして勇壮なマイナー調の曲に乗せて歌われる。光州事件の起きた五月十八日には例年、大統領が参席して光州で厳粛な記念式典が行われる。その際には「ニムのための行進曲」を参加者全員で斉唱するのがずっとならわしだった。

ところが李明博政権になったときに、参加者全員による斉唱ではなく、合唱団がそれを歌い、参加者は歌いたい人だけが一緒にお歌いくださいということになった。つまり、どうしてもこの歌を歌いたくない人（保守派）がいるので、その人たちの自由を確保するということだったのだろう。

この、部外者の目には小さく見える変化に人々が見せた反発や葛藤が、「じゃあ、何を歌うんだ」に書き込まれている。光州のバーで、「あの歌」をめぐって客どうしの間に言い争いが起きる。歌を禁止した政権への怒りもあれば、「光州といえばこの歌」というステロタイプへの嫌悪感もある。一人が「じゃあ何を聴くんだ、何を歌えばいいんだ」とつぶやくが答えはなく、バーの主人が、語れるのはこれだけだとでも言うように、光州の美味い餅と粥について延々と話しつづける。ディスコミュニケーションそのものがテーマであるような一瞬だが、そこに居合わせた主人公は、この一瞬を、「描かれた光州」と、八〇年に実際に起きたこととの間にある重要な場ととらえ、目を凝らしているようだ。その後、二〇一七年には政権が交代し、「ニムのための行進曲」がまた式典で斉唱されるようになったが、そもそも一つの歌をめぐってこれだけセンシティブな攻防戦があること自体、光州の記憶と表象が韓国社会にとってどれほど重要であるかを示している。

かつて侮蔑の対象であり、その後神聖化され、一方でヘイトスピーチの対象にもなりつづけている光州事件。パク・ソルメはそうした経過をすべてはぎとり、できごとそのものと一人の人間の関係に的を絞って、歴史を叙述することはどのように可能かという問いにチャレンジしている。先行世代の人々もこの姿勢を、光州事件を実際に体験していない世代の真摯さとして評価しており、ここでも、光州が生きていることが見てとれるだろう。

その後、二〇二一年に刊行されたパク・ソルメの長編『未来散歩練習』（拙訳、白水社）では、かなり異なった光州へのアプローチが見られる。年代の違う五人の女性たちの人生がゆるやかにつながって展開される小説で、そこに光州事件と、一九八二年に起きた釜山アメリカ文化院放火事件が重なる。

主人公の一人であるスミが中学生だったころ、突然、親戚の「ユンミ姉さん」が家に引き取られて一緒に暮らすことになる。ユンミ姉さんは釜山アメリカ文化院放火事件に関与したために投獄され、出獄したのだった。この事件は、光州事件の際に全斗煥政権にストップをかけられなかった米国政府の責任を問う学生たちの抗議行動だったが、参加者たちの意に反して死者が出てしまう。出獄後、気力が尽きたかのように寝てばかりいるユンミ姉さんだったが、あるとき光州事件の関係者から手紙をもらって光州へ訪ねていく。スミはそれに同行し、緊張の中でいたわりあう人々の姿を記憶にとどめる。その記憶は何十年も保管され、現在が過去になった後にも誰かの散歩の中で再生されるのだ。

「来たるべきものについて絶えず考え、現在にあってそれを飽きずに探し求める人々は、すでに未来を生きていると思った」という登場人物の一人の言葉は、八〇年代から現在まで、そして未来まで貫通する想像力のありかを示している。

歴史の中で立ち返る場所

最後に、光州事件が初めてテレビドラマ化されたときの記憶について書いておきたい。それは一九九五年に放映された『砂時計』というドラマで、男性二人、女性一人の主人公を通して、七〇年代から九〇年代までの激動の韓国現代史を描いている。全二十話のうち二話で光州事件が登場するが、その回では事件当時の実際の報道映像を織り込んで構成し、六四・五パーセントという驚くべき高視聴率を記録した。

このドラマのビデオテープを友人に送ってもらい、初めて見たときの不思議な気持ちは今も忘れられない。軍隊の発砲によって大勢の人々が逃げまどい、倒れていく群衆シーンを見守りながら、韓国の地上波にこれが公然と流れたことがすぐには信じられず、身震いするようだった。八〇年当時に日本で報道映像を見ていた私でさえそうだったのだから、韓国の人々にとっては、どれほどの衝撃だっただろう。

例えば日本において、連合赤軍のメンバーが仲間へのリンチ殺人を行った山岳ベース事件やオウム真理教の地下鉄サリン事件といった大事件が報道されず、犠牲者が出たことも知らされず、七年後いきなり真相が明らかになったとしたらどうか、考えてみてほしい。そのとき私たちは、自分たちが共通に持っているつもりだった時代の記憶をどう調整し、どう共感の軸を作っていけばいいのか。

しかも光州事件の影響力は、これらの事件とは全く性格が異なる。それは特定の思想や宗教を持った人々の行為ではなく、一般市民が国家によって殺害された事件であり、国家の根幹に関わっているからだ。

詩人チャン・ソクに「五月は四十回以上わたしを起こした」という、印象的なタイトルの詩がある。この詩の終わりの節は次のようになっている。

肩に手をあて　揺さぶる五月
ようやく目覚め　そこにわたしも流れてゆく

――「五月は四十回以上わたしを起こした」『ぬしはひとの道をゆくな』戸田郁子訳、クオン

チャン・ソクは一九八〇年、ソウル大学在学中にデビューして詩壇に波紋を残したが、その後四十年間作品を発表しなかった。日本語版詩集の翻訳を務めた戸田郁子によれば、「書けなかったのではなく、強い意志を持って詩から遠ざかったのだ」ということである。八〇年の四月に兵役についたため光州事件は知らずに過ごし、仲間たちが民主化運動に明け暮れるのとは一線を画して、故郷で父の生業を継いだ。しかし六十代になった二〇二〇年に第一詩集を刊行、以後あいついで発表された詩の中には、長い時間をかけてゆっくりと醸成された光州への思いが生きている。それは決して懐古ではなく、チャン・ソク自身

の今そのものである。

このように、光州は今も、そこへ立ち戻って考える重要地点でありつづけている。何か韓国にとって嘆かわしいことが起きたとき、「光州事件の犠牲者はこんな世の中にするために死んだのか？」という問いかけが発動する。

ひるがえって、日本社会を作ってきた人々にとって、そのような原点となる場所はいつの、どこだろうか？

『たそがれ』（黄晳暎著、姜信子・趙倫子訳、クオン）は、そんなことを考える大人に読んでみてほしい本の一冊である。民主化闘争の時代を生き延びた世代と、すっかり変貌した現在の韓国社会で苦悩する若い世代の悩みを交錯させ、無数の死者たちへの思いを昇華させようとした重鎮作家の作品である。罪悪感や恥の意識をとことん突き詰めた末に、大人の責任を果たそうとする文学といえるかもしれない。

また、一九七二年生まれで、ユーモアと内省の効いた筆致が特徴の作家イ・ギホは、『舎弟たちの世界史』（小西直子訳、新泉社）で、全斗煥大統領の治世下で政治犯に仕立てられていくタクシー運転手の物語を、不穏なユーモアたっぷりに描く。八〇年代の韓国がなぜこうなったのかが思いもよらない方向から解き明かされ、『光州の五月』で宋基淑が果たしたかったことが、形を変えてここに実現していると思わされた。

二〇二四年にハン・ガンがノーベル文学賞を受賞した際、光州市庁舎の前には大きな垂れ幕が掲げられた。そこには、「ハン・ガン！　ありがとう！　嬉しい！」という文字が大きく書かれていた。その下に印刷された「五月、今や世界の精神」という言葉は、光州事件がさまざまな侮辱をはねのけて保ってきた矜持を思わせた。

第5章

維新の時代と『こびとが打ち上げた小さなボール』

「維新の時代」が書かせたベストセラー

時代を越えて現役で売れつづける本を、韓国では「ステディ・セラー」と呼ぶ。チョ・セヒの連作小説集『こびとが打ち上げた小さなボール』（拙訳、河出文庫。以下『こびと』と略称）は間違いなく、その代表だ。

一九七八年に刊行されるとすぐ、純文学としては異例のベストセラーとなり、その後もとぎれることなく売れつづけ、四十五年以上経った今、通算売り上げは一四八万部だという。この小説は差別と貧困と不条理に苦しみ、戦い、とことん傷ついた人々を描く連作短編集だ。そういう本が、「今も昔も若者の必読書」といわれ、K-POPアイドルが愛読書として挙げたり、ラップの歌詞に登場することもあり、一方では九〇年代以降ずっと教科書にも載っているし、インターネット書店でもコンスタントに読者レビューが上がりつづける。こんな本が日本にあるだろうか。

この本が出てから四十五年の間に韓国は民主化をとげ、経済成長も達成し、大きく変化した。なのになぜ、七〇年代の深刻な社会問題を扱った『こびと』が現役のパワーを保っているのだろう。その理由を考えることは、韓国文学全体の特徴に迫ることにもなる。

『こびとが打ち上げた小さなボール』は、「維新の時代」の産物である。

そう言うと明治維新を思い出す人がいるに違いないが、その連想は的外れでもない。「維新」とは、一九六三年から七九年まで長期政権につき、韓国に経済成長をもたらした一方で、自由と民主主義を弾圧した独裁者といわれる朴正熙《パクチョンヒ》が、自らの政治に貼りつけたラベルである。

一九七二年十月十七日午後七時、朴正熙は突然全国に非常戒厳令を宣布し、「大統領特別宣言」を発表した。国会は解散、憲法の一部条項の効力が停止され、一切の政党・政治活動も禁止、大学は閉鎖された。「民族史の進運を栄誉を持って開拓するための重大な決心」にもとづき、祖国の平和統一を目指すためと説明されていたが、要は、国会の権限を大幅に弱め、野党を完全に封じ込めて半永久的に執権できるようにしたのである。

この一連の動きを朴は「十月維新」と呼び、十二月には「維新憲法」と称する新憲法も公布された。大統領特別宣言が出された一九七二年から、朴が部下によって暗殺される七九年までが「維新の時代」である。

そもそも「維新」とは、『詩経』に出てくる由緒正しい言葉だ。だが、日常語ではないし、韓国でも、日本の明治維新に言及するとき以外には使わない単語だった。だからこのネーミングは非常に唐突だったし、朴正熙がかつて大日本帝国陸軍の軍人だったことと結びつけて理解した人も少なくなかった。そのため、「維新」が日本の受け売りだと思われてはいけないと思った朴正熙の周辺が、朝鮮時代に「維新」という言葉が用いられた実例を持ち出して予防線を張ったこともあるほどである。このようにして名づけられた維新の時代は、目覚ましい経済成長の裏に、過酷な暴力装置の顔を持つ時代だった。

『こびとが打ち上げた小さなボール』の著者、チョ・セヒは、この小説を書きはじめたころのことを、「破壊と偽の希望と侮蔑の時代」という副題を持つあとがきで、次のように書いている。

「非常戒厳令と緊急措置がわが者顔で君臨し、誰かが自由とか民主主義とか口にしただけで捕えられ、恐ろしい拷問を受け、投獄される〝維新憲法〟のもとで、私はかつて断念した小説を一編一編書いていった」

チョ・セヒは一九六五年、二十三歳のときに、新聞社が主催する文学賞の新人賞を受賞してデビューし、大いに期待を集めた。だがその後十年ほど、執筆活動をほとんどストップしていた。そんな彼に維新の時代が『こびとが打ち上げた小さなボール』を書かせたのである。

それまでも厳しかった締めつけが一層強まり、常軌を逸していく中で、何をすべきか考え抜いた末にチョ・セヒが選んだのは、暴力が最も凝縮した場所で生きる人々の物語を書くことだった。

タルトンネの人々

私が『こびとが打ち上げた小さなボール』を読んだのは、一九八一年、大学三年生のときだった。刊行から三年が経っていた。当時、私は在日コリアンの学生と日本人学生が一緒に朝鮮語を学ぶサークルに入っていたのだが、先生が「学生に人気のある小説ですよ」と言って選んでくださったテキストが、本書の第一話目「メビウスの帯」の冒頭だったのである。それは次のように始まっていた。

数学担当教師が教室に入っていった。教師は本を持っていなかった。生徒たちはこの教師を信頼していた。この学校で生徒に信頼されている、唯一の教師だった。

教師が口を開いた。

諸君、今年一年よくがんばった。みんなほんとうによく勉強してくれた。

――チョ・セヒ「メビウスの帯」『こびとが打ち上げた小さなボール』拙訳、河出文庫

この文章には難しい単語が一つもなく、学びはじめて一年半ほどしか経っていなかった私にも、多少辞書を引くだけですっと読めた。初学者にとって、文学作品が「読めた」という達成感はめったにない感激である。私はこの小説に大いに興味を持ち、先生にお願いして原書を取り寄せてもらった。

しかしこの小説は、私を予想もしないところへ連れていった。教室の光景から始まりはするものの、教師や生徒は一種の黒子にすぎず、読者はすぐにむき出しの暴力が吹き荒れ

る都市の異界に引きずり込まれる。当時日本で読むことができた韓国現代文学は、金芝河《キムジハ》の詩をはじめ、軍事独裁政権に対抗するいわゆる抵抗文学が多かった。しかし『こびと』は、「メビウスの帯」から始まることが象徴するように、善悪が判然としない世界を描いており、登場人物は英雄ではなく、弱々しい身体から一種のリリシズムをしたたらせたまでこの世の残虐さと戦っていた。

前半では、都市開発のために家を撤去され追い出された人々（撤去民）が、後半では、工業地帯で劣悪な労働条件に抵抗して組合を結成しようと奮闘する人々の姿が描かれている。物語の中心にいるのは、とある貧しい一家だ。父親は「こびと」（低身長症）であり、母親と、十代から二十代の三人の子供（息子のヨンスとヨンホ、そして娘のヨンヒ）は健常者という設定になっている。

彼らが住んでいるのは「ソウル市楽園区幸福洞」という架空の地名を持つ地域だ。名前とは裏腹に、山の斜面にぎっしりと不法建築住宅が立ち並ぶ低所得者居住地帯である。かつての韓国にはあちこちにこうした地域があり、それらは「タルトンネ」と呼ばれてきた。タルトンネとは直訳すると「月の町」で、山のてっぺんまで家々が密集した様子が月に迫るようだからと、そう呼ばれたのである。しかしもちろん、現実はそんな夢のようなものではない。下水の設備がなく衛生状態が悪く、建ぺい率が非常に高いため火事が起きたら一たまりもない。そして、後述するが、いつ追い出されるかわからない、生存権の保障されていない町なのである。長男のヨンスは自分たちの暮らしをこう語る。

天国に住んでいる人は地獄のことを考える必要がない。けれども僕ら五人は地獄に住んでいたから、天国について考えつづけた。ただの一日も考えなかったことはない。(中略)生きることは戦争だった。そしてその戦争で、僕らは毎日、負けつづけた。

——チョ・セヒ「こびとが打ち上げた小さなボール」『こびとが打ち上げた小さなボール』前掲書

その戦争の様子が、現在と過去を行き来しながら、また、リアルな世界と僅かなファンタジーの混じる世界を行き来しながら描かれる。

父は、差別と貧困の中を、水道修理などさまざまな肉体労働をして生きてきた真正直な人物だ。この人が「こびと」であることの意味は深い。彼は、人の世は愛によって営まれるべきだという強い信念を持っている。そんな父を子供たちもまた愛し、助けたいと願っているが、その希望は目の前で打ち砕かれる。維新の時代の歪んだ暴力性が「こびと」の小さな身体を借りて表現されるとき、読み手である多数の健常者たちは、自分自身に突きつけられた問いの前に立ち止まらずにいられなかっただろう。そこには、韓国の伝統文化が、さまざまな「障害」と呼ばれる特徴を持つ身体の力を認めてきたことも関わっている。「こびと」一家はタルトンネに家族で力を合わせて作った家に住んでいるが、その一帯が大規模開発されることになり、立ち退きを強要される。立ち退く代わりに、当時、急速に発展しつつあった江南《カンナム》地区の新築高級マンションに入居する権利が与えられるが、それは絵に描いた餅だ。高級マンションに住みつづける経済力を持たない人々にとって、入居権は住まいの確保を意味しないからだ。

それを見越した不動産ブローカーたちが立ち回り、貧しい人たちから入居権を二束三文で買い集め、高額で転売する様子が小説には生々しく描かれている。権利を売ったらどこかへ去るしかない。選択肢を持たない人々が蹴散らされるように追われる中、「こびと」も家を取り壊され、家族を残して死んでいく。

このような撤去民の姿は、韓国社会の自画像である。なぜなら韓国では、都市開発と不動産投機が一体化した金儲けシステムに国民自らが参加し、それが社会全体の歯車を回してきた経緯があるからだ。このことは常に、韓国文学の重要なテーマでありつづけてきた。極端な言い方をすれば、韓国文学において家や不動産、そして再開発を描くことは、単なる住環境の描写ではなく、大韓民国そのものを描くことにほかならない。その根源に位置する一九七〇〜八〇年代の韓国社会の様子を、歴史家の韓洪九《ハンホング》は、「全国民が投機を夢見るディストピア」だったと表現した。少し長くなるが、その経緯を見てみよう。

都市開発と撤去民の歴史

一九四五年に植民地支配が終わると、日本や旧満州から多くの人々が一斉に帰還し、ソウルや釜山などの都市を中心に人口が膨張した。その後、朝鮮戦争で多くの家屋が消失した上、北朝鮮からも他地域からも多数の避難民が集まり、バラックが増えていく。続いて爆発的な都市集中の時代を迎え、地方の農村部から大勢の人が都市に流入し、河川敷や鉄道の回り、林野、市街地に隣接した山腹などに違法建築を建てた。

当時の韓国は今から想像もつかないほど経済状態が悪かった。一九六〇年代になっても、北朝鮮に比べて韓国の経済規模はずっと低く、南の経済規模が北に追いついたのは七〇年代に入ってからといわれている。住宅の供給にまで手が回らなかった政府は都市部の不法建築密集地域を半ば放置し、その結果、ソウルや釜山だけでなく全国各地で丘陵地や河川敷などにそうした住まいが多く出現し、膨大な人々が暮らしていた。

七〇〜八〇年代には、ソウルの江南地域の大規模開発が政府・財界の肝入りでスタートしたのをはじめ、全国に都市開発と不動産バブルの波が押し寄せる。単なる原野にすぎなかった江南が、地形まで変えてしまうほどの大規模開発によって高層マンション群と化し、高級デパートなどが立ち並ぶソウルの新しい中心となり、再開発後は地価・不動産価格が驚くほど上昇する。ここに、不動産をめぐるマネーゲームが一般庶民の間にも広がる下地ができた。

さらに韓国では、「チョンセ」という独特の賃貸方式によって大家が大金を手にすることができ、それがいっそうマネーゲームを煽り立てる。大変複雑なのだが、韓国文学を読んでいると必ずといっていいほどこの言葉が登場するので、手短に解説しておく。

チョンセとは「伝貰」と書き、古くからある韓国特有の賃貸システムだ。家を借りるときに「チョンセ金」というまとまった額の保証金を大家に預け、それと引き換えに月々の家賃が免除される。チョンセ金は退去時に全額が払い戻しされる。それでは大家が損するように思えるが、かつて金利が高かった時代には、チョンセ金を運用して儲けを出せばお互いにウィンウィンだった。そもそもチョンセというシステム自体、朝鮮戦争直後の住宅難の中で、相互扶助的な性格を備えつつ広まったものだといわれている。

人々は、最終的には持ち家を目指すのだが、その過程でいかに賢くチョンセを活用して住居を整え、同時に財産を形成するかが重要になる。それが人生の一部であり、生きる姿勢を形作るともいえるほど、韓国人にとっては重要なシステムだと思う。とにかく、誰もが必要な住宅という存在が、一般庶民も参加できるマネーゲームのコマにされてきたことを理解してほしい。

だが、チョンセ金はかなりの大金である。だからまとまったお金を持たない人や、実家にお金のない若者には最初から縁のないゲームになってしまう。例えば、伊東順子の『韓国カルチャー』（集英社新書）によれば、二〇二一年のソウルのチョンセ価格の中央値は六億二六四八万ウォン（約六〇〇〇万円）だという。ソウルは特別に高いが、全国中央値でも三億一一四九万ウォン（約三〇〇〇万円）だ。韓国では不動産価格は常に上がりつづけているので、大家にとってはこれを運用せず転売するだけでも相当の儲けが見込めるのである。

七〇年代に二束三文で江南の土地を買った人々は、八〇〜九〇年代に厚みを増した新中産階層の中核をなす人々である。彼らのエネルギッシュなパワーが韓国の経済成長と民主化を推し進めたのだが、同時にそれは、「こびと」たちを蹴散らして展開されるプロジェクトでもあった。

そして今や、韓国の不動産オーナーは家賃収入のためではなく転売利益のために家を所有する。都市再開発の際に発生する「マンション入居権」には竣工のはるか前から高いプレミアがついて売買され、一般市民がそれを手に入れるために住所を偽造するなどの異様な事態が続いている。何年かそこに住み、入居権の価格が上がりきったところで転売するのである。そうしたむき出しの欲望の中で人間が壊れ、子供が犠牲になる様子を、ファン・ジョンウンが『野蛮なアリスさん』（拙訳、河出書房新社）につぶさに書いている。

朝鮮戦争は長く続いてきた身分制度を破壊したが、不動産投機ブームが新たな身分制度を生み出したといえなくもない。不動産オーナーと借り手の間には当然ヒエラルキーが生じるし、物件を複数所有している人がどんなに有利かはいうまでもない。不動産成金の子孫たちは生まれながらにして優位に立っている。このように、不動産の所有状況によって身分が決まる韓国社会のあり方は「不動産階級社会」と呼ばれることがある。この独特の階級社会の足元に、無数の撤去民、「こびと」たちが埋められているのだ。

そして物語の後半では、家を追われた「こびと」の子供たちが、仁川《インチョン》をモデルとした工業都市ウンガンに移動し、工場で働く様子が書かれている。ウンガンは公害都市でもあり、海や大気が汚染されて市民が苦しんでいる。その大本である工場内での健康被害はいうまでもない。長男のヨンスは労働組合を結成し、多くの妨害に耐えて、劣悪すぎる労働条件の改善を求めるが、道を断たれ、たった一人の孤独な戦いに挫折して倒れる。

七〇年代から八〇年代にかけて、仁川は労働運動の根拠地だった。朴正熙政府は、経済成長を妨げる存在として労働運動を蛇蝎《だかつ》のごとく嫌い、徹底的に弾圧した。「こびと」の娘ヨンヒが働くウンガン紡織の組合は、民主労組の代表として名高い仁川の「東一《トンイル》紡織」の労組をモデルとしているが、この組合が一九七八年に代議員選挙を行った際には、選挙妨害を目論む会社が雇ったならず者たちが、投票に来た女性組合員に人糞を浴びせるという事件まで起きた。

中学校も義務教育ではなかった当時、韓国製造業の最底辺を支えていたのは十代の、多くは子供といっていいほど若い工員たちだった。特に女子工員の処遇には女性差別も重なって矛盾が集約した形で現れた。『82年生まれ、キム・ジヨン』には、ジヨンの母が七〇年代に、中学を出るとすぐソウルの清渓川《チョンゲチョン》一帯に密集する零細縫製工場に就職し、眠気覚ましの薬を飲みながら深夜労働に従事したエピソードが出てくる。それは兄や弟を大学に送るためでもあった。『こびとが打ち上げた小さなボール』はそれをリアルタイムで描いたものである。女子中心の組合員と会社側との団体交渉のやりとりなどが本書には生々しく記されているが、それはチョ・セヒが現場の人々とのつながりを持っていたためだ。

『こびと』は一つのゲリラ部隊

さて、この小説が現在も現役で読まれている理由は、大きく次の三つだと思う。

①人間の尊厳を破壊する社会の構造的矛盾を真正面から暴いたこと。
②幻想的・詩的な筆致と、多数の人物の声を重ねるポリフォニックな構成を用い、文学的に優れた成果を上げたこと。
③読者に愛され、生き延びたこと。

③については少し補足が必要だろう。維新の時代には、少しでも政権批判に見える表現があれば著者は「アカの手先」と決めつけられて逮捕され、作品は日の目を見なかった。チョ・セヒが重要視したのは、抵抗の文学者として英雄視されることではなく、この作品が販売禁止にならず、読者のもとに届くことだった。

本書を書くにあたって彼は、タルトンネや労働者街に部屋を借りて当事者たちと交流し、仁川の紡織工場の労働争議にも関わっていた。こうして当事者の声を聞いた以上、作品が生き延びて読者の手に届くようにする責任がある。それが第一条件であり、そのためにこそ②のような文学技法が選ばれたともいえる。著者自身が『こびと』のあとがきで、「初めから発禁になってもかまわないと考えていたなら、私の作業はもっと容易だったかもしれない」と言っている通りだ。

そのために選ばれた文体も個性的で、きわめて平易な短文を連ねて独特のリズムを作り出している。著者は、雑誌社での忙しい仕事のさなかに、喫茶店や公園で時間を盗むようにして書いたためだと語っているが、別のところでは、フォークナーの『響きと怒り』が好きで、ベンジーの切れ切れの語り方に影響を受けたという意味の発言もしている。いずれにせよ、周到に選ばれた文体であることは確かだろう。

また、発表の仕方も独特だった。この本に収められた短・中編は、二年半ほどの間に、八つの雑誌と一つの新聞にばらばらに発表された。すべて揃うと連作短編集になるのだが、一つ一つは読み切りで完結している。なぜこのようなことをしたかというと、検閲を考慮したからといわれている。つまり、一つの雑誌で長編を連載するうち、ある時点で販売停止になったら続きが書けなくなる。だがこのゲリラ的な発表方法なら、被害を最小に食い止められる。後に著者はそれを、「誰にもまだ明らかな正体をつかまれたことのない小部隊」と呼んだ。七〇〜八〇年代の韓国では、このような連載スタイルがたびたび見られた。

物語を伝達するための驚くべき構成

『こびとが打ち上げた小さなボール』の構成には特徴がある。まず、多様な階層と立場の人々の声を集めていることだ。一方の極に当事者である貧困層の「こびと」一家がおり、その対極に、彼らの働く工場を経営する財閥一家の末息子、キョンフンがいる。

その中間に、「こびと」に共感を抱いて助けようとする中産階級の主婦シネや、ヨンスらを支援する労働運動家のチソプがいる。また、キョンフンに近い立場だが自分の属する階級に罪悪感を持ち、ヨンスを理解したいと願う大学生のユノがいる。それらの声がそれぞれの切実さを放ち、重なり合いながら乱反射する。

「人間の生活をしたいんだよ。それだけのことですよ」（こびとの長男ヨンス）

「世界の何もかもが異常だった。ただ僕ら一家とチソプを除いては」（次男ヨンホ）

「お父ちゃんをこびとなんて言った悪者は、みんな、殺してしまえばいいのよ」（長女ヨンヒ）

「わしは胸が張り裂けそうなんだ。それをわかってくれにゃあ。張り裂けそうに、痛いんだよ」（こびと）

「でも、生きている間は生きていかなくてはならないしね」（こびとの妻）

「私たちもこびとです。お互いに気づいていなかったとしても、私たちは仲間よ」（近所の

中産層の主婦シネ）
「団体を作らなくては。あの人ひとりの力ではだめだ」（大学生ユノ）
「健全な経済のために、なぜ私たちが弱いままでいなきゃならないのでしょう？」（ヨンヒの同僚で労働組合委員長のヨンイ）
「私よくわからないのだけど、みんなして、その人の取り分を横取りしたのじゃない？」（ユノの友人で弁護士の娘ウニ）
「僕の弱さを知ったら、父はまっ先に僕を切り捨てるだろう」（財閥一家の末息子キョンフン）

さらに特徴的な仕掛けとして、先にも書いた高校の教室のシーンがある。この教師は、本書の最初と最後の章、つまり小説の入り口と出口にだけ登場し、暴力的な社会で受験戦争に勝って大学へ行くことの意味について対話を交わした後に、「せむし」と「いざり」という、体に障害を持つタルトンネの住民の話を生徒に向かって語る。この「せむし」と「いざり」はこびと一家と同じタルトンネの住民であり、同じようにマンション入居権を買いたたかれ、悪徳ブローカーへの復讐を企てる。だが二人の間には常に、「暴力に暴力で対抗していいのか」という意見の対立があり、対話がある。

つまり、『こびとが打ち上げた小さなボール』という小説においては、「高校教師と生徒の対話」、「『せむし』と『いざり』の対話」という二重の対話のゲートをくぐって初めて、「こびと」たちの世界に接近することができるのだ。地続きでありながら直視することを怠ってきた人々の世界に入っていくための一つの節目として、対話というゲートが機能しているわけである。

このように本書は、さまざまな声を単に並べるのではなく、ある声がある声の中を通過して響いてくる、一つの物語がもう一つの物語の伝声管となるという複雑な形を持っている。それはあたかも社会の中で、一人の体験が人から人へ伝わって物語になる様子をなぞっているかのようだ。

ばらばらに召集されたゲリラ部隊であるはずの物語が一冊にまとまったとき、これほど緊密な構成を持っているのは驚くべきことだ。

若者たちの心の声が響いてくる

こうして完成された本書を、次に、登場人物に的を絞って見てみよう。

『こびと』は、十代、二十代の心をみずみずしく描いた青春群像ドラマでもある。全十二編には一人称と三人称の物語が混じっているが、一人称で語るのは長男ヨンス、次男ヨンホ、娘のヨンヒ、そして財閥一家の末息子であるキョンフンだけだ。つまり、全体としては貧困層、中産層、富裕層というグラデーションを描きつつも、その中から特に、両極に位置する若者たちの肉声がはっきりと聞こえてくる。

主軸はあくまで「こびと」の子供たちの側にある。丸裸で社会に投げ込まれ、侮辱の中で大人になっていくプロセスが描かれ、その中に恋もあれば親との葛藤もある。「こびと」の長女ヨンヒは一家が家を追われるときまだ十七歳だが、奪われた入居権を取り戻すために家を飛び出し、思いもよらない捨て身の行動に出る。このくだりは当時も今も読者に鮮烈な印象を残す。

だが、持てる側の若者にも苦悩がある。財閥一家の末息子キョンフンは、自分よりずっと若いお手伝いさんにセクハラをくり返す、冷笑的で嗜虐的な若者だ。けれども彼はもともと、有能でマッチョな二人の兄の下で苦しむ気弱な子供だったのである。兄たちに伍して強さを証明しなければ父に認めてもらえないという、強いコンプレックスを抱えてきた経緯があるのだ。

そのほかにも、全階層の登場人物が、維新時代の緊張の中で不安や戸惑いを感じており、また家族へのさまざまな思いが錯綜して小説の中を縦横無尽に走っている。その中には、どんな読者が読んでも自分に近いと思えるような感情が必ずある。今も昔も若者の必読書といわれる理由はそこにあるのではないかと思う。

本書のうち、最初に雑誌に発表されたのは主婦シネを主人公とする「やいば」という物語だった。シネは、家の水道の出が悪いのでとても困っている。一九七〇年代のソウルではしばしばそういうことがあったらしい。業者が、お金をかけて井戸を掘るようにとシネに勧める。しかし、住宅地を回って水道修理の仕事をしている「こびと」が、高いお金を払って井戸を掘らなくても、自分が修理すれば水が出ると請け合う。シネは「こびと」に親しみを感じ、修理を任せるが、そこへ、業務妨害されたと逆恨みした井戸掘り業者がやってきて、「こびと」に激しい暴力を振るう。シネは自分でも驚いてしまうほどとっさに、台所の刺身包丁を持って業者に立ち向かう。

業者が迫力負けして逃げ出した後、シネは「こびと」に「私たちもこびとです。お互いに気づいていなかったとしても、私たちは仲間よ」と告げる。

このシネという女性がいなかったら、『こびとが打ち上げた小さなボール』は全く違う印象を持つ本になっただろう。シネは、中間層の読者が自分を投影しやすい、虐げられた人々と読者をつなぐ存在なのだ。それは海外の読者が読む際も同様だと思う。その後もシネは物語の節目節目に現れ、「こびと」一家を見守っていることが描かれる。そしてシネ自身の物語には彼女の娘と息子がちらりと姿を見せ、維新の時代に対して若者たちが抱いている嫌悪や不安が垣間見える。

思えば、この小説が執筆されていた維新末期の時代は、朴正熙ファミリーにとって悲劇の連続だった。チョ・セヒが十年の沈黙を破って本書の連載を始めたのが一九七五年だが、その前年には、朴正熙夫人の陸英修《ユクヨンス》が夫を狙ったテロにより銃殺されていた。そして、本書が刊行された翌年の七九年には、こんどは朴正熙本人が部下に銃殺される。したがって、『こびとが打ち上げた小さなボール』の成立過程はそのまま、朴正熙の娘、朴槿恵《パククネ》が孤児になっていくプロセスにぴったりと重なる。「こびと」一家と朴正熙一家の物語は歴史の中で厳然と対峙しており、それをシネの一家が見守っている。

生き延びた『こびと』

物語の全体像が現れたとき、それを覆っているのは否応ない悲劇性である。しかしともあれ本書は検閲をくぐり抜けて生き延びた。

本書が発禁にならなかったのは、企業の悪は告発しているものの、国家批判をしているとはいえないためであったかと思う。当局としても、この本がかなり出回ってしまったので今さら取り締まれなかったというのが現実ではないだろうか。作家自身も、この本に赤線をどっさり引いて当局に送りつけた人がいることを証言している。危険はあったのである。

チョ・セヒは一九七八年にこの本が出た当初の思い出として、有名なキム・ヒョンという文芸評論家と喫茶店で会ったとき、「徹夜で読んだよ。これはいいね、八千部は出るだろう」と称賛されたことを記している。しかしその後の経緯はキム・ヒョンの予想を大きく上回った。『こびと』は、大学生は全員読んだといわれるほど有名な本になり、『こびとが打ち上げた小さなボール』（ナンジェギガ・ソアオルリン・チャグンコン）というタイトルを縮めて「ナンソコン」と呼ぶ愛称までできた。一種の社会現象と化したこの本は、演劇にもなったし、李元世《イウォンセ》監督によって、『小さなボール』というタイトルで映画化もされた。ただし演劇はすぐに上演が差し止められたし、映画も検閲の厳しさが尋常ではなく、撮影終了後にさんざん介入された結果、シナリオとは似ても似つかないものになったと、長男ヨンス役を務めた名優アン・ソンギが証言している。

この本が出たころ、十代の労働者としてソウルの工場で働いていた作家の申京淑《シンギョンスク》は、夜学の先生が貸してくれた本書を夢中で読みふけり、工場の休憩時間に機械の上でその文章をノートに一文字一文字筆写したことを、ベストセラーになった自伝的長編小説『離れ部屋』(安宇植訳、集英社)に書いている。

『こびとが打ち上げた小さなボール』には、工場の若い女性労働者と経営者との団体交渉の模様が出てくるが、そこでは、深夜労働の際に居眠りする幼い女工さんたちを起こすために、班長が安全ピンを持って見回り、寝ている子の腕を刺す行為が日常的に行われていることが語られる。そして労働者代表のヨンイは、次のように述べる。

従業員に正当な賃金を支給せずに得た恥ずべき利潤を、どの社会にどう還元するというのです? また、その利潤をどんな株主に配当し、そんな忌まわしい利潤を蓄積していったい何をしようというのです? そんな企業はこれ以上成長してはいけないと私たちは思うんです。正確にいえば、労働者に人間らしい生活ができない賃金を与えて機械を動かしている以上、それは、利潤ではありません。別の言葉で呼ばなくてはなりません。

——チョ・セヒ「過ちは神にもある」『こびとが打ち上げた小さなボール』前掲書

このせりふを読んだ中京淑には、この本の著者が自分たちの生活を知っていること、当事者に聞かなければこのような描写はできないことがわかっただろう。そして、この本が書店で売られていて、誰でもこれを買って読むことができるのだと思ったとき、『こびと』が存在し、流通していること自体が希望だったに違いない。

『こびと』は日本でもリアルタイムで着実に読まれた。神戸で一九七一年から活動をしている、朝鮮半島の文化・歴史・風俗・言葉を研究する市民サークル「むくげの会」は、本書の三分の二程度を訳出した『趙世熙小品集』を八〇年に刊行したが、五百部印刷したのがあっという間に売り切れたので八一年に増刷したという。当時、私自身もこの本を入手して読んだ。

この小説はその後の文学者にも大きな影響を与えた。韓国の文芸評論においては、「倫理」「道徳」といった言葉が用いられることも少なくなく、およそ文章を書く人は世の中を善に導くために努力すべきという価値観が目に見える形で存在するといってよい。そこには、武より文を重んじてきた歴史の影響を垣間見る思いがする。だからなのか、韓国文学の底流には、苦しむ人たちを描いてこそ文学だという強い信念が存在する。その最高傑作が『こびと』だろう。

第4章の最後でも触れた作家イ・ギホは、「ハン・ジョンヒと僕」(『誰にでも親切な教会のお兄さんカン・ミノ』拙訳、亜紀書房所収)という短編小説で、自分自身を思わせる小説家に、「僕がいちばん書こうと努めてきたのは、苦しんでいる人たちの物語だった。それを書かずに何を書くっていうのか? 僕はそのように学んできたし、そのような小説を何度も読み返してきたし、僕らの周囲にあるさまざまな苦痛とその重さについて悩もうとして、ずっと努力してきた」と言わせている。

この人物は、家族関係に問題をかかえた小学校高学年の女の子を引き取ってしばらく一緒に暮らすことになり、優しくしてしてやろうと思って努力する。だが、その子がいじめの主謀者ではないかと疑われる事態が起きたとき、この子を信じることができなくなり、辛く当たってしまったのだ。その後、自分の偽善性に粛然としながら右のせりふを言うのだが、「苦しんでいる人たちの物語」といわれたとき、誰もが思い浮かべるのが『こびと』だろう。この本はある意味では作家たちにとってお手本ともなったし、乗り越えるべき壁でもあるのだろうと想像する。実際、この小説は教科書に載っており、大学入試対策でも非常によく取り上げられるのだが、「受験のときに読まされたので『こびと』は嫌い」と言う人に何人か会ったことがある。

チョ・セヒ自身は二〇〇八年に、「私が『こびと』を書いた三十年前当時、こんなに広く読まれるとは想像もしていなかったし、いつまで読まれるか予想できるはずもなかった。でも確実なのは、このまま行けば世の中は真っ暗だということで、だから未来の子供たちもこの本を読んで涙するのかもしれない。私が案じているのはそこだよ」と話している。

そしてこの発言が予言であったかのように、二〇〇九年にソウルで「龍山《ヨンサン》事件」という事件が起きた。ソウル中心部の龍山地区を大規模再開発する際、立ち退きを要求されていた人々がそれを拒否して五階建てビルの屋上に立てこもったところへ警察機動隊が投入され、混乱の中で火事が起きて市民五人と警官一人が死亡したのである。このとき犠牲になったのは、零細な店を営んできた小規模自営業者たちだった。この事件も多くの作家が取り上げているが、前述のイ・ギホも、この事件に立ち会ったクレーン車運転手と、彼から真相を聞き出そうとする作家をアイロニーの混じった視線で描いた「ナ・ジョンマン氏のちょっぴり下に曲がったブーム」（『誰にでも親切な教会のお兄さんカン・ミノ』拙訳、亜紀書房所収）という作品を書いている。

また、これまでの章で見てきたように、ＩＭＦ危機は非正規という名の新たな「こびと」たちを生んできたし、セウォル号事件もまた然りだといえるだろう。

石牟礼道子とチョ・セヒ

だが、「こびとのような存在が次から次へ生まれているから古びないのだ」というだけでは、この本の性格を説明したことにはならないだろう。

この小説が読まれつづけている背景を先に三つ挙げたが、それを備えた日本の小説はないかと考えているうち、水俣病を描いた石牟礼道子の『苦海浄土』に思い当たった。『苦海浄土』は一九六九年、『こびとが打ち上げた小さなボール』は七八年の出版だが、いずれもその後とぎれることなく商品として生きつづけてきた凄みがある。さらに考えていくと、作家の立ち位置がよく似ていると思えてきた。

この二つの小説に記録された「声」は今も全く古びることがなく、それを全く古びることのない表現が支えていると感じる。その共通点を具体的に整理してみると、
①アジアの近代化・産業社会化の矛盾が集中的に現れ、尊厳を著しく傷つけられた人々について、
②彼らの戦いの側に身を置き、
④その肉声を直接聞いた文学者が、
⑤そのための独自の文体を獲得することによって描いた作品であり、
⑤実際に多くの読者に声を届けることに成功した。
ということが言えると思う。

チョ・セヒが撤去民や労働者と時間を共にしたように、石牟礼道子が水俣病患者とチッソとの闘争に同伴しつづけたことは言うまでもない。

二人の作品は高度な文学性を備えていた。と同時に、チョ・セヒは撤去に関する行政上の書類や労働者へのアンケート、労働者家庭の家計簿、石牟礼道子は医師のカルテ、裁判記録、新聞記事などを用い、時代の肉声を保存するルポルタージュ的な役割も果たしていた。

この二人の作家はあるときに、この人たちの声を届けなくてはと強く思う対象に出会った。二人とも、農業社会の中に生まれ、急速に工業化していく社会を目撃し、人間の命だけでなく失われていく自然に対しても敏感だった。

そして、この代表作を書いたときの二人の立ち位置も似ている。二人とも、優れた才能を持ち、若いうちに文学活動を開始していたにもかかわらず、『苦海浄土』『こびと』で本格的にデビューするまではほぼ無名に近かった。

石牟礼道子は十九歳のときに「タデ子の記」という非常に優れた作品を書いているし、九州で名を馳せた『サークル村』にも参加していた。チョ・セヒも二十三歳で文学賞を受賞していた。けれども、二人ともただちに本格的な文筆の道に入ることはしなかった。しかし筆を折ったわけでもなく、これぞという対象に出会ったときに、その力を全面的に開花させた。

また、二人の文体の獲得は、「声」の表現方法に集中していた。いずれもポリフォニックな手法を有効に使ったが、石牟礼道子は土地に根ざした語り言葉を書き言葉に昇華する圧倒的な筆致、チョ・セヒは取材をもとにした肉声を演劇的といってもいい構成力で配置する手並みがずば抜けていた。彼らは自分の文学的達成のためだけでなく、また啓蒙のためだけでもなく、対象との連帯のために文体を精錬したわけで、その連帯の一さじが決定的だったのだと思う。だからこそ、どんなに社会が変わっても読まれつづけ、尊敬を集め、埋もれないのではないだろうか。

興南から水俣へ、また仁川へ

このように、『苦海浄土』と『こびと』をつなげて考えることには、私たちが知らないもう一つの世界文学地図を作り出せる可能性があるかもしれない。そう考える根拠は、水俣病のもとを作ったチッソという企業である。

チッソの前身である日本窒素コンツェルンが朝鮮半島を足がかりにして巨大企業に発展したことはよく知られている。一九二六年に朝鮮水電、二七年に朝鮮窒素肥料を興し、以後朝鮮各地に化学コンビナート、ダム、水力発電を作った。敗戦時には従業員だけでも五万人を擁し、当時世界第二位の水電解工場を持ち、日本一と名のつく工場が十指に余ったといい、硫酸、硫安、油脂、カーバイト、マグネシウム、メタノール、石炭液化石油、ダイナマイト、爆薬などが生産されていた。

朝鮮に生まれ、生涯「植民者三世」を名乗った詩人・村松武司はこの会社について「これらの工場群は、なにひとつ朝鮮民衆の幸福に寄与するものではなかった。むしろ民族支配をいっそう強化するものであった」「……それは水俣で、同じように自然と人間を襲った。この結果こそは、人間と自然を技術によって支配しうると考えた日本人、つまり戦中を戦後にもちこしたわれわれ自身につきつけられた問いである」と述べている（「興南から水俣への巨大な連鎖」『増補 遥かなる故郷――ライと朝鮮の文学』皓星社所収）。

実際に、日窒のあった興南《フンナム》で、水俣病に似た奇妙な病気の発生が噂されたことがあった。ルポライターの児玉隆也は、水俣病が注目されていた一九七三年に、「チッソだけが、なぜ」というルポルタージュで、引き揚げてきた元社員が戦後、「いっちゃ悪いけど朝鮮の方が公害が相当出た」「そのきみょうな病気は〝興南病〟という名で片づけられました」と証言したことを書いている（児玉隆也『淋しき越山会の女王：他六編』岩波現代文庫所収）。

歴史学者の加藤圭木は、児玉隆也が紹介した「興南病」と呼ばれるものが実際にどんな病気だったかは現段階では判断できないとした上で、一九三〇年代の朝鮮の新聞が、チッソの工場排水によって興南付近の水産物が死滅したと報じていることや、日本国内とは違い、朝鮮ではすべての工場で排水を浄化せずに放流していたという韓国の研究者梁知恵《ヤンチヘ》の研究結果を紹介している。工場法は朝鮮では施行されておらず、朝鮮総督府も十分な対応はしなかった。また、チッソの行為について加藤は、「一九七〇年代頃から日本企業がおこなった『公害輸出』――日本企業は公害規制の緩いアジア諸国に公害を輸出した――の先駆けといってよいのではないだろうか」と述べている（「水俣から朝鮮へ――植民地下の反公害闘争」『紙に描いた「日の丸」』岩波書店所収）。

チョ・セヒが『こびと』を書きはじめる直前の一九七四年には、仁川への進出を予定していた富山《とやま》化学への抗議行動が日韓両国で起こっていた。富山化学は水銀を放出するマーキュロクローム、いわゆる「赤チン」を日本国内で生産することが難しくなったため、韓国へ工場を売却し、そこから製品を輸入しようと計画したのである。そのとき、富山湾の水の水銀濃度は水俣湾と同レベルであることがわかっていた。これに対して地元・仁川と日本の市民たちが、水俣や四日市での経験を共有して抗議行動を起こし、結果として富山化学は仁川への進出を取りやめた。だがその後も、韓国南部の蔚山《ウルサン》市では、六価クロム問題で批判を浴びていた日本化学が出資する日韓合弁企業が一九七五年から操業開始し、以後、深刻な被害が発生していた。

なお、チョ・セヒは寡作な作家であるが、『こびと』以後の七〇年代には、公害問題に焦点を当てたＳＦ風のショートショートを多数書いていた。石牟礼道子とチョ・セヒの世界は、地理的にも歴史的にも響き合うものを持っている。

二〇二二年十二月二十五日、チョ・セヒは八十年の生涯を閉じた。韓国メディアはいっせいにその訃報を伝え、テレビニュースのアナウンサーは「故人は『この本がもう読まれない世の中が来ることを願う』と語っていましたが、それはまだ実現していません」と伝えた。

『こびと』が今日の日本に伝えること

この小説の最終章には、学校を去ることに決めた高校教師が生徒たちに呼びかける「地球で生きようと、他の惑星に生きようと、我々の精神はいつだって自由なのだよ」という言葉が置かれている。思い出せば、一九八一年に初めてこれを読んだとき、自由ではない状況で書かれたにもかかわらず、この作品がたたえている不思議な自由さに私は打たれた。「ポリフォニック」などという言葉も知らないころである。なぜ、貧しい人々の現実を描写するのに堕落した財閥子弟のお話が入ってくるのかと疑問に思うほど、私の小説の読み方は幼稚だった。それでも、この小説の行き着くところにあった高校教師の言葉は、それまでに読んでいた韓国の抵抗文学やリアリズム小説に比べ、はるかに遠くまで私を連れていってくれた。

それから十年経った一九九一年に韓国に留学したとき、韓国はすでに民主化を迎え、『こびと』の時代はすでに過去になったと思われた。そして、そこからさらに二十五年も過ぎた二〇一〇年代に至り、今もこの本が現役でありつづけていると知ったとき、その理由を知りたい思いもあって、二〇一六年に翻訳を手がけたのである。

それが出版されてみると、日本の読者から、まったく人ごとと思えないという声が多く寄せられた。格差の拡大や雇用の非正規化によって、『こびと』の世界はいつのまにか、日本に近づいていた。そして、この本を初めて読んだたくさんの人と話すうちに、皆がこの本の中に自分の片鱗を見つけていること、それは、『こびと』の登場人物が皆、自分の望む自由の形を求めて奮闘しているからであり、自分の「自由でなさ」を見つめるときに『こびと』との出会いが深まるのだと気づいた。そういう小説であれば、この本が古くなるわけはなかったのだ。

タイトルの『こびとが打ち上げた小さなボール』とは、次のようなシーンに基づいている。

取り壊された家の前に立っている父さん。小さな父さん。深手を負った父さんをおぶって坂道を帰ってくる母さんが見える。父さんの体から血がぽたぽたとしたたり落ちる。大声で兄さんたちを呼ぶ私。兄さんたちが飛び出してくる。私たちは庭に立って、空を見上げる。真っ黒な鉄のボールが、見上げる頭上の空を一直線につんざいて上っていく。父さんがれんが工場の煙突の上に立ち、手を高くかかげてみせる。

——チョ・セヒ「こびとが打ち上げた小さなボール」『こびとが打ち上げた小さなボール』前掲書

誰が重力に逆らって鉄の球を打ち上げたのか。それは誰の頭上へ再び、戻ってくるのか。

「維新」という名を持つ政党のある国で、私たちもまた自分の頭上を不安に見上げながら、隣人を助けたいがどうしたらいいのかという気持ちを抱えている。『こびとが打ち上げた小さなボール』が、時代と国境を越えて私たちの頭上に落ちてくるのは、そんなときである。

再開発は韓国文学の重要なテーマ

チョ・セヒに続いて撤去民と再開発について書いた小説は多々あるが、九〇年代に発表されたイ・チャンドンの「鹿川《ノクチョン》は糞に塗《まみ》れて」（『鹿川は糞に塗れて』中野宣子訳、アストラハウス所収）は重要な小説である。イ・チャンドンは光州事件を扱った映画『ペパーミント・キャンディー』で知られる著名な映画監督だが、映画を撮る前は作家だった。

「鹿川」とは再開発によって高層マンション団地に生まれ変わった町で、「糞が多い」とは、工事現場や屋台が密集しているのにまともなトイレがないため、あたりが人糞まみれだという現実を指す。主人公は貧しい家庭の出身で、苦労の末にやっと高層マンションの一室を手に入れて満足したが、そこへ突然、ずっと会っていなかった母親の違う弟が現れる。弟は学生運動の闘士で、何かにつけて、この住まいが誰かを追い出した跡であることを兄に思い出させる。そんな弟に主人公の妻は恋心を抱き、兄弟の亀裂は深まる一方だ。だが主人公自身も、自分の家が比喩でなく「ただのゴミの上に建てられた目くらましのトリック」であることをよく知っている。

「鹿川は糞に塗れて」は新興中産階級の足元に広がる虚妄を喝破していたが、その後も韓国人は高層マンションに憧れつづけ、現在では住宅総数の六三・五パーセントがマンションに住むという統計結果さえあるほどだ。人々の多くは、再開発によって自分の住む地域が小ぎれいなニュータウンになり、地価が上がることを期待し、政治家はそれを公約に選挙に出馬し、財界もこれを睨んで動く。

さらに、ＩＭＦ危機以後の経済の立て直しを最優先と考える風潮の中で、無理な再開発事業によるしわよせが個人にのしかかる事例は多発している。

文中でも触れたファン・ジョンウンの『野蛮なアリスさん』は、三十年後の「こびと」たちに肉迫した小説だが、都市開発から貧しい人が締め出される構造が基本的に同じであることに驚く。そして、『こびと』に描かれていたような、家族がいたわりあう姿がここにはなく、暴力の連鎖が断ち切られず、都市再開発が彼ら自身の欲望装置となり、その中で最も弱い者が犠牲になるさまが描かれる。『こびと』から三十年の間に、暴力は姿を変え、市民一人ひとりの中にいっそう強く食い込んだのではないかという問いかけがある。

その他にも再開発、撤去民、家、不動産をめぐる作品は枚挙にいとまがない。わかりやすい代表といえるチョン・イヒョンの短編「引き出しの中の家」（『優しい暴力の時代』拙訳、河出文庫所収）は、住み替えで事故物件を引き当ててしまった夫婦の物語だ。なかなか家を明け渡してくれない前居住者には気の毒な事情があるが、「不動産階級社会」と呼ばれる韓国において、誰かのリスクは常に誰かのチャンスである。主人公が「不動産とは、神か政府か、とにかく絶対権力が人間を手なずけるために考案した効果的な装置」だとつぶやく場面が印象的だ。

また、キム・ヘジンは、家や街をめぐるドラマを切実に描く名手である。ホームレスの苛烈な愛の物語である『中央駅』（生田美保訳、彩流社）では、再開発の際に立ち退かない人々の追い出し役をホームレスが請け負っているという、持たざる者どうしが敵味方に配置される再開発の過酷さを描いた。他にもさまざまな短編で家と不動産をめぐる人間関係を描いているが、その根底には、「直して使える街をなぜ壊すのか」「家は投機の対象ではなく生存の条件である」という基本姿勢がある。

他にも、ペク・スリンの「ひそやかな事件」（『夏のヴィラ』カン・バンファ訳、書肆侃侃房所収）、チョ・ナムジュの『ソヨンドン物語』（古川綾子訳、筑摩書房）など、家を通して韓国社会を俯瞰する優れた作品がある。

第6章

「分断文学」の代表『広場』

「分断文学」というジャンル

韓国文学には「分断文学」というジャンルが存在してきた。文字通り、朝鮮半島の分断状況をテーマとした文学という意味で、戦争や南北分断を扱った作品群を指すが、『韓国民族文化百科事典』の「分断小説」の項目では、単に分断状況を描くだけでなく「その矛盾を徹底して反映するのはもちろん、その状態を乗り越えられる潜在的可能性を見出そうとする小説」と説明されている。

崔仁勲《チェイヌン》の『広場』はその代表だ。この小説の主人公は、朝鮮戦争の際の捕虜である。そういう小説が「戦争文学」ではなく「分断文学」と呼ばれていることを覚えておいてほしい。戦争が終わっておらず、あくまで休戦状態である韓国ならではの呼称ともいえるだろう。

『広場』は一九六〇年に雑誌に発表され、六一年に単行本になり、今までに累計発行部数七十万部を記録しているという。また、高校の教科書に最も多く収録された小説だそうである。『こびとが打ち上げた小さなボール』と並ぶステディ・セラーの代表で、時代が大きく変わっても、韓国では一度もこの小説の補給線が途切れたことがない。

日本でも『広場』は一九七三年（金素雲訳、冬樹社）、七八年（田中明訳、泰流社）、そして二〇一九年（吉川凪訳、クオン）と三回も翻訳されている。韓国の長編小説が三回も翻訳されることは非常に珍しいし、しかも七〇年代に二度も翻訳されていることはさらに重要だ。三回とも名翻訳者によるもので、この小説がどれほど重要であるかがよくわかる。

なお、この小説は、五〇年代に起きたこと（朝鮮戦争）を六〇年代に書いて一世を風靡したものである。五〇年代と六〇年代の両方にまたがって意味を持つ点が『広場』の重要性だ。二つの時代の特徴に留意しながら読んでいただけたらと思う。

なお、本章での『広場』からの引用は、吉川凪の新訳による。

朝鮮戦争と「釈放捕虜」

『広場』が分断文学の代表とされているのは、主人公の唯一無二の独自性によるところが大きい。

主人公は李明俊《イミョンジュン》という若い男性で、「釈放捕虜」という身分である。この「釈放捕虜」という特異な存在こそ、朝鮮戦争の特徴を語っているといえる。

朝鮮戦争は一九五〇年六月二十五日に始まり、膨大な犠牲者を出した末、五三年七月に休戦協定が締結された。休戦交渉自体は開戦一年後の五一年七月に始まっていたのだが、それがここまで遅れた理由は、主に捕虜送還問題だった。

朝鮮戦争はイデオロギー戦争と呼ばれる性格を備えていたため、単純に捕虜を交換するだけですまず、捕虜問題が双方の面子をかけた対立要因となった。

次の章で詳しく書くが、朝鮮戦争は、大韓民国の韓国軍、米軍を中心とする国連軍、朝鮮民主主義人民共和国（北朝鮮）の人民軍、中華人民共和国の人民志願軍（人民解放軍とは区別してこのように呼ぶ）という、四つの軍が参戦した戦争である。そして、国連軍が捕らえた北朝鮮と中国の捕虜は約十七万人に達していたが、そのうち、中華人民共和国や北朝鮮には帰りたくないという捕虜が約五万人いた。つまり、帰ったらどんな目に遭うかわからないと考えた人がそれだけいたのだ。「釈放捕虜」とは、こうして南で釈放された人々のことを指す。一九四八年の建国以来韓国を治めてきた李承晩《イスンマン》大統領は頑強な反共主義者であり、こうした人々を宣伝の切り札に使おうとして、独断で約二万五千人もの捕虜を釈放したりした。そのためさらに問題がこじれたが、最終的には捕虜たち自身が送還先を選択することとなった。

ところがさらに複雑なことに、その中に、「北には戻らないが、南に定住したくもない」と考え、中立国へと行くことを選んだ第三の人々がいたのである。

捕虜たちは巨済島《コジェド》の大きな捕虜収容所に収容されていたが、そこでは「反共か、親共か」をめぐる捕虜どうしの対立が激しく、リンチや殺人事件まで起きていた。これらの暴力が、どちらの陣営にも属したくないと考える少数の人々を生んだともいえる。実際に中立国への出国を希望したのは七十六人で、彼らはまずインドに送られ、そこからブラジル、スイスなど中立国への移住が認められた。『広場』の主人公、李明俊もその一人という設定である。

南にも北にも居場所がない

李明俊はもともと韓国に生まれ育ったが、コミュニストである父親が戦争前に一人で北に行ってしまい、南に取り残されたという設定になっている。

ここで念のために述べておくと、ときどき勘違いしている人がいるのだが、南北分断は一九五〇年の朝鮮戦争で始まったわけではない。四五年に日本から解放されたときすでに、三十八度線を隔てて朝鮮半島の南側をアメリカが、北側をソ連が占領下に置くことは決まっており、分断はもう始まっている。四八年には南に大韓民国、北に朝鮮民主主義人民共和国の政府が樹立され、ここで分断が固定化し、さらに二年後戦争が始まるのだ。

明俊は父と別れ、母はすでに亡く、その後、父の友人である裕福な人の家にやっかいになって大学の哲学科に通っている。鬱屈を抱え、ニヒルな目で世の中を観察しているが、「Dialektik（〔独〕弁証法）のDさえ見れば、好きな女の頭文字を見たように胸がときめく」という哲学青年で、女性とつきあったりもしながら、そこそこ若者らしく生きている。

だが、南北の対立が激化するとともに不穏な影が濃さを増す。北に行った父親が現地から、南向けのラジオ宣伝放送に出るようになったのだ。明俊は警察に呼ばれ、尋問され、暴力を振るわれる。「自我の部屋のドアが壊れる音がする」と感じた彼は、偶然知り合った人の手引きで北へ密航する。

しかし北の硬直した社会にも明俊は居場所を見つけることができない。父に会いに行ってみると、明俊と同年代の若い女性と再婚して、まるでブルジョアのような暮らしをしている。失望した明俊は新聞社で働くが、全体主義的な空気やプロパガンダに明け暮れる報道姿勢にうんざりし、「こんな社会に来るために南を脱出してきたんじゃない」と絶望する。要するに、南北双方の社会が彼にとっては生きるに値しない。

やがて朝鮮戦争が勃発すると、彼も兵士として韓国で戦う（具体的な戦闘の内容はあまりはっきり描かれていない）。やがて捕らえられ、巨済島の巨大捕虜収容所に収容され、「釈放捕虜」として一九五四年二月に仁川《インチョン》港からインドに出発する。

船中で李明俊はずっと、自分の人生と、韓国が置かれた歴史的・思想史的・文明史的位置について考えつづける。そして、自分だけの審判を下す。それは「何も選ばない」という選択だった。

批評性と抒情性溢れる『広場』

『広場』の著者崔仁勳は一九三四年に朝鮮半島の北部の咸鏡北道会寧《ハムギョンプットフェリョン》に生まれた。解放のときに小学校高学年、朝鮮戦争が始まったときは元山《ウォンサン》高校の一年生だったので、北朝鮮の治世下での生活をよく知っている。

父親は材木商で資産家だったらしく、開戦時に一家で南へ避難してきた。だから李明俊とは逆のコースを辿っていることになる。この移動によって、全く違う体制下での生活を経験した十代の若者は、「私は誰なのか」という問いを抱くことになるだろう。あそこにいた私と、今ここにいる私は同じ人物なのか。そんな問いが『広場』には響いている。

崔はその後避難民の収容所や、親戚がいる全羅南道《チョルラナムド》の木浦《モッポ》などを転々とし、やがてソウル大学の法学部に入る。しかし卒業前に中退して軍隊に入り、陸軍で通訳将校として働いたという異色の経歴の持ち主だ。小説を初めて書いたのは軍にいた一九五九年で、デビューの翌年に、代表作となる『広場』を書いた。

『広場』は相当に理屈っぽい、観念的な小説だが、雑誌に発表されるとすぐに若者層の熱狂的な人気を集めた。その魅力を一言でいえば、「批評と抒情のミクスチャー」といえるのではないだろうか。

『広場』の特徴の一つは、小説によって一種の文明批評、思想史を展開していることだ。戦争も分断も大きな批評的パースペクティブの中で語られ、嘆きや怒りに傾きすぎることがない。スターリン主義とキリスト教、特にカトリックとの類縁性を考察して「スターリン主義におけるマルチン・ルターは、まだ現れない」という結論に至り、ローザ・ルクセンブルクやキルケゴールの名前が乱舞するペダンティックな文章は、閉塞感を描いているのだが、不思議と読む者に思考の広がりをもたらす。

と同時に、青春小説としても成立している。これは作者自身が若かったこととも大いに関係するだろう。理屈っぽい独白のすきまから、親も嫌い、世界も嫌い、自分を見てくれる異性がいてほしい、打ち込める仕事が欲しいというナイーブさが吹き出し、結果として批評性と抒情性の両方が生き生きとミキシングされた小説となった。こうしたミクスチャーは、現代の作家ではパク・ミンギュやキム・ヨンスなどにも見られると思う。

それは、以下に挙げる『広場』初版の序文を見ても想像がつくだろう。

メシアが来たという二〇〇〇年来の風の噂があります。神が死んだという噂があります。神が復活したという噂もあります。コミュニズムが世界を救うだろうという噂もあります。私たちは実にたくさんの噂の中に生きています。噂の地層はあつく重いのです。私たちはそれを歴史と呼び、文化と呼びます。

――崔仁勲『広場』吉川凪訳、クオン

この広々とした眺めが『広場』の真骨頂といえる。国境を越えた見晴らしのよさの中に、鮮明な自意識が立ち上がる。

ちなみに、崔仁勲は二十代でこの小説を書いて以来、何度にもわたって改訂版を出した。そのつど違う序文をつけたので、序文だけを並べても非常に面白いのだが、この初版の序文が群を抜いてみずみずしい。強烈な反共意識に塗り込められていた一九六〇年の世の中にあって、この序文がいかに斬新で、清新なものだったかを想像すると、胸の躍るものがある。

四・一九革命がそれを可能にした

このことは、『広場』が書かれた時期と大きな関係がある。

『広場』が書かれ、雑誌に発表されたのは一九六〇年だ。そして、一年遅くても早くてもこの作品は発表できなかっただろうと言われている。それは、一九六〇年という年が非常に特別な時期で、その前にも後にもなかった例外的な自由が保証されていたためだ。

李明俊は、南も北も選べない、選ばないという立場を取っている。つまり、北朝鮮に問題があるのは大前提だが、大韓民国もまた生きるに値しないと主張しているわけだ。一切の政権批判が許されなかった李承晩統治下の韓国においては、この一点だけで『広場』の発表は不可能だった。現に、かつて釈放捕虜たちがインドに向かった際には「インドが反共捕虜を拉致していく」という新聞報道があったというし、釈放捕虜たち自身も後に、自分たちは韓国から反逆者、裏切り者と認識されていたという意味のことを述べている。大韓民国を選ばない人物を描くことは、きわめて危険だった。

だが、それを一変させる事件が一九六〇年に起きた。

この年の四月十九日、李承晩大統領の専制政治に反対して学生と市民が立ち上がり、大規模な抗議行動によって大統領を下野に追い込んだ。この事件は「四《サ》・一《イル》九《グ》革命」「四月革命」と呼ばれ、韓国現代史に多大な影響を及ぼしたできごととして記念されている。

李承晩は一九四八年に大韓民国が樹立して以来、朝鮮戦争をはさむ十二年間、三期にわたって大統領を務めた政治家である。王族の分家の生まれであり、アメリカで学び、ウッドロー・ウィルソンの弟子となり、海外で独立運動を行っていた人だが、解放とともに帰ってきて大韓民国の初代大統領となった。強硬な反共主義者で、朝鮮戦争後は野党を弾圧して政権批判を認めず、政権を私物化して汚職と不正をはびこらせた。また、彼の反共政策によって死に追いやられた無実の人々の数も膨大だった。

この人が、八十五歳の高齢にしてさらに四期目の大統領の座を狙い、あからさまな不正選挙を行ったことから、国を揺るがす反対運動が起きたのだ。

運動は、不正選挙の行われた三月から各地で激化し、犠牲者を出していたが、四月十九日には数万の中学生・高校生・大学生・市民がデモに参加して大統領官邸を包囲、警察が発砲して流血の事態となりデモは全国に広がり、主要都市には非常戒厳令が宣布された。二十五日には大学教授らが大統領以下要人の退陣を求める時局宣言文を出してソウル市内を行進、全国でデモの勢いが止められなくなり、李承晩は自ら辞任してハワイに亡命した。このとき一八六人の命が失われ、六千人余りの負傷者を出した。

四月革命は、現在の韓国社会の礎を作った事件であり、現行憲法の前文には「四・一九民主理念を継承する」と書かれている。理念とは「反独裁・反外勢・反買弁・反封建」を指す。当時、李承晩が退陣した後の確固たる政治構想が存在したわけではなかったので、政治体制が全く別物に変わったわけではない。従って、四・一九革命は革命とはいえない、あるいは精神革命のようなものだと言う人もいる。しかし、市民の動きによって政治が大きく動いたことは韓国社会に大きな自信をもたらし、その後、比較的穏健な尹潽善《ユンボソン》政権のもとで、久しぶりに自由の風が吹いた。『広場』は、二十代の新人がそこで咲かせた大輪の花だった。

だが、自由の空気は一年と少ししか続かなかった。六一年五月、朴正熙《パクチョンヒ》という軍人が突如現れ、軍事クーデターを行ったためである。つまり『広場』が発表された四・一九直後の時期にのみ、北にも南にも矛盾がある、つまり北にも南にも人間が住んでいるという前提で議論する自由があったのだ。

『広場』は南北のイデオロギーを同時に批判した初の作品といわれ、作家自身、当時の雰囲気について「大きな時代が開けた、という精神的開放感が『広場』を書かせた」と語った。現在、この小説を読む人は、その結末に閉塞感を覚えるかもしれない。しかし作家本人はそれを開放感の賜物と言っているのだ。このことは、よく考えてみたい点の一つである。

韓国文学に表れた「選択」というテーマ

『広場』は、選択とその自由に関する物語である。

それを明俊は、「密室」と「広場」の二者択一と考える。密室は南、広場は北だ。一人の世界に隠れ住んで共同の夢を持てない南と、革命というスローガンのもとに集まっているが常にさらされ見張られている北と。北に帰れば「帝国主義の黴菌《ばいきん》に感染した奴」と言われ、何かにつけて引きずり出され、懺悔を強いられるだろう。だが、南はどうか。「狂信も恐ろしいが、何も信じられないことも虚しい」と明俊は思う。人間は密室だけでも広場だけでも生きられないということを彼は知っている。

個人の密室と広場が通じていた頃、人は、気は楽だった。広場だけがあり、密室がなかった僧侶や王たちの時代、世の中は何事もなかった。密室と広場が分かれた時から、苦しみが始まった。命を埋めたい広場をついに探せない時、人はどうすればいいのだろう。

——崔仁勲『広場』前掲書

だから、中立国への送還という案が降って湧いたことは彼には大きな救いだった。彼は、中立国へ行って、寿命が尽きるまで休むことを選択したつもりだった。それほど疲れきっていたからだ。
だが、誰も自分を知らない国に行けば新しい人間になれるのだろうか。「人は、知らない人たちの中に交じれば、自分の性格まで思いどおりに選べると信じている」と明俊は思う。だがそんなことが可能だろうか？　小さな個人個人が何を選んだつもりでいようとも、つまるところは敗北感しか残らない。

人は、一度は負ける。ただ、どれほど負け方がみすぼらしいか、立派かの違いだ。立派な負け方？　風流な人たちは時に立派な負け方をするとしても、誰しもいつかは負ける。僕は英雄が嫌いだ。平凡な人が好きだ。自分の名前も捨てたい。何億匹の人間の中の、名もない一匹であれば足りる。ただ僕に小さな広場と、一匹の友をくれ。そしてこの小さな広場に入る時には、誰も僕を無視しないで、許可を得てから活動するようにしろ。僕に無断で、その一匹の友を連れ去ってはならないということだ。しかしそれは、ひどく難しいことだったんだな。

——崔仁勲『広場』前掲書

この、何も選べないという寂しさと絶望が、若いインテリ層に響いたのだ。
ここで、韓国文学において「選択」という行為が持つ意味について考えてみよう。そもそも、人間が選択の不可能性から完全に自由でありうるはずはない。さらに、植民地という場所は、選択不可能性をいっそう可視化する場といえるだろう。そして植民地支配が終わると、選択の余地なく国が分断され、双方の土地で、およそ民主的な手続きを踏んでいるとはいえない強権政治が始まり、やがて選択の余地なく戦争になる。

そして朝鮮戦争は、選択の余地のなさが最大限に達した状況である。群として選択肢を失った結果、一人ひとりが厳しい選択を迫られ、選択の自由がないのに、選択の結果があまりに重い。

堀田善衞の『広場の孤独』

一方、同時代の日本において「選択」とはどういう行為だっただろうか。

実は、同じように朝鮮戦争の時代をモチーフとして選択という行為を描き、しかも「広場」というキーワードを用いた小説が日本にある。崔に先立つこと九年、一九五一年に芥川賞を受賞した堀田善衞の作品『広場の孤独』がそれで、朝鮮戦争を日本のインテリがどう受け止めたかを描いている。

朝鮮戦争が日本に及ぼした影響については、いわゆる「朝鮮特需」が起きて日本経済が潤い、高度経済成長への道が開かれたということがよくいわれる。それはもちろん事実だが、この戦争に際して起きた反戦運動も決して小さなものではなかったし、これを受けて、国際社会の中で今後の日本はどうなっていくのかと真剣に考えた人たちも多かった。『広場の孤独』の主人公・木垣もその一人である。

木垣はもともと新聞記者だったが、会社の再編方針に反対して辞職し、今は翻訳をやって暮らしている。この人物は戦争中に中国にいたことがあるという設定で、堀田善衛自身と多々の共通点がある。

この木垣が、朝鮮戦争が勃発してにわかに忙しくなった新聞業界に臨時で駆り出され、外電の翻訳をしているのだが、「北鮮共産軍」という言葉を「敵」と訳せと指示されて強い抵抗を覚えるところから、小説は始まる。

一九五〇年、日本は分岐点に立っていた。冷戦による占領政策の転換である。二年前に中華人民共和国が成立し、それを受けてアメリカは、日本を東アジアにおける主要同盟国として再建する方向へシフトを切っていく。一九四九年の年頭の辞で、マッカーサーは「復興計画の重点は政治から経済へ移行した」と述べていた。朝鮮戦争が始まったとき日本はまだ占領下にあったが、戦争のさなかの五一年、サンフランシスコ平和条約が発効、西側諸国だけとの「片面講和」によって独立した。日本のために用意された青写真は、政治的に安定した工業国というものであった。

そして、韓国は体を張って共産主義を食い止め、日本はその兵站基地を務める役割分担に組み込まれていく。

思い出しておきたいのは、当たり前のことだが、一九五〇年当時の人々にはこの先の日本がどうなるのか全くわかっていなかったという点だ。中国文学者の竹内好が一九六二年になって、「一九五〇年には、戦争と革命は予測でなく現実であった。前年の秋に中華人民共和国が成立し、その年の夏に朝鮮戦争が起こった。日本の革命も、多くの人にとって不可避と信じられていた。十年後の天下泰平を当時予想した者は、おそらくいなかったのではないか」と振り返った通りである（「『民族的なもの』と思想――六〇年代の課題と私の希望」『竹内好全集』第九巻、筑摩書房所収）。

木垣の周囲にも、「やりましたね。次は日本ですね」と興奮したり、「日本はね、いままでも底揺れしていましたが、この夏を、特に朝鮮の戦争をきっかけにして、ぐぐっと傾斜してゆきますよ」と力強く語る労働者がいる。

スターリニズムに強い警戒を抱く木垣は、そこまで楽観的ではない。だが一方で、北朝鮮の軍隊を「敵」と訳すことには大きな抵抗があり、日本が完全にアメリカの属国だと認めるも同然なその行為に与《くみ》したくない。しかしそれを言うなら、そもそも自分がこんなところでこんな仕事をしていることも許せない。けれども妻子を養うためには仕方がない。それら堂々巡りの悩みの背景に、不確実性に満ちた日本がある。

一方で、乳飲み子を育てている木垣の妻は、いつ第三次世界大戦が起きるかわからない極東の危険地帯からは早く脱出したいと願っている。具体的には、旧オーストリア貴族で国際的なエージェント活動をやっているらしい謎の老人から大金を融通してもらい、一家でアルゼンチンへ移住しようとしている。それは、木垣が必要に応じてエージェント活動を行うことと引き換えの金なのである。

だが木垣は、妻から見たら全く理不尽な選択によって、それを一蹴してしまう。具体的には、妻が謎の老人から受け取った海外脱出資金に火をつけて焼くという選択を下す。別に、焼かないでそのまま貴族に返したってよいのだから、これは木垣のヒロイズムにすぎない。老人はもちろんそのばかばかしさに激怒し、君たちは子供にすぎないと一喝する。

これが『広場の孤独』のクライマックスだ。

木垣の前にはさまざまな選択肢がうごめいていた。それらの前で彼は暗澹とし、「選択！選択！　選ばない自由などは自由ではない」とつぶやいたりする。だが、本当に決定的な選択をするとき、その対象は結局、「金」なのである。

『広場』と『広場の孤独』は、同じ戦争を扱った二つの小説だ。それを並べたら、肝心なところで韓国人が賭けたのは命で、日本人は金だったという、身もふたもない対比が見えてしまった。あまりにもわかりやすいので、ちょっとうろたえてしまうほどである。

堀田善衞の小説に『広場の孤独』というタイトルがついたのは、「ストレンジャー・イン・タウン」というアメリカの推理小説からの連想だ。木垣がたまたまその原書を目にとめ、「このタイトルを意訳するなら『広場の孤独』だろうな」と考える場面に基づいている。木垣の広場はタウンであり、人がまぎれこみ、身を隠せる場所だ。

木垣は密室と広場を行き来することができる。しかし李明俊は違う。それを崔仁勲は「広場は大衆の密室であり、密室は個人の広場だ」と表現した。どちらかだけでは生きていけないのに、どちらかだけを選択することが強いられる。そのとき、広場では暴動の血が流れ、密室からは狂乱の叫びが上がるだろうと明俊は考える。端的に言って彼の広場は、どこまで行っても隠れることのできない広場である。

木垣と李明俊の広場には限りない距離がある。それこそ、戦後の冷戦構造の中での韓国と日本の置かれた立場を表しているのかもしれない。

最後のシーンで金に火をつけた木垣は、「光りは、クレムリンの広場とかワシントンの広場とか、そういうところにだけ、虚しいほどに煌々と輝いているように思われた。そして彼はそこにむき出しになっている自分を感じた」と言う。だが、現実にクレムリンの広場やワシントンの広場の思惑に翻弄され、人命を失ったのは、朝鮮半島の人々の方である。

結局、木垣が選択できたのは金を受け取るか否かだけだ。実は、それが木垣の真の悩みでもあるのだろう。そして二十年後、一九七〇年に発表された堀田の短編「名を削る青年」(『戦争と文学2　ベトナム戦争』集英社所収)には、朝鮮戦争で孤児となり、長じて米兵となり、ベトナム戦争に従軍して脱走兵となった人物が登場する。脱走兵の救援活動に携わる日本人の主人公は、その人物に「ジンギス汗」という名前を贈り、新しい人生を祈る。朝鮮半島・アメリカ・ベトナムという閉じた三角形から彼を解放しようとするかのような「ジンギス汗」という命名は、堀田善衞が、アジア・アフリカ作家会議の議長を長年務め、さらにはスペインへ住まいを移して文明批評的な観点を保ちながら大作を書いていったこととつながるものがあり、また、崔仁勳の世界観と補完しあうものも感じさせる。

絶対支持か、決死反対か

『広場』と韓国文学における選択肢のあり方についてさらに考えてみたい。

第1章でも触れた女性作家朴婉緒《パクワンソ》は、高校・大学時代に朝鮮戦争を経験し、そのことを後に、『あんなにあった酸葉《すいば》をだれがみんな食べたのか』と『あの山は本当にそこにあったのか』（真野保久・朴暻恩・李正福 訳、影書房、二冊の合本）という自伝的小説に書いた。そのうち、『あんなにあった酸葉をだれがみんな食べたのか』の中に興味深い回想がある。それは、一九四五年の解放直後の社会に「絶対支持でなければ決死反対」という空気があったというものだ。

第8章で詳しく書くが、当時は、朝鮮半島の大国による信託統治案をめぐって左右の対立が激烈になっていた。朴婉緒たち高校生もそんな雰囲気に染まって、学校人事に生徒が介入する権限はないのに、「あの先生は親日派だから追い出さなくては」とか、「どの先生は辞任させてはならない」などと自治会で激烈な討論を戦わせていたという。絶対支持でなければ決死反対というのは、中間はありえず、「選択しないことが許されない」という意味である。

さらに、この、「選択しないことが許されない」空気は、一度選択したことが、後にブーメランになって戻ってくる可能性とセットである。

実際、朝鮮戦争が始まった後は、戦線が動くとともに地域の支配者が入れ替わり、敵味方が逆転して、昨日の告発者が次の日には告発される側に回るといったことが日常的に起きた。李明俊が絶望した広場とは、そのような性質を持つ空間である。

唐突かもしれないが、パク・ミンギュが二〇〇五年に発表した小説『ピンポン』（拙訳、白水社）を読んだときに、私は『広場』を思い出した。

『ピンポン』は、現代の韓国でいじめにあっている二人の男子中学生の物語だ。彼らが受けているいじめは半端ではなく、これが続くなら死んだ方がましだと思うほどである。

そんな二人がある日突然野原に出現した卓球台で卓球をするようになり、日常が少しずつ変化していく。そこまでは比較的尋常だが、その後はいきなりSF世界に突入する。二人は奇妙な「卓球世界」に誘導されて、最終的には「人類を今後も地球にインストールしておくか？　アンインストールするか？」という最終決定を下す役割を任される。つまり、今まで人類が行ってきたあらゆる残虐行為を念頭に置いた上で、地球の未来を決定する選択が中学生に委ねられるのだ。

二人は「人類をインストール？　アンインストール？」と尋ねられる。「インストール」

という選択肢は、人類を「このままにしておく」ということだから、「何もしない」ことでもある。だから、「アンインストールする？　しない？」と聞いてもいいのに、選択肢はあくまで「インストール？　アンインストール？」なのだ。

つまり、「何もしない」ことは、「何も選択しない」ことを意味しない。それは人類のインストールを選択したことを意味するのだ、という、選択主体と選択の責任への明確な意識がある。禅問答のようだが、「何かを選ばなかったことは、何かを選んだこと」なのだ。

荒唐無稽な設定であることはいうまでもない。しかし、個人には大きすぎる選択を不条理に強いられて、そこに立たされているという状況において、李明俊と二人の中学生は通じるものがあるような気がする。

『広場』でも『ピンポン』でも、主人公たちは最後に、救いがないように見える選択を下す。だが、世界にはずっと救いがない絶望的な選択が存在しつづけてきたし、今も存在している。これらの小説の救いのなさは、厳然と存在する絶望的な選択の根源を見つめた上で、その先を思い描く必要があると作家たちが考えているからなのかもしれない。そういった底力がこの二つの小説にはあると思う。

崔仁勲とほぼ同世代の、李清俊《イチョンジュン》という重要な作家がいる。この人の『書かれざる自叙伝』（長璋吉訳、泰流社）という小説では、主人公が、勤めている会社をやめるかやめないかでずっと迷っており、バスに乗るたび、審問官に自白を強要されるという妄想に囚われている。

大変もやもやした状況が続くが、不意に主人公の口から「結局、『選択』と『選択しないこと』のうち、『選択しないこと』の方を選択した」という表現が出てきてハッとさせられる。そこには、人間は常に選択させられている存在だという強い意識がある。

ここにも、韓国の近代史が始まって以来の、「本当は選択の余地などなかったのに、選んだ結果をとらされてきた」という歴史が滲んでいるのではないだろうか。

終わらない広場

四・一九革命が起きた一九六〇年、日本でも、日米安全保障条約の改定に反対する「安保闘争」が起きた。当時を知る人の中には、この二つのできごとを並べて記憶していた人も少なくないだろう。例えば大島渚の映画『青春残酷物語』には、四・一九革命のニュース映像が出てくる。ふらりと映画館に入った不良青年がそれをチラッと見てすぐに外に出てしまう、すると街頭では安保反対のデモをやっている、という光景だ。

四・一九の様子が大々的に報道されたとき、日本の安保闘争はまだ十分に盛り上がってはいなかった。「この時点で安保闘争に参加していたものは、みな強い関心をもって韓国の事態を見守った」と、社会学者の日高六郎は二十年後に振り返って書いている（「四・一九と六・一五」『戦後思想を考える』岩波新書所収）。「六・一五」は全学連と警察隊が国会議事堂前で衝突し、大学生だった樺美智子が死亡した日の日付である。

政権を転覆させると共に多くの死者を出した四・一九の成果は、安保闘争に取り組む人々を鼓舞するとともに恐怖も抱かせただろう。その後約二か月間、安保闘争は日本じゅうを巻き込み、ある種の祝祭感をはらんで高揚したが、安保改定は阻止できず政権を転覆させることもできず、経済成長の波に飲まれていった。

先の引用に続いて日高六郎は、「ひとことでいって、四・一九は継承されて今日にいたっているが、六・一五は、残念ながら統一したイメージとして残ってはいない」と述べている。この状況は、その後も大きく変化のないまま継続したと思う。一方で韓国では、四・一九（学生革命）、五・一八（光州事件）、そして一九八七年に民主化をなしとげた「六月民主抗争」という流れが共有されている。

その源流のようなところに小説『広場』がある。

ちなみに、『広場』のどこにも、李明俊がどうなったか書かれていない。船から失踪したことが推測されるだけである。作家自身も、あるインタビューでは「死」という言葉を用いたかと思えば、別の機会には「失踪」と表現したりしている。今から六十二年前、崔仁勲は、李明俊のその先がどうなるかを未来に委ねた。そのとき彼は、分断が果たしてこんなに長く続くと思っていただろうか。

時が経ち、南では自由主義経済と民主主義のもとで個々人の選択の幅は広がった。しかし選んでも選んでも満たされない欲望に人々は翻弄されている。かたや北では（そこは彼自身が十代まで暮らした故郷でもある）、選択の幅が極限まで狭められ、命を賭けた選択として脱北する大勢の人々が現れた。そのすべてを見届けて、崔仁勲は二〇一八年に亡くなった。

先にも書いた通り、『広場』は韓国文学史上稀に見るほど何度も書き直された作品である。それは用語、文体、内容のどの面にもわたる大きな改変だった。まず用語面では、最初の版で使っていた漢字語の多くが韓国固有のことばに置き換えられた文体では、初めの版では過去形で書かれていた部分が多く現在形に改められ、明俊に起きたできごとがいっそうの緊張感とともに伝わってくるようになった。

何より大きな改変は明俊の恋愛関係だろう。『広場』には允愛《ユネ》と恩恵《ウネ》という二人の女性が重要な人物として登場するが、後の版では、恩恵が明俊との間に娘を身ごもるという、当初は存在しなかった展開が現れる。それに伴って、女性たちを象徴するものとして描かれていた二羽のカモメの位置づけが変化し、一羽のカモメは生まれなかった娘の象徴となる。

以上の改変は一九七〇年代のものだが、二〇一〇年代に入っても、允愛への性暴力未遂の場面の設定を変えるなど、重要な手直しがなされていた。作家にとって『広場』が過去になることはなかったのだろう。とはいえ、その様子はさほど勢い込んだものではなく、「また気づいたところがあれば直す」と言っていたそうだ。あたかも自分が寝る布団の手入れをするかのように、そうしつづけたのだと思う。

このように、著者にとって現役でありつづけたのと同じだけ、読者にとっても『広場』の生命は長いようだ。二〇一九年、韓国現代美術館は、開館五十周年記念として「広場——美術と社会1900〜2019」という企画展を行った。韓国において「広場」という単語は、一九一九年の三・一独立運動から、四・一九から、八七年に政権を揺るがした「六月民主抗争」の記憶や、近いところでは二〇一六年から一七年にかけて光化門広場でくり広げられたキャンドル集会の記憶まで、歴史を貫く重要なキーワードである。それを受けて企画者は「依然として分断国家である韓半島で、個人と集団の問題がどのように提起されてきたかを探る」と、この企画展のコンセプトを説明する。

この企画展に合わせて、『広場』というタイトルの短編小説のアンソロジーが企画され、三十代から四十代の力のある作家たちが、それぞれ「広場」というタイトルで執筆した作品が集められた。ここに、はっきりと崔仁勲の『広場』が登場する作品が二つある。

第4章でも紹介したパク・ソルメは、李明俊を「密航する人間」として捉え、李明俊が北への密航を選択をした同じ年に、在日朝鮮人詩人である金時鐘《キムシジョン》が済州島《チェジュド》から日本へ密航してきたことに触れる。さらにパクの連想は、永山則夫にまで広がる。一九六八年に起きた連続射殺事件の犯人として知られ、九七年に死刑が執行された永山則夫は、二度密航を企てたことがある。六五年にデンマークの貨物船に乗り込んで見つかり、何年か後にはまたアメリカへの密航を企て、そのときには手首を切って自殺まで試みている。

パク・ソルメはこれら密航者たちの物語を通して、さまざまな人間や空間が「広場であること」、言い換えれば「広場性」といったものを模索する。「広場であること」は一時的な状態であり、常に動きつづけるというのがパクの解釈であるようだ。

一方、一九八四年生まれのキム・サグァは、ソウルの大型書店で崔仁勲の『広場』を十七歳のときに読んだ人物を主人公に、恩恵の「私は女の子を産みました」という言葉を取り上げながら、現在の韓国の格差問題を描いている。このような多様な連想を可能にさせるのもやはり、崔仁勲の『広場』が、決着地点の見えない海上で終わっているからだろう。

社会学者の崔銀姫《チェウンヒ》によれば、『広場』が長く読まれたのは、それが「『反共』というイデオロギーと現実における苦悩と葛藤の歴史を生きねばならなかった韓国人の心を代弁してくれたから」だという（『韓国のミドルクラスと朝鮮戦争――転換期としての1990年代と「階級」の変化』明石書店）。つまり、黙っていたら「反共」を選択したことになってしまう葛藤を、『広場』の読者は互いに分かち合うことができたという意味なのだろう。

そして、日本で終わっていないものとは

戦後日本の代表的な詩人の一人、石垣りんの詩に、第二次世界大戦末期にサイパンのバ

ンザイ・クリフで自決した日本女性のことを歌った「崖」という詩がある。

美徳やら義理やら体裁やら
何やら。
火だの男だのに追いつめられて。

とばなければならないからとびこんだ。
ゆき場のないゆき場所。
(崖はいつも女をまっさかさまにする)

——石垣りん「崖」『石垣りん詩集』岩波文庫

この集団自決については、米軍による記録映像が存在している。そこには、絶壁まで駆けていって飛び降りる女性たちの姿がはっきり写っているが、海に落ちる瞬間は見えないので、その人たちが今も、どこか別次元の世界で停止しているかのように感じられる。石垣りんはこの詩の最後を、このように締めくくった。

それがねえ
まだ一人も海にとどかないのだ。

十五年もたつというのに
どうしたんだろう。
あの、
女。

——石垣りん「崖」『石垣りん詩集』前掲書

「十五年もたつ」というのだから、この詩に書かれている時間は『広場』が書かれたのと同じ一九六〇年だ。石垣りんの筆が書きとめた女性と、『広場』の李明俊は、文学史上、同じ年に出現したのである。

石垣りんも、銀行の組合の一員として六〇年安保を経験した人だし、韓国の事件のことも知っていただろう。「崖」の中で身を投げた女性と李明俊の両方が海に到着せず、どこかで停止しているというイメージは、日本にとっては戦争責任の問題が決着していないということ、韓国にとっては分断が解決されていないことを彷彿させる。

なお崔仁勲には、日本による植民地支配を独特の方法で考察した「総督の声」(『広場』田中明訳、泰流社所収)という短編小説がある。これもまた七〇年代に日本語に翻訳されている。

作品自体は一九六七年に書かれたものだが、「総督府地下部」という組織が現在の韓国にこっそり生き残っていて、地下放送を流し、それをソウルの詩人が聞いているという設定になっている。この放送で「総督」が語るのは、次のような内容だ。

「ドイツが、パレスチナが、インドが、仏領インドシナが、中国が、朝鮮半島が、分割されているが、帝国はそれを免れた。広島・長崎の犠牲によって免れたのである」

「帝国としては半島の南北を一視同仁する道を行くことが第一。南が勝てば北に味方し、北が勝てば南に味方し、どちらか一方がずっと追い越して半島が統一されたりしないようにするのが根本だからであります」

ここには、冷戦構造の中で朝鮮半島の分断固定化が続くことを望む心理がきちんと整理されている。現在の「ネトウヨ」と呼ばれる人々が言いそうなことの多くが網羅されているが、重要なのは、この文章が、日本のというよりは帝国主義の習性を、その淵源から解き明かしていることだ。一方で、「北朝鮮には天皇制国家的な社会形態と、権威主義的な人間タイプが、共産主義という名のもとに温存されている」といった慧眼も見られる。『広場』が三度も翻訳されたのはこのように、崔仁勲が文明史の広がりの中で韓国と日本をとらえようとする視点を持っていたからなのかもしれない。

さらに、「総督の声」に続く「主席の声」（田中明訳、前掲書所収）という作品では、「上海臨時政府の主席の声」という幻想が綴られる。上海臨時政府というのは、一九一九年に起きた三・一独立運動の後、上海で独立運動家たちが組織した亡命政府である。「主席の声」

は、この臨時政府がもし今も存在したらという仮定のもとに書かれた作品だ。

かつて朝鮮文学者の長璋吉は、崔仁勲の描く主人公たちの苦悩を、自由主義か、共産主義かという、「本来西洋的命題でありながら、『西洋がまだ解決していない』宿題」を身代わりになって病んでいると喝破したことがあった（「続・崔仁勲の小説について」『韓国小説を読む』草思社所収）が、この作品にはまさにその身代わりの苦悩がよく現れている。冒頭でいきなり主席がルネサンスについて演説を始め、それを聞いている詩人が七ページも続くワンセンテンスの独り言で苦悩を述べるという展開で、非常に難解な小説だが、「総督の声」ともども、日本語でまた読めるようになることを期待したい。

第7章 朝鮮戦争は韓国文学の背骨である

文学の背骨に溶け込んだ戦争

韓国文学を読む上で、いちばんの要となるのは朝鮮戦争だ。それは文学の背景ではなく、文学の土壌に染み込んでいる。もっといえば、それは韓国文学の背骨に溶け込んだ、カルシウムのようなものかもしれない。たとえ表面から見えなくとも、また若い世代の作品においても、このことは同様といってよい。

先日、キム・ソヨンという人の、『子どもという世界』（オ・ヨンア訳、かんき出版）という、韓国でベストセラーになったエッセイ集を読んだ。読書と作文の指導をする一種の国語塾の先生が、子供たちとの交流をもとに書いた優しい本である。その中で、自分の太ももにある小さなやけどの跡のことを書いているのだが、著者は両親から、「離散家族になっても、このやけどの跡であなたを探し出せるよ」と言われて育ってきたそうだ。

こういう記述を読むたび、言葉にならない「あっ」という思いを味わう。そして、韓国文学を読んでいると「あっ」と思わされる機会が多いのである。

ここでいう離散家族とはもちろん、朝鮮戦争のときに別れ別れになってしまった人々のことだ。南北に引き裂かれた離散家族は約一〇〇〇万人といわれている。また、南北間ではなく、韓国の中だけでも避難の際に生き別れになった人々は多く、そうした人たちの家族探しが大規模に行われたことがある。

一九八三年に、韓国放送公社（ＫＢＳ）が家族探しを大々的に呼びかけ、生放送で再会場面を放映した。感激の対面が放映されるとすさまじい反響があり、さらに膨大な人々が放送局前に集まり、貼り紙やプラカードで家族を探した。周辺に寝泊まりする人もいれば、海外から韓国へ一時帰国して家族探しをした人もいた。番組は一三八日間も続き、結果的に一万一八九の家族が再会を果たしたという。この規模の大きさにも驚かされるし、また、それが休戦から三十年も過ぎた後だったことにもハッとする。

子供のやけどの跡をめぐる何気ない家族の会話にも、そんな体験が影を落としている。それはやはり、戦争が終わっていないからなのだと思う。もちろん、普通の韓国人が四六時中戦争を意識して生きているわけではない。朝鮮民主主義人民共和国（北朝鮮）との緊張関係が高まって日本のワイドショーが騒ぎたてるときも、ソウルの人々は意外と平常心で暮らしている。だが、ワイドショーがあずかり知らないところに、戦争が単なる記憶にはとどまらない韓国ならではの現実が染み出している。

朝鮮戦争によって日本には米軍から大量の軍事物資が発注され、「朝鮮特需」と呼ばれる好景気がもたらされた。また、日本を占領していた米軍の兵力が朝鮮戦争に投入されたため、代わりに警察予備隊（後に自衛隊に改編）が作られ、再軍備への道が開かれた。こうしたことは多くの人が知っているだろうが、朝鮮戦争そのもののイメージは、ベトナム戦争などと比べても漠然としているのではないだろうか。私もかつてそうだった。この章ではそれについて考えてみたい。

苛烈な地上戦と「避難・占領・虐殺」

まず、日本に生まれ育ち、日本の学校で教育を受けた人が朝鮮戦争をイメージするときに重要なことを書いておく。

初めに、国土のほとんどが戦場になり、苛烈な地上戦が行われたことだ。日本の本土は、度重なる空襲や原爆という惨事は経験したが、身近に敵が潜む中を逃げ惑う地上戦の恐怖は経験していない。それを味わったのは沖縄の人々だけである。朝鮮戦争でも非常に大規模な無差別爆撃が行われたし、原爆使用が主張されたことさえあったが、朝鮮半島の人々は同時に、地上の敵にも脅かされた。日本人にとっての戦争は、戦地体験と銃後体験に大きく分けられるだろうが、朝鮮戦争の戦場は市民の生活の場と重なり、戦場と銃後は渾然一体となっている。

次に、この戦争がイデオロギー戦争だったことの過酷さを知っておきたい。この章を書くために、金東椿《キムドンチュン》という韓国の社会学者が著した『朝鮮戦争の社会史』（金美恵・崔真碩・崔徳孝・趙慶喜・鄭栄桓訳、平凡社）という本をたびたび参考にしたが、この本には「避難・占領・虐殺」というサブタイトルがついている。「避難・占領・虐殺」という三つの言葉はいずれも、イデオロギー戦争ゆえの深刻さと結びついて、日本人が経験しなかった戦争の側面を示すものだ。

ではここで、ざっと朝鮮戦争の経緯をおさらいしておこう。

一九五〇年六月二十五日の未明、北朝鮮の軍隊が三十八度線を越えて韓国側に侵入してこの戦争は始まった。

一九四八年に、朝鮮半島の南には李承晩《イスンマン》大統領の治める大韓民国政府、北には金日成《キムイルソン》主席の治める朝鮮民主主義人民共和国政府が成立し、それぞれが朝鮮半島唯一の正統的な国家を名乗り、相手方を傀儡《かいらい》政権と批判してにらみ合っていた。そのことは現在も基本的に変わりはない。

李承晩と金日成の双方が武力による統一を希望していたが、双方の背後にあったアメリカとソ連は戦争を望んでいなかった。しかし一九四九年に中華人民共和国が成立すると、それに勢いを得た金日成はスターリンと毛沢東の了解をとりつけ、かねてからの悲願であった「祖国解放戦争」に踏み切ったのである。

だがこの戦争については長らく、どちらが戦争を始めたのかという論議がずっと続いてきた。南北ともに相手側が攻撃をしかけたと真っ向から主張して譲らず、また、開戦のいきさつについては不明な点が多々あり、北朝鮮が攻めてくることを米軍は本当に知らなかったのか、知っていてあえて攻め込ませたのかという論点が強い関心を集めてきた。ソ連のペレストロイカ以降徐々に情報が公開され、特に二〇〇〇年に公開された新資料によって、この戦争が北朝鮮からの計画的な攻撃で始まったことがほぼ明らかになった。

開戦直後は北朝鮮が圧倒的に優勢で、開戦三日後にソウルを占領した。アメリカはただちに国連安保理を招集して北朝鮮を侵略者と決議し、「国連軍」の派遣を決定、日本に駐屯していた米軍が続々と朝鮮半島へ送られた。国連軍は十六か国から成っていたが、ほぼ米軍であり、日本はその出撃基地としてこの戦争に深く関わることとなる。北朝鮮軍は八月半ばには朝鮮半島の九割の地域を掌握し、韓国政府が避難していた釜山《プサン》近くまで迫った。占領地では次々に人民委員会が設置され、土地改革が実施され、北による「南進統一」は間近かと思われた。

しかし、国連軍は九月十五日、マッカーサーの指揮のもとに仁川《インチョン》上陸作戦を敢行、ソウルを奪還、戦局は逆転する。三十八度線を越えて北進した国連軍は平壌《ピョンヤン》を占領、今度は南による「北進統一」も目前かと思われた。

ところが、十月になると今度は中国の人民志願軍が参戦し、人海戦術で国連軍を敗走させるというまさかの逆転が起きる。こうして、朝鮮半島統一を南北双方から目指した戦争が、米・韓軍と中・朝軍との戦いに転化していったのである。

年が明けて一九五一年一月四日には北が再びソウルを占領したが短期間で撤退、その後マッカーサーが原爆の使用を主張して解任される事態も起きる。戦局は膠着し、七月から休戦会談が始まった。しかし捕虜問題が紛糾したことが主因で一進一退が続き、三十八度

朝鮮戦争の戦線の推移

□ 朝鮮民主主義人民共和国・人民軍、中華人民共和国・義勇軍

■ 韓国軍／国連軍

❶1950年6月末（戦争勃発時）

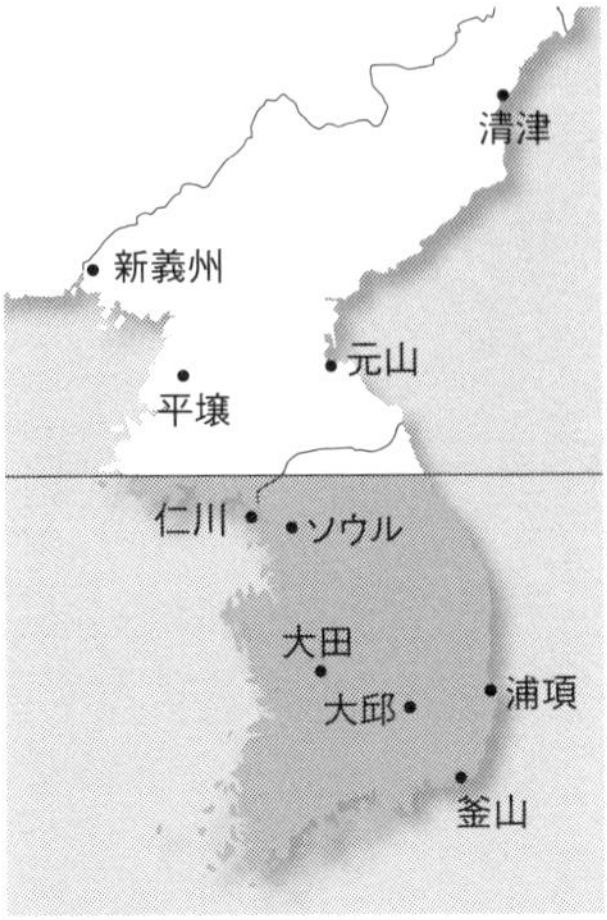

❷1950年8月末

❸1950年10月末

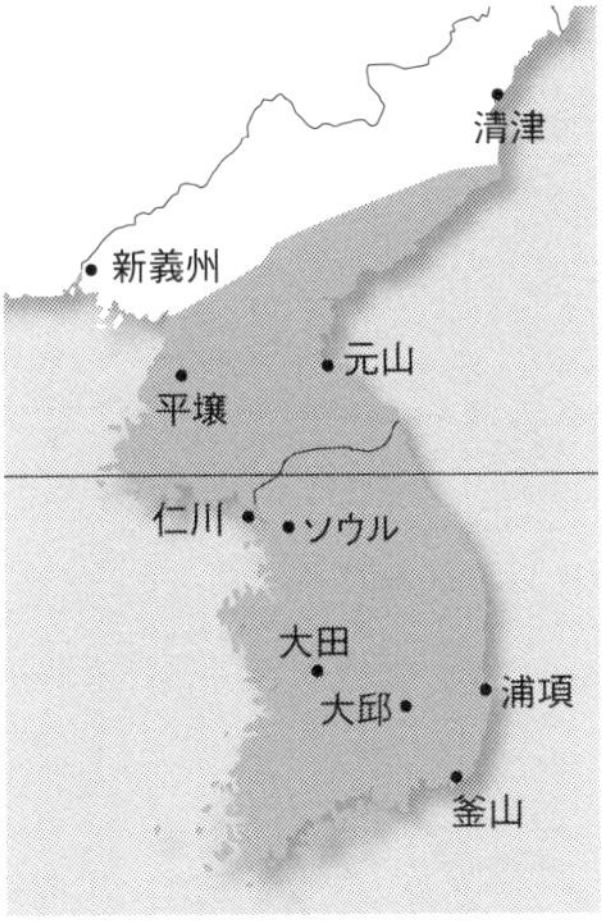

❹1953年7月末（現在の分断線）

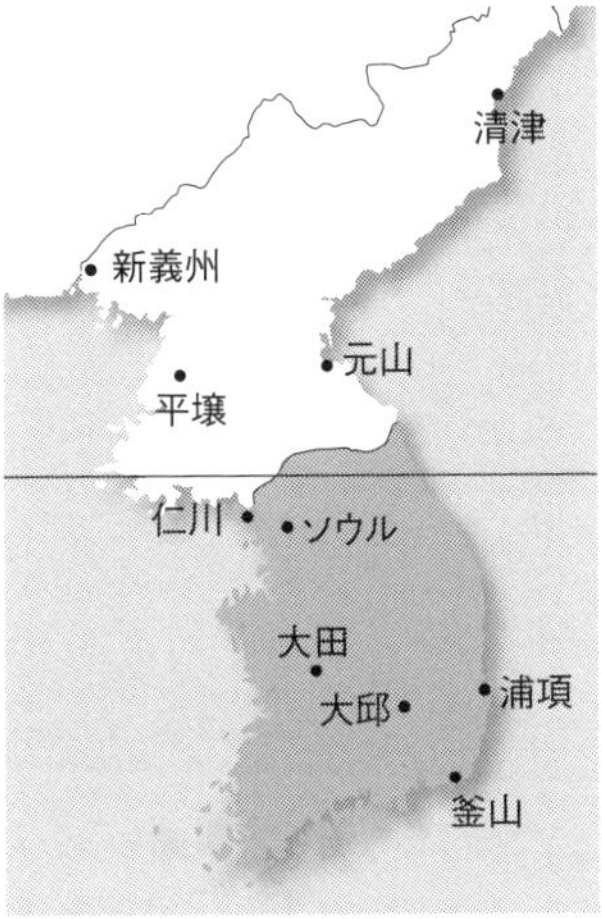

『在日義勇兵帰還せず――朝鮮戦争秘史』（金贊汀／岩波書店／2007）』を参考

線付近で激戦を続けながら休戦交渉を進める状態が二年ほど続いた後、五三年七月にようやく休戦協定が締結された。

この戦争による被害はまさに甚大というよりほかなかった。第二次世界大戦の戦場にならず、無傷で解放を迎えた朝鮮半島で、南北ともに主要都市や多くのインフラ設備が破壊された。犠牲者数については大まかに、南北合わせて三〇〇万人とも四〇〇万人ともいわれるが、さまざまな説があり、正確な統計は不明というのに近いだろう。その他に中国義勇軍で約一〇〇万人、米軍で約五万人の死者が出たものとされる。

第二次世界大戦での日本の死者が三一〇万人とされていること、当時の朝鮮半島の人口が約三〇〇〇万人であったことを考えると、途方もない数字である。また、この戦争によってちりぢりになった離散家族は約一〇〇〇万人とされ、一〇万人以上の子供が戦争孤児になったといわれる。

イデオロギー戦争の傷跡

先にも述べた通り、「避難・占領・虐殺」はすべて、朝鮮戦争がイデオロギー戦争であったことと深く関わっている。

まず避難について見てみよう。この戦争では、南は洛東江《ナクトンガン》から北は鴨緑江《アムノッカン》までローラーをころがすように戦線が行ったり来たりした。ローラーをころがすような移動だから、逃げ場をなくして非戦闘員が大量に犠牲になる。また、戦線の移動によって人々は長距離の避難を余儀なくされた。

そして、避難は単なる移動ではなく、共産主義を避けるための政治的な行動と意味づけされた。そのため韓国では、ソウルが北朝鮮に占領されたときに避難しなかった者が後に、北への同調者あるいはその予備軍、つまり裏切り者扱いされたりしたのである。

実際には、さまざまな理由で避難しなかった、できなかった人々は多く存在した。六月二十八日にソウルが陥落したときには、漢江《ハンガン》にかかる橋が落ちてしまったために避難をあきらめた人もいるし、この戦争が本当に決定的なものになるかどうか様子見をしていた人もいる。さらに、李承晩大統領が国民向けの放送で楽観的な見通しを語ったことも人々をとどまらせる理由となった（しかしこの放送が行われたとき、大統領はすでにソウルを離れていた）。このようにさまざまな理由から残った人々は北朝鮮の占領下で三か月暮らさざるをえなかったが、約三か月後に再びソウルが韓国の手に戻ると、身の潔白を証明する努力をしなくてはならず、それができない人は過酷な処罰を受けた。

李承晩は「ソウルを死守する」と国民に告げてソウルを逃げ出した。これは一種の国民へのネグレクトといってよい。為政者が避難民を保護しないばかりか裏切り者扱いするという条件下で避難を経験した人々は、その後、どのような社会を作っていっただろうか。金東椿はそれを、「避難社会ではみな出発する準備をしていたし、みなが避難地で出会った人のように接し合い、権力者と民衆がある秩序と規則のなかに生きるというよりは、その場しのぎの利益追求と生きながらえることに余念がなかった」と書いている。

そして避難しなかった人々は、占領生活を体験した。彼らは一夜にして天下がひっくり返るのを目撃した。ソウルに北の国旗が翻り、スターリンの肖像画が掲げられる。まず義勇軍への募集が行われ、人民委員会の選挙と土地改革、そして人民裁判が行われ、反革命の名のもとに人々が処刑された。

歴史学者だった金聖七《キムソンチル》は当時、避難せずにソウルに残り、その体験を詳細に日記に残した（『ソウルの人民軍――朝鮮戦争下に生きた歴史学者の日記』李男徳・舘野晳訳、社会評論社）。そこには、勤めていたソウル大学の教授会に北の兵士が乱入して、いきなりある教授の人民裁判を始める様子が記されている。

こうしたことが随所で起き、その後戦線が移動して支配者が入れ替わるたび、共産主義が何か、資本主義が何かという知識も持たない人々が罪に問われた。山野を戦線が移動した朝鮮戦争では、山中の小さな村々も戦場になる。ベトナム戦争の際、随所で「昼は米軍、夜はベトコン」という二重の支配体制が布かれたといわれるが、朝鮮半島ですでにそれに似た状況が展開されていた。徴兵年齢の男性たちは、いつ、どちらの軍隊に取られるかわからないという先の見えない状況に置かれた。

占領者がいつ入れ替わるかわからない日常の中で、人々は相互に監視し合い、白か黒かを常に問われ、中間は許されなかった。緊張の連続だったが、しかし何にどう緊張したらよいか見当がつく人は少なかっただろう。多くの人は、わけもわからないまま書類にハンコを押したり、動員されて集会に参加して歌を歌ったというだけで、不条理な死に追い込まれた。

チョン・ミョングァンの小説『鯨』（拙訳、晶文社）は、女三代の愛憎劇をベースとした壮大な長編で、韓国が舞台と明記はされていないが、その中に次のような一節がある。抽象的な書き方だが、朝鮮戦争のある側面を非常に的確に表現している。

> 生と死の間にさしたる違いがなかった当時、死はあまりにもありふれていて、丁重に扱われることはなかった。南の人々と北の人々は気も狂わんばかりの憎悪にとりつかれ、お互いに数百、数千もの人を一度に虐殺した。彼らは相手を一か所に追い詰めて竹やりで突き殺したり、生きたまま穴に埋めたりした。建物に閉じこめて火を放つこともあった。そのようにして殺された者の中には、女や子どもも数えきれないほどいた。彼らは、自らの思想は隠したままで手当たりしだいに人をとらえ、相手の思想を問うたのである。答えは二つに一つだったから、生き残る確率は常に半々だった。それはイデオロギーの法則である。
>
> ――チョン・ミョングァン『鯨』拙訳、晶文社

このような虐殺は戦争前から始まっていたものである。一九四五年の解放後間もない時期から、左右の対立に起因するテロが続き、共産主義者と見なされた人への公権力による公然の虐殺も頻繁に起きた。第8章で述べる四八年の済州島《チェジュド》四・三事件や麗水《ヨス》・順天《スンチョン》事件当時の大虐殺がその代表である。

朝鮮戦争に関する本を見ていると、明らかに非戦闘員とわかる人々のむごたらしい写真をしばしば目にする。処刑を待つ人々の絶望的な表情や、殺害された大量の遺体を地中に埋めるところなどだ。これが朝鮮戦争の最も残酷な特徴ではないだろうか。誰が敵で誰が味方か区別が困難な状況の中で、子供・女性・老人までもが敵と見なされ、集団的に殺された。同時に、密告と密告返しの連続の中で、私的な報復としての殺人も多く起き、地域のコミュニティはずたずたになった。

金東椿は、こうした状況は「戦争の政治化」というべきもので、そのため感情介入的な虐殺が頻繁に起きたとしている。国家がいまだ流動的で、国民の帰属意識も薄い中、「潜在的な敵」への殲滅の意志が暴走した結果だという。このような虐殺は「冷戦体制の確立とともに極右政権が樹立した経験を共有する台湾、ギリシア、ベトナム、スペインなどでの内戦状況で発生した虐殺と最も類似している」とのことだ。

他にも、朝鮮戦争を理解する上で重要なのは、戦後も厳しい情報統制が行われたため、戦争のある部分がずっと国民にひた隠しにされてきたことだ。真相が少しずつ明らかにされるようになったのは、一九八七年の民主化宣言以降である。特に韓国軍と韓国の警察による市民虐殺事件は、遺族たちに多大な痛みを残した。二〇〇五年にスタートした「真実・和解のための過去事整理委員会」によって各地で遺骨の発掘などが進行していることは、第4章でも触れた通りだ。

これら、隠されてきた歴史は作家たちにとっても大きなテーマであり、金源一《キムウォニル》は『冬の谷間』（尹學準訳・栄光教育文化研究所）で、慶尚南道居昌《コチャン》郡で起きた悲惨な虐殺事件を描いた。この事件は、ベトナム戦争での米軍による虐殺事件「ソンミ村事件」の原型ともいわれ、小さな村が北朝鮮軍の支配下に置かれた際、彼らに協力したという理由で、子供多数を含む七百人余りが殺されたもの。『冬の谷間』はこの事件を十八歳の少年兵の目から描いている。また、黄晳暎《ファンソギョン》の『客人〔ソンニム〕』（鄭敬謨訳、岩波書店）は、北朝鮮の黄海南道信《ファンヘナムドシン》川《チョン》郡で起きた信川虐殺事件を取り上げている。従来、米軍のしわざとされてきたこの事件がプロテスタントの右翼勢力による犯行だったという説を長編小説に仕立てたものである。このような先行世代の努力の後に、近年もハン・ガンやチョン・セランなどの女性作家たちが積極的に取り組んでいる。

朝鮮戦争を六・二五と呼ぶ理由

そして最後に確認しておきたいのが、これらの傷を残した戦争が、いまだに休戦状態であり、決して終わったわけではないことだ。

韓国ではこの戦争を「韓国戦争」と呼ぶが、同時に「六《ユ》・二五《ギオ》」という名称が広く使われる。それは六月二十五日の未明に戦争が始まったことに基づいている。

韓国で、開戦の日付によって戦争が記憶され、語られていることは重要だ。日本では「八・一五」を終戦記念日として記憶し、毎年式典を開いて平和を祈っている。しかし、日本が真珠湾攻撃を行って太平洋戦争が始まった十二月八日には重きを置かない。つまり、戦争の出口だけを記憶し、入り口、つまり自分たちが戦争を始めた日のことは意識しない。

逆に韓国では、戦争の入り口である六・二五を重視し、休戦協定が成立した七月二十七日には関心を寄せない。それはもちろん戦争が終わっていないからである。そもそも、休戦協定に署名したのはクラーク国連軍司令官、北の金日成、そして中国の彭徳懐であり、韓国は署名していない。李承晩はあくまでも統一に固執し、最終的に、休戦に同意はするが署名はしないという態度を取った。

「六・二五」という呼び方の定着は、韓国社会が絶えず戦争の始まりに着目し、開戦の責任はどこにあるのかを強調してきたことを想起させる。この呼称一つに、戦争とともに生きてきたこの国の人々の思いが凝縮しているともいえよう。

朝鮮戦争は多面体のような戦争で、さまざまな性格を重ね持っている。それは大韓民国と朝鮮民主主義人民共和国の国土統一をめぐる主導権争いであると同時に、米、中、ソの大国の思惑がぶつかりあい、東アジアでの勢力圏争いを通して、冷戦構造の軍事化をもたらした戦争でもあった。第二次世界大戦後の最も悲惨な戦争の一つであったし、「あわや第三次世界大戦か」「また原爆が投下されるのか」と世界中の人を怯えさせた戦争でもあった。

さらにこの戦争には、朝鮮半島の人々だけでなく、米国を含む国連軍十六か国の兵士、そして中華人民共和国の兵士が参加した。日本は公式には参戦していないことになっているが、開戦直後からさまざまな局面で人員が動員されて戦争協力を行っている。仁川上陸作戦のとき海兵隊を運んだＬＳＴ（戦車兵員揚陸艦）四十七隻のうち三十七隻までが、日本人船員によって操縦されていた。また、横田基地や嘉手納基地からは連日Ｂ29が朝鮮半島に飛んだ。海底掃射などに動員された人々もいた。さらに、数は少ないものの、さまざまな経緯から朝鮮戦争に従軍して「戦死」した日本人がいたことが、最近の調査研究で明らかになっている。

この戦争は、多くの在日コリアンに故郷への帰還をあきらめるか無期延期させ、日本で生きていくことを余儀なくさせた。また、多くの在日コリアンがこのとき、日本共産党の指揮下で反戦運動の主力となった。その一方で三〇〇人あまりの人々は「在日義勇軍」として韓国軍と行動を共にし、一三五人が戦死または行方不明となっている。ミステリー作家の麗羅《れいら》（本名は鄭埈汶《チョンジュンムン》）も在日義勇軍の一人で、その戦争体験は、約三十年を経た後に『山河哀号』などの小説に反映された。この作家はまた、一九九二年に『体験的朝鮮戦争』という記録も残し、そのあとがきには「（朝鮮戦争は）真っ赤に燃えている燠《おき》が薄い灰をかぶっているにすぎない」と書いた。

一方、北朝鮮軍側にも日本と縁の深かった作家がいた。平壌に生まれ、かつて日本に留学して日本語で創作活動を始めた金史良《キムサリャン》だ。朝鮮人の母と日本人の父を持つ貧しい少年の姿を通して民族意識というテーマを取り上げた短編「光の中に」が、一九四〇年に芥川賞候補になっている。解放後は平壌で活動、朝鮮戦争の際には北の従軍作家として戦争に同行した。開戦後三か月目ごろに書かれた「海がみえる」（金達寿訳『金史良全集Ⅳ』河出書房新社所収）には、釜山近くまで南進し、統一を目前にした感激が溢れている。しかし、仁川上陸作戦の後に軍が退却する際に消息を絶ち、原州《ウォンジュ》付近で死亡したものと見られている。

北と南、どちらに属していようと、この戦争が朝鮮半島に住む人々とそこの出身の人々に、はかりしれない傷を負わせたことはいうまでもない。

金聖七が見た占領下のソウル

朝鮮戦争開戦当時の様子をよく物語る史料として、先にも名前を挙げた金聖七の『ソウルの人民軍』から、いくつかのシーンを見ておこう。

六月二十五日の朝、ソウル郊外に住む著者は畑を耕していた。そこへ、ソウル中心部から帰ってきた隣人から、戦争が始まったというニュースが伝えられる。しかし金は、それが本当に大規模な侵攻なのか、そのころ三十八度線でしばしばくり返されていた衝突の一つにすぎないのか半信半疑だった。結局、彼はこの日、特に何も行動を起こさない。だが翌二十六日、大学へ出勤しようとするとバスが来ない。戦闘開始によってバスが徴発されたのだ。昨夜から雷のような音がしていたが、それは大砲であったかと気づく。

新聞の号外には「傀儡軍、三八度線の全域で不法南侵」という文字が躍っている。町は騒然として、路上を軍用車が絶え間なく通ってゆく。「戦争はきっと広がるだろうな」と思った瞬間、金はくらくらして目の前が真っ青になったという。

二十七日には、自分の家に下宿している学生たちを故郷へ帰す手筈をとる。通りは避難民でいっぱいだ。だが、「避難するにしても、この手のひらのような狭い三八度線以南のどこに安全なところがあろうか」と考えた金はソウルから出ないことに決める。妻と、生まれてやっと百日の乳飲み子を含めた三人の子供とともに、砲弾が飛びかい、人影の絶えた町にとどまる。

二十八日に金は、「一晩にして、大韓民国ではない別の国の人間になってしまった」と日記に記す。けれども、外に出て人民軍の歩兵が歩いているのを見た印象は「彼らは硬い西北の訛りではあるが、私たちと言語・風俗・血統を同じくする民族であり、見たところなぜか敵兵という気がしない。どこか遠く家を離れていた兄弟が、久しぶりに故郷を訪ねてきたような感じなのだ」と、冷静である。

金聖七のような中道的な知識人には、ソウルに残った人が多かった。金東椿によれば、避難できたにもかかわらず残留した人たちの多くは、金日成政権が来ても自分は大きな被害は被らないだろうと判断した自営業者、中小企業家、知識人など中間層に属する人たちだったという。

廉想渉『驟雨』の衝撃

作家の廉想渉《ヨムサンソプ》もその一人だったと見てよい。廉想渉は、朝鮮文学の祖である李光洙《イグアンス》と並び称される文豪の一人で、リアリズム小説を完成させた作家としてよく知られている。時代の風俗をたっぷり吸い込んだ人物たちが生き生きと立ち回る様子がこの作家の最大の面白さで、植民地時代の京城を舞台とした『三代』（白川豊訳、平凡社）でそれを味わうことができる。

その彼が残した長編『驟雨』（白川豊訳、書肆侃侃房）は、六・二五の際にソウル残留派が経験した、三か月にわたる占領下での生活を題材としたものである。しかも、まだ戦争が続いているさなかの時期に執筆・発表された点が見逃せない。

『驟雨』は、一九五二年の七月十八日から五三年の二月十日まで全一六六回にわたって、最大手の日刊紙『朝鮮日報』に連載された。戦争当時、新聞の多くは開戦と同時に休刊を余儀なくされたし、復刊後も連載小説の再開は遅れた。『朝鮮日報』での『驟雨』の連載も、二年ぶりのものだった。紙面自体が二ページしかなかったのに連載小説を復活させたのは、文学作品に対する読者の渇望があったためだろうと、『驟雨』翻訳者の白川豊は分析している。

この小説が連載されたのは戦争の末期、休戦交渉が始まってまる一年が経過した時期だ。交渉は難航し、最前線で局所的で熾烈な戦闘が続いていたが、非戦闘員の多くは生活を取り戻しつつあった。そんなころに、開戦当時の記憶を振り返る作品として、いわばライブ配信のようにして読者に届けられた小説といっていいかもしれない。

だが、朝鮮戦争の小説としてこれを最初に紹介することには少々ためらいもある。なぜなら『驟雨』は戦争と占領の実態を冷徹に描くとともに、恋とカネをめぐる興味津々の人間ドラマであり、高いエンターテイメント性も備えた小説だからだ。

物語は、北朝鮮軍が攻め込んできた二日後の六月二十七日、五十代の男性社長と三十代の女性秘書が大雨の中を車でソウル脱出を試みるという、臨場感ある場面から始まる。

案の定、大砲の音ばかりか、機関銃のはじける音までがさっきよりさらに近くでひっきりなしに響き東大門か昌慶苑《チャンギョンウォン》の向こうあたりか、ドーンドーンという砲声とともに閃光が天を衝いた。雨は依然としてザーザー降り注ぎ、車の渋滞は往きよりさらに激しくなった。

――廉想渉『驟雨』白川豊訳、書肆侃侃房（一部訳注を割愛）

車はさっきまで、漢江《ハンガン》を渡ろうとして橋の手前で足止めされていたのだが、やがて「橋が爆破されたそうだ」という衝撃の知らせが入り、運転手ともども動転しながら戻るところである。だが、戻っても自宅付近が戦場になったり火の海になるかもしれない。さっき出発したときには思いもよらなかったことだ。主人公たちは仕方なくソウルに引き返す。以後、生活が一変した占領下のソウルで、彼らや周辺の人々がどう生き抜くかが活写される。

漢江の橋が爆破されて落ちたというのは実際にあったことで、六月二十八日の未明、北朝鮮軍の南下を食い止めるため、韓国軍の指令によって川にかかる人道橋と鉄橋が爆破された。しかし指令が突然だったため、橋を渡っていた多くの人と車が阿鼻叫喚の修羅場に巻き込まれ、大勢が死亡した。その様子は、映画『トンマッコルへようこそ』（パク・クァンヒョン監督）などに描写されている。

冒頭に出てくる男女は、実は不倫カップルである。女性秘書のカン・スンジェは、一九五〇年代の三十代の女性としてはありえないような強烈なキャラクターだ。高い教育を受け、英語が堪能で、洋装をしてタバコをプカプカ吸い「恋愛だって戦いよ」とか「恋愛は独裁なのね。民主主義ではないわ」などと言い放つ。一方、彼女の相手である社長は金の亡者で、ソウルから逃げようとしたときも、金をぎっしり詰めたカバンを持っていた。貿易商としてアメリカの会社と取引をしている彼は、北朝鮮に支配されたら命が危ないのだ。

このことは、後に大統領となる金大中《キムデジュン》の戦争体験を思い出させる。当時、南部の都市木浦《モッポ》で会社を経営していた金大中は、六・二五直後にたまたまソウルにいあわせ、三百キロ以上もある道を徒歩で南下して避難した。ソウルで行われていた人民裁判を見て、資本家は命が危ないと強い危機感を持ったためである。無事に木浦には着いたものの間もなく逮捕され、右翼反動分子として刑務所に収監され、その後処刑を宣告されるが、仁川上陸作戦で米軍がやってきたことで九死に一生を得た。どこかでタイミングがずれたら、金大中大統領は生まれなかった。

したたかに生き延びる人々

さて、『驟雨』のスンジェは過去に一度結婚して別れた経緯があるが、その前夫は共産主義に心酔して北に渡った人という設定になっている。この元夫がソウル占領に際して舞い戻り、元妻の周辺をちらちら動き回る。スンジェには、社長の他にちょっと好意を寄せている男性もいるのだが、元夫も利用しない手はない。先の見通しの立たない一日一日を、誰をどう利用して生き延びるか、忙しく知恵を働かせて明日へとつないでいく、その様子がおもしろく読みごたえがある。

一方で、北朝鮮軍の占領下に入ると、下っ端社員や運転手など下積みの人々が活気づく様子も描かれる。スンジェや社長たちインテリにはそれが、「急に態度が大きくなった」ように見える。これについては補足が必要だろう。もともと、植民地時代に非転向で独立運動を担った人たちには共産主義者、社会主義者が多く、人々の信頼を集めていた。一九四五年から四六年の米軍政初期には特に若者たちの間に社会主義に憧れる人が多かったが、第6章で見たようにこれは日本も同様だし、世界的な傾向だったといってよい。北では土地改革、労働改革が成功していると聞いて期待を寄せる者も多かった。

小説には出てこないが、このとき夜九時から四時まで夜間外出禁止となり、政党や社会団体も厳しく監視され、元韓国政府関係者や公務員には自首が呼びかけられ、市民には「反動分子」の摘発義務が課せられている。新聞・雑誌はすべて発行停止と、まさに非常事態だ。そんな中で意中の男性と散歩するスンジェの姿は何やら現実離れして感じられる。

(スンジェは)男の腕に肩を持たせかけて歌を歌いながら歩いた。道々、爆撃機が頭上高く、ウィーン、ウィーンと通り過ぎるだけで、戦争はどこでやっているのやら、遠い日の夢のようだ。

——廉想渉『驟雨』前掲書

もちろん、夢ではない。ちょっと街を歩けば、兵士の死体が腐りかけているのが目に入るし、武装解除された韓国軍兵士が力尽きて座り込んでいる。人民裁判で処刑された人の話も聞こえてくる。そのギャップにはすさまじいものがあるが、廉想渉は、戦乱と日常のどちらに比重をかけるでもなく淡々とそれを書いていく。

スンジェ自身、教会の中から聞こえる「ダッダッダ」という銃声を聞き、逃げそびれた神父が捕まったのだろうか、いや、即座に銃殺ということもないだろうから、あの中で韓国軍の捕虜を処刑しているのだろうかと恐怖にかられたりする。だが一方で、訪ねてきた人をカルピスでもてなしたり、洋雑誌を見ながら編み物のデザインを考えるといったハイカラな生活も続いているのだ。このような描写には、女性に対する著者の皮肉なまなざしも感じられるが、どんな状況でも生き抜こうとする生命力も印象に残る。

物語は、戦況の変化とともに主人公たちが釜山に避難するところで終わる。しかしその場面にもあまり悲壮感はない。戦争にも愛憎ドラマにも決着がついておらず、戦争を称揚するでもなく告発するでもなく、今までもこれからも人生は続くという余韻を残して『驟雨』は終わる。そして『驟雨』というタイトル自体、いつかは止むものという含意を持っている。

自粛なき戦争小説

朝鮮戦争が勃発すると、韓国文壇では従軍作家団が結成され、陸・海・空軍に文学者が派遣されて創作活動を行った。その目的はもちろん、戦意高揚作品を書くことだ。

廉想渉は従軍作家団としての活動はしていない。だが、さらに目覚ましいことに、占領下の生活が終わるとすぐ海軍に入隊している。このときもう五十三歳だったのだから、驚くべきことかもしれない。訓練を受けた上で、釜山にあった海軍の情宣・教育部門に配属されたという。『驟雨』はそこに勤務しながら書かれたもので、海軍に所属する文豪が書いたお墨付きの小説というべきだろう。だが、連載時、前線ではまだ激しい陣地争奪戦が続いていたことを考えると、この小説はやや不謹慎な感すらある。何しろ、すぐにでも韓流ドラマになりそうな三角関係をベースにしているのだから。

実際、『驟雨』は韓国でも、戦争を描いた小説としては特異な存在と見られている。また、反戦・厭戦色の強い日本の戦争文学に慣れた目には、『驟雨』は馴染みにくいものに思える。だが、ここでちょっと考えてみたいのだが、第二次世界大戦当時の翼賛体制下の日本で、こんな個人の色恋と金がらみの物語を連載することが可能だっただろうか。

考えるまでもなく答えは「否」だろう。谷崎潤一郎の『細雪』ですら、「内容が戦時にそぐわない」として掲載がさしとめになったのだ。問題にされたのは、主人公たちが外出時の衣装を選ぶ場面だったといわれている。

それに比べ、『驟雨』の登場人物たちは、平気で不倫をしたり金儲けに走ったりし、衣食面での贅沢も相当なものである。俗物だがバイタリティ溢れる人物像が、戦争中の新聞紙面で問題なく流通している。

図式的かもしれないが、ここでは天皇制の存在を考えずにいられない。『驟雨』の主人公たちのような生々しいバイタリティが、「聖戦」の価値を押しのけて前面に出ることは、日本では無理だっただろう。その違いが、二つの小説のあり方にはっきりと出ている。『驟雨』には、徴兵されたある男性が「戦争はすぐに終わるんだから、せいぜい一カ月ぐらいで戻れるはずだし」と言うシーンがある。実際、同じ民族どうしの殺し合いが長く続くとは想像できなかった人が大勢いたことだろう。こう言った作中人物は結局、無事に戻ってこられたのだが、現実には戻ってこられなかった人が無数にいた。そういう人を待ちながら、疲れた体に鞭をふるって明日のために働く人々も無数にいた。彼らにとって、娯楽としての『驟雨』は、戦争の最も辛かった時期を振り返り、またソウルの占領生活への興味も満たしつつ現在の生活を励ます、カンフル剤のようなパワーを備えていたのかもしれない。そう思うとスンジェの強烈なキャラクターも納得がいく。

このように、占領下生活の描写については自粛モードもお咎めモードもないかに見えるが、一方で、戦争そのものやその目的への異議申し立て、つまり反戦・厭戦気分の描写はできなかった。そこは、日本の戦後文学と決定的に異なる。

頑強な反共主義のもとで表現の自由が制限された韓国では、韓国軍側の残虐行為を描くことはタブーだったし、また、北朝鮮軍の兵士らを人間的な人物として描くことも許されなかった。

望郷の念を描く自由がない——失郷民作家たち

戦争を書くことは、国家を書くことと不可分だといえるだろう。そして多くの場合、今まさに戦争をしているときに、その戦争を「ありのままに」描くことは難しい。戦争が終わってから、時間をかけて反芻され、考え抜かれ、その後にようやく「ありのまま」の片鱗が形になるのである。大岡昇平の『レイテ戦記』や大西巨人の『神聖喜劇』などを思い浮かべればわかることだ。

そして韓国では、休戦状態に入ってから長い時間が経っても、戦争を描く際には大きな制限が残った。もちろんそれは戦争が終わっていなかったからであり、また、独裁政権が続いて表現の自由が制限されてきたからでもある。こうした事情は韓国だけのことではなく、冷戦体制が固定化していく時期に独裁政治を経験した国や地域、例えば台湾などでも同様だった。

朝鮮戦争の際、北に故郷を置いて南へ避難してきた人々を、韓国では「失郷民」と呼ぶ。文学者の中にも失郷民は多く、ある意味、彼らのディアスポラ文学が文壇を支えてきたといってよい。だが、失郷民作家たちが故郷を描くときも、決して自由ではなかった。

李範宣《イボムソン》という失郷民作家がいる。彼の「誤発弾」という短編小説は、分断文学の筆頭に上がる有名な作品で、日本でも二度翻訳されたことがある。

「誤発弾」の主人公は、家族全員を連れて北から避難してきた男性だ。計理士事務所の書記という仕事を持ってはいるが、戦後のすさまじいインフレの中で食べていくのは容易でなく、『こびとが打ち上げた小さなボール』で触れたタルトンネの原型のような貧しいバラック街に住んでいる。

美しかった妻は気力を失ってぬけがらのようになっており、幼い娘はおなかをすかせて泣いている。朝鮮戦争からの帰還兵である弟は自暴自棄になり、酒に溺れ、妹は米兵相手に売春している。そして主人公をいちばん苦しめるのは、年老いた母が戦争と避難のショックで精神に異常をきたし、寝たきりのまま、ときどき「行こう！　行こう！」（「帰ろう」という意味に取れる）と叫ぶことだ。主人公はその鬼気迫る叫び声に耐えられず、追われるように家を出て鬱屈した日々を送っている。

最後に、すっかり追い詰められた主人公はタクシーに乗り込むが、自分がどこに行こうとしているのかさえわからない。困りきった運転手が「誤発弾みたいな客を拾っちまったな」と愚痴をこぼすところでこの小説は終わる。

この短編小説は一九六一年に兪《ユ》賢穆《ヒョンモク》監督によって映画化され、韓国映画史上に輝く名作といわれている。興行成績もよかったのだが、すぐに上映禁止処分となった。それは、老母の「行こう！」というせりふが、「北朝鮮に帰ろう」という意味であると疑われたためとされている。映画が上映禁止となるとともに、李範宣も取り調べを受けた。四・一九革命の熱気の中で製作された映画だったが、その直後の朴正熙政権に睨まれた形となり、二年後に「この映画は李承晩政権下の貧しい社会を描いたもの」という字幕を入れてやっと上映が許可された。それにしても、正気を失ったという設定の人物が放つ一言が取り締まられるようでは、失郷民の心情を具体的に描くことなどできっこない。

やはり失郷民である李浩哲《イホチョル》も、分断文学の巨匠と呼ばれる作家である。彼の若いころの短編「擦り減る肌」（『板門店』姜尚求訳、作品社所収）でも、分断による離別の悲しみが一種の狂気として描かれていた。これもまた分断文学の代表で、今まで四回も日本語に翻訳されたことがある。ロシア文学好きだった李浩哲らしく、チェーホフの演劇を見るような印象の小説で、ソウルの富裕な一家が舞台であり、その家長である老人の妄想が物語の中心をなす。老人は、真夜中の十二時になるたびに自分の長女が帰ってくると言い出し、他の家族を混乱に陥れるが、その長女というのは戦争前に北に嫁いでいるので、今までもこれからもずっと会えない人物なのである。生死のほどもわかっていない。

老人の認知状態は悪く、他の家族たちは仕方なく一緒に座って待たなくてはならない。来るはずのない人を待つ家族のいらだちをよそに、この家では「カーン　カーン」という原因不明の音が鳴りつづけ、その音が次第に一家を支配していく。

韓国社会を見すえる失郷民のまなざし

李浩哲は北朝鮮の元山《ウォンサン》に生まれ、ソ連による軍政下で思春期を過ごし、高校三年生のときに戦争が始まると動員された。結局、捕虜となって南で解放され、そのまま韓国に定着し、ついに故郷を二度と踏むことがなかった。釜山で荷役労働や警備員をはじめいろいろな仕事をしながら習作を書き、作家となった。李浩哲の作家人生は、不条理に往来を禁じられた故郷への念を暗喩と象徴で描かなくてはならなかった時期と、曲がりなりにも自由に書けるようになった時期に分けられる。

一九六七年に発表された長編『南風北風』（姜尚求訳、『韓国の現代文学1』柏書房所収）と、二〇〇〇年に発表された短編「非法　不法　合法」（『板門店』姜尚求訳、作品社所収）は、いずれも失郷民の韓国社会でのサバイバル、特に「悪《ワル》」の人生を描いている。

『南風北風』の金光一《キムグァンイル》は、北から南、そしてアメリカと彷徨ったあげく、「最初にある場所で暮らせないなら、結局どこに行っても暮らせないということだ」と漏らす。一方、それから三十三年経って書かれた「非法　不法　合法」に出てくる元《ウォン》という男は、北から南へ逃げて韓国軍に身を投じた人物だ。作戦命令の不履行で一度は銃殺刑を宣告されたが、撤退時の混乱に乗じて上司を射殺して除隊したというつわものである。その後もベトナムやサウジアラビアで危ない仕事に従事しながらしぶとく生きてきた元は、次のように述懐する。

「南北の指導者が会ったといって、あんなにわあわあ騒いでいるが、だから何がどうなったと言うのか、いまだに実感として迫ってくるものがないね。もうおれみたいなぼろぼろの老いぼれには、死ぬことしか残っていないようだが、ただ一言だけどうしても言っておきたいことがある。おれのような悪が事実上、大韓民国の五十余年の最底辺を支えてきたように、北にも北の最底辺で事実上頑張っている、おれのような悪が確かにいるはずだよ。おれの今の心境は北のそんな人間と会って、さしつさされつ酒の一杯でも分かち合いたい、ということだよ。おまえらが好きな類の話は一切なしで……」

——李浩哲「非法 不法 合法」『板門店』姜尚求訳、作品社

この二つの物語はともに、お上がどっちへ転ぼうと、定められた法律からは必ずはみ出す人間の荒々しい生命力を描いている。その底に一抹の、ざらりとした手触りの悲しみがある。目まぐるしく移り変わる世の中で、失郷民のまなざしは韓国社会の本質を最も深いところから見すえてきたのかもしれない。

黄《ファン》 晳暎《ソギョン》が一九七二年に発表した短編「韓氏年代記」(『客地ほか五篇』高崎宗司訳、岩波書店所収)もまた有名な失郷民小説だ。主人公の韓永徳《ハンヨンドク》は平壌で働く医師である。融通がきか

ないほど誠実な人間だが、朝鮮戦争が始まると、その誠実さがかえって命取りとなる。

平壌の爆撃が激しくなってくると同僚は逃げ出すが、韓は防空壕で懸命に一般市民を治療する。ところが、子供の手術中に上司に呼び出され、それを断ったために不満分子とみなされて処刑されることになってしまう。一斉銃撃の中を奇跡的に生き延び、南へ逃げるが、今度はスパイに仕立て上げられてしまう。食べていくために偽医者に雇われ、口裏を合わせなかったために密告されたのだ。つまり韓は、戦争だけでなく、硬直した北の体制に追い詰められた末、弱肉強食の南の避難民社会で破滅する。これが南北分断のリアリティだ。

本人は「どっち側であれ、戦争に加担することで身分を保証してもらうというようなことはできないんだ」と頑固にくり返すが、そんな人は北でも南でも生きていけない。

黄晳暎は自身も子供のときに北から避難してきた経験を持ち、韓永徳は母方の伯父がモデルだそうである。なお、この作品は当初、ある雑誌から掲載を拒否されたが、そのとき南北赤十字会議が行われ、「七・四共同声明」が発表されて雪解けムードとなったため、他の雑誌に掲載することが可能になった。編集部は検閲に引っかかることを覚悟していたと黄は語っている。

子供の目がとらえた戦争──尹興吉『長雨』

朝鮮戦争を描いた有名な小説の中に、日本で一時期大きな話題になったものがある。尹《ユン》興吉《フンギル》の『長雨』（姜舜《カンスン》訳、東京新聞出版局）である。一九七九年に中上健次の強力な推薦で世に出ると、日本では全く無名の作家の小説だったにもかかわらず注目を集めた。

『長雨』の舞台は、戦争のさなかの全羅南道《チョルラナムド》の村だ。北朝鮮軍が撤退して支配者が入れ替わり、地域の人々が密告したりされたり、即決で処刑されたりと随所で悲劇が起きる。朝鮮戦争当時の普遍的なエピソードといってよいそれらのできごとを、子供の心理を通して、じわじわと描いている。

子供の視点から描いたのは、子供時代に戦争を体験した世代がそれを表現できるまでの時間が経ったということでもあるし、表現の自由の制限の中での模索の結果という面もあるだろう。

主人公である「僕」の家では、元々の大家族と、戦争のためソウルから避難してきた母方の祖母の一家とが微妙に対立しながら同居している。その渦中で、母方の叔父は韓国軍に入って戦死し、父方の叔父は北朝鮮軍に連れていかれてパルチザン闘争（289ページを参照）に投入されるものの、北の勢力が敗走したため追われる身となってしまう。

誰かを生かすためには別の誰かを見殺しにするしかないという張り詰めた掟が家庭に入

り込んでくる。そんな中でも女たちは毎日、生存をかけて四方を警戒しながら作物を収穫し、料理をし、子供の世話をする。前線と銃後、戦争と生活が、傷と膿のように一体となっている。この状況こそ日本の人々が経験したことのないものだ。

恐怖で見開かれた子供の目がとらえたままに物語は進み、最後は、無念のまま死んだ父方の叔父の魂を、母方の祖母がシャーマニズムの力を借りて慰める。その一部始終の間、ずっと村には長雨が降りつづいている。

中上健次は、一九八〇年にソウルで行われた尹との対談の中で、朝鮮戦争について「ああ、なんでこんな大事な大きな悲劇を知らなかったんだろう」と述べた。このナイーブな言葉は、韓流ドラマやK-POPが日本中に行き渡った今でも、あまり変わらない響きを持っているのではないだろうか。

ともあれ『長雨』は、子供の目とシャーマニズムの力を用いて、朝鮮戦争の悲劇性を、反共の枠組みの中で最大限に表現しえた力作だった。

尹興吉は他にも朝鮮戦争に関する作品を数々残しているが、その中に、一九八二年に韓国と日本で同時発売された長編『母（エミ）』（安宇植訳、新潮社）がある。ソウルに住む長男が、故郷の村で何十年も父を待ちながら次男と暮らす母の壮絶な秘密に迫っていくストーリーだ。母の過酷な人生の芯には、手もつけられないほど真っ赤に焼けた戦争が居座っている。かつて戦争の中で父が生命の危機に瀕したとき、母は父を救うために驚くべき行動に出た。その選択の結果として次男を身ごもったのだが、母の出産の場面が次のように描写されている。

母の体そのものが一つの凄絶な戦場だった。国軍のすべてと人民軍のすべてが母の戦場でがっぷり四つになり、互いに血を流しているところだった。

——尹興吉『母（エミ）』安宇植訳、新潮社

この小説が韓日同時発売だったことは、今はほとんど忘れられているが、両国の文化交流史の中で非常に重要な一幕である。一九七九年を皮切りに、バブル時代へ突進する一九八〇年代の日本に、「小さな韓国文学ブーム」とでもいうべきものがあり、尹興吉の単著が短期間に四冊出版されたほか、『母（エミ）』の他にも韓国の実力派作家たちの書き下ろし長編が日本の出版社で企画された。その一つ、ハン・ガンの父である韓勝源《ハンスンウォン》の『塔』（安宇植・安岡明子訳、角川書店）は、朝鮮戦争当時に人を殺した罪を贖いながら生きる男の姿を描いていたが、これがあらかじめ日本人に読まれることを想定して執筆されたことは特筆すべきである。一九九二年に中上健次が亡くなって以降、こうした流れも止まってしまった。

このときの中上の動きについては当時、独裁政権下で苦しむ人々の状況を理解していな

いなどとして批判もあったのだが、その精力的な韓国文学紹介の根底に、219ページで述べたように、朝鮮戦争への素朴な驚きがあったことは注目すべきだろう。

戦争の中で大人になる――朴婉緒の自伝的小説

一九八七年に民主化宣言が行われ、韓国の政治が大きく変化した後も、表現の自由はただちに訪れたわけではなく、変化は段階的だった。朴婉緒《パクワンソ》『あんなにあった酸葉《すいば》をだれがみんな食べたのか』と『あの山は本当にそこにあったのか』(真野保久・朴暻恩・李正福訳、影書房、二冊の合本)は、制約がかなり緩んだ九〇年代に、六十代になった朴が満を持して書いた自伝的小説である。ここには、『驟雨』と全く同時期のソウルが、若い女性の視点から描かれている。

前の章でも触れたが、まず、主人公が生まれてから十九歳で朝鮮戦争を迎えるまでを描いた『あんなにあった酸葉をだれがみんな食べたのか』を見てみよう。

主人公は京畿道開豊郡《キョンギドケプン》に生まれ、上に兄が一人いる。幼いころに父が亡くなるが、母が「子供たちの教育は何が何でもソウルで」と考えてソウルへの引っ越しを強行し、縫い物などの仕事で生活を支えながら兄妹の教育に力を入れた。娘には常日頃から「お前はたくさん勉強して新女性にならなくちゃ」と言い聞かせていたそうで、「新女性」とは教育のあるモダンガールのことだ。日本で青鞜の女性たちを「新しい女」と呼んだニュアンスに似ている。

叱咤の甲斐あって娘は名門女子高校に入り、さらにソウル大学英文科に入学したのだから、母もさぞ鼻が高かっただろう。ところが入学して間もなく、朝鮮戦争が始まってしまう。

金聖七や廉想渉と同じく、この一家も戦争が始まったときソウルから避難できなかった。それは多分に、主人公の兄のためである。

兄は考え深いインテリ青年で、第二次世界大戦末期に創氏改名が推奨され、母が「そろそろうちも創氏改名をした方がいいのではないか」と言ったとき、「もう少し待ってみよう」とそれを諫《いさ》めた。妹はそこに、一歩先を見越しているような高尚さを感じ、「うちのお兄さんは凡人とは違う」と尊敬していたのである。しかし解放後の兄は迷いの連続だった。彼の足取りを見ると、当時の知識人が自分の信念に従って生きることがいかに難しかったかがわかる。

兄は教師で、解放直後の一時期、社会主義思想に共鳴し、活動していた前歴があった。今は転向し、改悛したことを表明しながら教師として働いている。人民軍がやってくると、転向者であることは生命を脅かしかねない。一方では韓国側も、転向者は北に同調する恐れがあるとして裁判を経ずに大量に処刑したりするので、転向者はどっちを向いても救われない。このようにデリケートな状況なのに、兄本人はひょんなことから北の兵士や昔の同志を家に連れてきてどんちゃん騒ぎをし、近所の人に「あの人の転向は偽装で、やっぱりアカの大物だったんだ」と噂される。家族たちはいたたまれない。結局、さんざん気を揉ませたあげくに兄は人民軍の義勇兵として連れて行かれ、そんなどたばたの中で家族は避難することもできない。

避難できなかった一家は、北朝鮮の占領下で約三か月、息を潜めて暮らす。その後、九月十五日にマッカーサー率いる国連軍が仁川上陸作戦を敢行し、二十八日にソウルを再び奪還する（これを「九・二八ソウル収復」と呼ぶ）。しかし十月になると中国軍が参戦して戦況が変化、明けて一九五一年の一月四日、再びソウルは陥落した（これを「一・四後退」と呼ぶ）。一・四後退に際しては、一回目の占領の際にソウルに残留して裏切り者扱いされた人たちが、二度とそんな目に遭いたくないという思いから酷寒の中を避難の途につき、ソウルがほとんど空になるという異常事態であった。

そしてこのときもまた、一家は避難できなかった。折しも兄が人民軍を脱走して家に戻ってきており、そんな疑わしい人物がいては、スパイではないことを証明する身分証を手に入れることができず、移動の自由がなかったのだ。しかもそんな矢先に、兄が大けがをして歩けなくなってしまう。

私にはこれを書く責任がある

もうお手上げと思われたとき、高齢の母が「避難するふりだけでもしてみよう」と提案したという。

「行こう、死ぬようなことがあっても行けるところまで行こう。あんなにせきたてているのに避難しなかったら、後で私たちをどんなにか痛めつけるに決まっている。そんな屈辱にまた遭うくらいなら死んだほうがましだ」

――朴婉緒『あんなにあった酸葉をだれがみんな食べたのか』真野保久・朴暻恩・李正福訳、影書房

疲れ切った主人公と義姉、母は、身動きのできない兄をリヤカーに乗せ、赤ん坊をおぶって家を出る。行く当てはない。仕方なく、知り合いが住んでいた家を仮の避難先と決め、主のいない戸締りされた家に陣取る。その家は高台にあった。

一夜明けて、一変した世界の様子を見ようと外へ出た主人公は、天にも地にも人の気配がないことを感じて恐怖を覚える。

「この巨大都市に私たちだけが残った。この巨大な空虚を見ているのも私一人だけだった」。どうしたらいいのか。いっそ自分も消えてしまいたいと主人公は思う。だがそのときふと、

「行き止まりの路地に追いこまれた逃亡者がくるりと振り返ったみたいに」思考の転換が訪れたという。

わたしだけが見ている光景なのだから、何か意味があるのではないか。
そうだ、私だけが見る光景であるなら、そのことを明らかにする責任がきっとある。
——朴婉緒『あんなにあった酸葉をだれがみんな食べたのか』前掲書

これが、まだ二十歳にもなっていなかった日々を思い出して六十代の朴婉緒が書いた、この自伝的小説のクライマックスである。そのとき彼女を襲った霊感は、「自分はいつか、何かを書くだろう」という予感でもあったと、著者ははっきり書いている。

この霊感は二十年後に現実となった。朴婉緒は大学を退学し、一家を支えるために米軍施設の売店ＰＸで働いた。その後結婚して子供をもうけ、子育てが一段落した三十九歳で作家となった。その作品はいずれも濃厚で芳醇で、韓国文学を読む醍醐味に溢れており、根底に戦争当時の体験が深々と横たわっている。

『あんなにあった酸葉をだれがみんな食べたのか』の続編である『あの山は本当にそこにあったのか』では、戦争の中で、兄が最後まで家族を振り回しながら死んでいく様子が描かれる。そのときは義姉も主人公も母も精魂尽き果てており、すばやく腐っていく兄の死体を何とかしなくてはという思いしかない。立ち止まって悲しんだり、互いを思いやる余裕もないし、涙も出ない。

けれども、生死を分ける選択を何度も迫られ、家族関係が根底から試されるうちに、主人公と義姉の間には、強くこまやかな絆が結ばれていく。

このような、戦争の中で培われた強靭さと優しさは、朴婉緒の小説の随所に生きている。例えば、「冬の外出」（未邦訳）という有名な短編がある。一九七五年に発表されたもので、主人公は、今は安定した生活を送っている主婦だ。

彼女の夫は朝鮮戦争当時に北から避難してきた画家で、やはり失郷民の一人だ。夫は北にいたときすでに結婚して子供もいた。混乱の中で、妻を北に残したまま幼い娘一人を連れて避難し、子連れで主人公と再婚したわけだ。

その娘は成長してもう嫁ぎ、一歳になる孫もいる。この娘がたびたび実家に戻って夫の絵のモデルをつとめるのだが、主人公はそれを見ると苦しくてたまらない。夫が、北に置いてきた最初の妻の面影を重ねながら娘を見ていることがはっきりわかるからだ。

自分はどんどん老いていくが、夫の胸の中にある最初の妻はいつまでも、輝くような若い母親の姿のままなのである。主人公は嫉妬に苦しみ、自分の人生が虚しいものに感じられてならない。それをなだめるために温陽《オニャン》温泉に一人旅に出た彼女は、たまたま泊まった安宿で、五十代くらいのおかみと親しくなる。

この宿には、おかみの姑だという老婦人がいるのだが、その人は一言もものを言わず、主人公を見ながらずっと首を左右に振っている。気に入らないことがあるのかと思うと、そうではなく、朝鮮戦争以来ずっと続いている習慣だという。

戦争当時、おかみの夫は人民軍から逃れておかみの実家のあるこの村に潜伏していた。嫁《おかみ》は姑に、夫について誰かに聞かれたら「知らない」とだけ答えるようにと強く言い聞かせる。ところが、やがてソウルから人民軍が撤退したとき、もう安全だろうと思った夫が家に戻ってきて、敗残兵に見つかり、殺されてしまう。

以後姑は、眠っているとき以外は常に「知らない」とでもいうように首を左右に振ることが止まらなくなり、どんな医者もそれを治すことができなかった。

二十五年も姑の世話をしてきたおかみは、姑が首を振ることを「大事業」と呼んでいる。そして、こんな大事業をしているのだから、食事だけでも心を込めて作り、命をまっとうするまで見守りたいと語る。それを見て主人公は、おかみ自身もまた大事業をしていると感じる。

最後に主人公が姑に「お元気で」と声をかけると、老婆はやはり左右に首を振っている。それが主人公には、「いいえ、あなたは決して無駄に生きてきたのではない」と言っているように見えたという。「わたし一人だけが見ているのなら、それを証明する責任があるはずだ」という霊感がみごとに結実したかのような作品である。

「冬の外出」は言論が規制されていた一九七五年の作品だが、朴婉緒の視点の据え方と技術は、検閲を乗り越えて読者に訴えかけた。この小説の結末には、ソウルに下宿しているおかみの息子と連絡がつかなくなっているという記述が出てくる。丁寧に読めば学生運動によって逮捕された可能性が暗示されているのだが、はっきりそうとは書かれていない。しかしそれも、検閲逃れのためなどではなく、二人の女性の心の交流を大事にした物語の流れに沿っていると感じられる。戦争を受け止めた一人一人の人生にピントを合わせて目をそらさない朴婉緒の姿勢が、このような表現を可能にしたのではないかと思う。

避難生活はどう描かれたか——金源一

朴婉緒一家が避難せずにソウルの占領生活を体験した一方で、朝鮮半島全土では膨大な避難民の群れが大規模な移動を重ねていた。195ページで「避難は単なる移動ではなく、共産主義を避けるための政治的な行動と意味づけされた」と書いたが、戦争が続くにつれてそれは、爆撃と空襲を避け、命を守るための大規模避難へと様相が変わっていく。米軍は非軍事施設と軍事施設を区別せずに爆撃したからである。家を捨てて避難の途についた人々の生活はどう描かれたか、有名な小説を見てみよう。

まず、尹興吉と同じ一九四二年に生まれた金源一《キムウォニル》が一九八八年に発表した『深い中庭のある家』（吉川凪訳・クオン）。この作品の舞台は休戦後一九五四年の慶尚北道の大都市・大《テ》邱《グ》である。

先にも見たように、開戦一か月で北朝鮮軍は韓国軍を大邱付近まで追い詰めたが、大邱と釜山は一度も占領されなかった。そのため、非常に多数の避難民が難を逃れてこの二つの都市に住みついた。人口は何十倍にもふくれ上がり、住居は極度に不足し、一軒の家をいくつにも仕切って何家族もが暮らすような生活に人々は耐えた。

主人公は小学校を卒業したばかりの少年吉南《キルナム》、もともと一家でソウルに住んでいたが、戦争中に父が行方不明になり、避難先の大邱で、母が裁縫の腕一つで四人の子を養っている。

「深い中庭」とは、彼ら一家の住む家の特徴を言い表している。そこは大きな屋敷の離れに該当する奇妙な住宅で、もともとは使用人のための住宅であったことが示唆されている。屋敷から一段低いところに位置しており、四部屋から成っているが、その一部屋ずつにそれぞれ一世帯が入居していたのである。この住居には、「地面がぼこっとへこんだ五十坪ほどの広い中庭」があった。大雨が降れば庭に糞尿混じりの水が溜まり、やがて部屋が浸水しそうになり、「うちの中庭は深いから水を汲み出すしかない」ため、みんな総出でバケツリレーをしなければならない。わびしくも活気に満ちた日常である。人々は深い庭を見ながら暮らし、いつか高い丘の上に家を建てたいと夢見ていた。

戦争の苦労は母を冷酷な人にしてしまい、長男である吉南は学校にも行けず、新聞配達と薪割りなどの労働に明け暮れる。休戦後の社会は荒々しく、無力なシングルマザーである吉南の母も、自分たちが生き延びるためにはもっと立場の弱い人をだまさなくてはならない。その現実を母は「きたならしい歳月」と呼んで嘆き、早くそこから抜け出せるようにと吉南に長男の役割を期待するが、それが吉南には重すぎ、家出を試みたりする。だが、身の回りにはもっと過酷な現実に苦しむ仲間もいるのだ。

飢えや病気に苦しみながら、それでも人々は生きていくが、いちばん下の弟の吉秀《キルス》は生き延びることができない。大人になった吉南はそれを、次のように表現する。

戦争がその死の遠因になったとするなら、この国には戦争が残した腫瘍が五臓六腑に潜んでいて、最後にその毒によって死ぬ人が数えきれないほどいたはずだ。考えてみればうちの吉秀《キルス》もそうだ。

——金源一『深い中庭のある家』吉川凪訳、クオン

実は、吉南の父は北朝鮮に行ってしまったらしい。子供たちは母から、父について尋ねられたら「空襲で死んだ」と答えるように言い含められている。といって、母自身もその事情を詳しく知っているわけではない。『深い庭のある家』は七割ほどが著者自身の実体験に沿っているそうだが、父が越北したというエピソードは、一九八八年にこの小説の初版が出たときには抜けていたという。八八年といえば韓国が民主化宣言をした後だが、ま

だ身内に越北者がいることを表に出せる雰囲気ではなかった。その後、二〇〇二年の改訂版にはこのエピソードが明記され、また、二〇一三年に出版された長編『父の時代――息子の記憶』（遠藤淳子・金永昊・金鉉哲訳、書肆侃侃房）は、植民地時代からの父母の歴史を振り返り、父がなぜその選択をしたのか推測し、考察する年代記的な小説である。

避難生活はどう描かれたか――呉貞姫、黄順元

また、金源一より五歳年下の呉貞姫《オジョンヒ》が一九八〇年に発表した短編「幼年の庭」（『幼年の庭』清水知佐子訳、クオン所収）は、避難民の物語として有名であると同時に、韓国女性文学の到達点の一つとして高く評価され、敬慕される作品だ。

呉貞姫の父母は一九四七年に三十八度線を越えてきた失郷民である（呉貞姫自身は両親がソウルに定着した後に生まれた）。朝鮮戦争が始まったときにはソウルから忠清南道の村に避難し、そのまま四年間避難生活を送った。「幼年の庭」には、避難先で過ごした三歳から七歳までの著者自身の経験が反映されている。

主人公は「黄色い目《ノランヌン》」というニックネームを持つ幼い女の子で、いつもおなかをすかせている。『深い中庭のある家』同様、そこには常に飢えの記憶がある。父は戦争に駆り出されて不在であり、母は食堂で働いているが徐々に外泊が増え、「年増の娼婦」などと陰口をたたかれている。避難の際に中学を中退してそのままになっている兄は、酔って帰宅

する母に向かって「父さんが帰ってきたら何て言いますかね」と冷たく脅すように言う。昔は妓生《キーセン》だったという美しい祖母は家長の帰りを待ちつづけるが、二年経ってもその人からの便りはない。

父さんが私たちと離れていたその長い時間と、煙のようにぼんやりと立ち込めたぎこちなさが新たな戦争として私たちの間に出現するなら、いっそのこと父さんが永遠に帰ってこない方がいい、もう帰ってこない人なのだと思っていることに対して懐かしく温かい気持ちで父さんの帰りを待つふりをしながら言い訳し、許しを請うていたのではないか。

遠く、尾根の向こうから聞こえてくる大砲の音は鎮まり返ったこの村にふと戦争を思い起こさせ、ぽつぽつと流れ込んでくる避難民たちは、村の外ではまだ戦争が続いていると言った。

——呉貞姫「幼年の庭」『幼年の庭』清水知佐子訳、クオン

主人公が小学生になったとき父が帰還するが、父をほとんど覚えていない娘は駆け寄っていくこともできない。言葉にならない子供の思いが行間からこぼれるように綴られる。『深い庭のある家』も「幼年の庭」も、成長痛のようなひりひりする情感をたたえ、長く読みつがれてきた。それは、いつ終わるともしれない避難生活体験を非常に多くの人が共

有していたことと切り離せないだろう。これは、韓国社会を理解する上で見逃せない点だと思う。

金源一と呉貞姫の小説は後から振り返って書かれたものだが、巨匠・黄順元《ファンスンウォン》の短編「曲芸師」(三枝壽勝訳『韓国短篇小説選』岩波書店所収)は戦時下の一九五二年に発表されたもので、親の目から見た避難生活が活写されている。

黄順元は一九一五年生まれ、植民地時代から創作活動を始め、一九四六年に北から韓国へ移ってきた失郷民である。戦時中の避難生活は、「曲芸師」に「わがうらぶれたることこのうえない黄順元一家の部隊は大邱市内を転々とすること再三、ついに三月下旬ころ釜山にまでさすらい行くこととなった」と、自分の名前を明記して自嘲気味に記されている。大邱では、トイレもない家でやむをえず庭に穴を掘って用を足していたら大家から追い出され、釜山に移動したのだが、そこではさらに住宅事情が悪く、家族が三か所に分散して暮らすことになる。

だが、そこでも子供らは歌を歌いながら楽しく道を行く。黄順元自身と見てよい主人公は、子供らを肩車して歩きながらふと、自分は曲芸師でわが一家は曲芸団なのだと思う。それは自分の家に限ったことではなく、学校にも行けない子供らがお菓子欲しさにカタコトの英語を習い覚えてしまうように、誰もが悲しい曲芸をやって乗り切らなければならない時代なのだと。

そして道すがら、次のように考える。

ただ望むらくは、私の幼きピエロたちよ、おまえたちがこれからさきそれぞれ自分の曲芸団を持つようになったときには、どうかおまえたちの幼きピエロたちと共にこんな舞台と曲芸を繰り返さぬように望む。いやまことに失礼をばいたしました。つまらぬ芸人の繰り言でありました。

――「曲芸師」三枝壽勝訳、『韓国短篇小説選』岩波書店

他にも黄順元が避難先の釜山で書いた作品は、初恋物語の定番としてあまりにも有名な「にわか雨」や、三十八度線に近い村を舞台に、北朝鮮側に加担して捕虜になった人物を幼なじみが助ける「鶴」（金素雲訳、『現代韓国文学選集3』冬樹社所収）など、ヒューマニズムあふれる名作ぞろいである。

それぞれの休戦後――兵士たちの体験

だが、同じ黄順元が、休戦から七年経った一九六〇年に発表した長編『木々、坂に立つ』（白川豊訳、書肆侃侃房）は一転して、大学在学中に兵士として朝鮮戦争に参加した青年たちのその後を追ったシリアスな小説だ。

主人公は四人の大学生と、その恋人を含めた四人の女性たちだ。専攻も性格も家庭環境

もさまざまな学徒兵たちが戦場に投げ込まれ、恐ろしい体験を共にする。そして休戦協定が結ばれるちょうど二週間前、主人公たちは大規模な戦闘に遭遇する。

そんな折、彼の頭を誰かがつかんだと思うと、首の方に手が回ってきた。ドンホは無意識に短剣を抜いた。そしてどこをどう刺したのかもわからなかった。ただしばらく上になり下になりして取っ組み合っていて、相手方が挑みかかってこなくなったところをみると、死んだようだとわかっただけである。（中略）しかしその次からはドンホの方から暗闇の中でぶち当たった相手方の髪を撫で斬りにしてみてザクザク切れるようなら、何がなんでも刺して蹴飛ばして抱え込んでぶちのめした。

——黄順元『木々、坂に立つ』白川豊訳、書肆侃侃房

一読してまず、この肉弾戦の恐ろしさに打ちのめされてしまう。しかも、ここに出てくる「敵」たちが、顔も似通い、言葉も通じる同族であることが恐ろしさを倍加させる。国が分断されなかったら、彼らは戦争ではなくスポーツの全国大会で競い合う間柄だっただろう。

残酷さの限りを体験して戻ってきた彼らのその後は、「それぞれの虚無」としか言いようがないものである。中心人物であるドンホは感受性が鋭く「詩人」と呼ばれていたが、

人を殺すという経験から立ち直れず自分を見失い、酒場の女性に執着したあげく、相手を殺して自殺してしまう。そのドンホの恋人だったスギは、彼の死の真相を突き止めようとして戦友たちに話を聞いて回るが、逆上した相手によってレイプされ、妊娠する。

女も男も誰一人、傷を負っていない者はいない。そして、せっかく生き残った男性が女性をひどい目に遭わせる光景を読むと胸が苦しくなる。戦争の傷をこじ開けて傷の深さをえぐって見せるような作品だ。だが、主要人物八人のうちかろうじて二人が、生命の営みに近いところで活路を見出していく。

望まない妊娠を受け入れ、出産することに決めたスギの「でも大きく言うと、今度の戦争で若者たちのうち何らかの意味で傷つかなかった人がいるでしょうか」という言葉が限りなく重たい余韻を残す。

それぞれの休戦後——虚無と生きる

また、一九五〇年代に休戦後の暗い世相をとことん描いた作家として有名なのが、孫昌渉《ソンチャンソプ》である。

例えば短編「雨日和」（カン・バンファ訳、『韓国文学の源流短編選4　1946-1959 雨日和』書肆侃侃房所収）は、釜山に避難したある兄妹の陰惨な生活を、幼馴染だった男性の目から描いたものだ。二人はおびただしく雨漏りのする家に住み、米兵の肖像画描きでやっと食いつないでいる。母を置いて二人で逃げてきたらしく、妹は「誰が連れてけって言ったの、あのまま母さんと一緒にいればよかった」と嘆き、「母さんから、なにを捨てていってもかまわない、でもおまえだけはと頼み込まれて連れてきたらこのザマ」だと兄は怒る。主人公はなぜか妹に心惹かれて何度も訪ねていくが、ある日二人は消えてしまい、あばら家にはもう他の一家が住んでいる。

短編「生活的」（長璋吉訳、『韓国短篇小説選』岩波書店所収）もまた、陰鬱きわまりない小説だ。崔仁勲の『広場』の明俊同様「釈放捕虜」だった主人公は、生身の体にウジが這い上ってくるほど不潔な空間で、ただ周囲の人間に引きずられるようにして生きている。生命力のある者もない者も混じって複雑な人間関係が展開されるが、やがて、最も弱い十代の娘が長く患った後で死んでいく。生活の基盤を引き裂かれた者の立ち直れなさ、人生の無意味さ、虚無の味がひたすら強調されている。

国民的大河小説『土地』で有名な朴景利《パクキョンニ》の初期の短編「不信時代」（オ・ファスン訳、『韓国文学の源流短編選4　1946-1959 雨日和』書肆侃侃房所収）は、戦争中に夫を、休戦後に息子を亡くした女性が、「信仰はこの不条理を解決してくれるのか」という難題に直面する物語である。

生きがいだった息子は重大な医療過誤のため、麻酔もせずに手術を受けて苦しみながら死ぬ。これ以上生きる理由が見出せないのに生きなくてはならず、息子をねんごろに弔いたいのに、教会も寺も信じることができない。その上、寺の拝金主義や病院の不正を目のあたりにして絶望した主人公は、寺の住職から息子の位牌を奪い返して焼いてしまい、「わたしに残されたのはひどい記憶だけ。無惨に殺された記憶だけ！」と叫び、一人の生命だけを拠りどころにして生きると誓う。

冒頭に、主人公の夫が目撃した北朝鮮軍の少年兵の話が出てくる。爆風によって内臓が破裂した状態で道に倒れ、夢うつつに母親を呼び、水がほしいと訴えており、通りすがりの人が道に転がっていたスイカをたたき割って与えたがすでにことされていたという。夫はそんな目撃談を話した何時間か後に爆撃で死に、妻は絶望して眠るとき、この少年兵が出てくる夢を見たりする。

非常に暗い物語だが、その底にたぎるようなマグマが感じられ、後に『土地』を書き継いだエネルギーの源泉を見る思いもする。ちなみに、朴景利の夫も戦争勃発当時に死亡したことが知られている。

南北双方から見た「興南撤収」

朝鮮戦争に関する文学を読んでいると、ときどき不思議な気持ちになる。当然のことながら、同じ戦争を南と北では全く別の見方で見ているからだ。

例えば、植民地時代から活躍していた重鎮作家・金東里《キムドンニ》に、「興南《フンナム》撤収」（長璋吉訳『韓国短篇小説選』岩波書店所収）という短編がある。

興南撤収とは、北朝鮮を快進撃していた米軍と韓国軍が中国軍の参戦によって一気に劣勢に転じ、退却を余儀なくされ、一九五〇年十二月に、北朝鮮の北東に位置する興南港から海路で脱出した大規模軍事作戦を指す。そのとき膨大な数の避難民が興南に押し寄せたため、米軍は船から武器を下ろし、規定の人数をはるかに上回る人々を乗せて北朝鮮軍と中国軍の包囲網を突破した。十日間で約十万人が避難したこの作戦は、自由を求める脱出劇の成功例として「クリスマスの奇跡」などとも呼ばれる。興南撤収は朝鮮戦争の数々のドラマの中でもクライマックスの一つであり、映画『国際市場で逢いましょう』（ユン・ジェギュン監督）の冒頭近くでも描写されている。ちなみに、文在寅《ムンジェイン》元大統領の父母もこのときに興南から避難した人々だ。

休戦後の一九五五年に発表された金東里の「興南撤収」は、「従軍文化班」の一員として韓国から北朝鮮に行った詩人を主人公とし、彼が見た興南撤収を描いている。詩人は現地で詩の朗読会や講演会などによる文化宣伝を担当するが、歌のうまい十六歳の少女と出会い、こんな会話を交わす。

「統一はいつ頃？」

「そうだね、遅くとも来年の春までにはできるんじゃないかな」

——金東里「興南撤収」長璋吉訳、『韓国短篇小説選』岩波書店

これは南の作家が書いた小説なので、作家の表現を借りるなら「自由に目覚め」た北朝鮮市民が、信頼できる文化使節に将来の見通しを尋ねているわけだ。だが結局、少女は撤収の際、老いた父親を守ろうとして乗船に失敗し、生死のほども確認できない別れとなる。実際、撤収の際の興南港は阿鼻叫喚の混乱状態で、このとき海に落ちて死んだり、家族と離れ離れになった人も多い。

ところで、北朝鮮から二〇〇六年に脱北してきた作家ト・ミョンハクがこの小説について語ったことがある。北朝鮮では興南撤収を、国を信じることのできない卑怯者や動揺分子が南に逃走した事件ととらえており、自分自身も北にいたときには、越南者は悪い思想の持ち主と考えていたと述べている。しかし金東里の小説を読み、彼らが、イデオロギーも何も関係なく、ただ生き延びることを望む避難民だったことを理解したという。もちろん北にいたときに「興南撤収」を読んだことはなかったが、今は北朝鮮の人々にこの小説を推薦したいと思っている、とト・ミョンハクは語るが、しかしそれが容易ではないことは作家自身がよく知るところだ。

金東里が書いた「統一はいつ頃？」という一言だけは、北でも、南でも、多くの人の共通の思いだっただろう。けれども、それを南北で共有する道は何と困難に満ちていること

だろう。

文学史上の三十八度線

朝鮮戦争は、文学の上にもはっきりと三十八度線を引いた。その結果南北双方の文学史は、それぞれに大きな空白を抱えたまま発展せざるをえなかった。そのことを少し見てみよう。

先に廉想渉の『驟雨』を紹介したが、それとコインの両面をなすような小説が北朝鮮にある。後に粛清されて執筆の道を断たれたが、かつて北朝鮮の指導的な作家だった韓雪野《ハンソリャ》が書いた『大同江《テドンガン》』だ。

『驟雨』は朝鮮戦争勃発直後の一九五〇年六月から九月の三か月間、ソウルが北朝鮮に占領された時期の人間模様を描いたものだった。その後戦線は逆転し、こんどは国連軍が北上して平壌《ピョンヤン》を占領するが、占領下の平壌を舞台に、抵抗する若者たちの姿を描いたのが『大同江』なのである。

主人公はチョムスニという若い女性で、米軍への妨害工作を使命とする工作員の一人であり、自分の職場である印刷工場で、仲間と一緒にマッカーサーを讃える記事の言葉を差し替えて逆の意味にしてしまったり、モーターを破壊したりする。連合軍が入ってきた平壌は、彼女たちには次のように見えている。

一さじのコールタールが一缶の蜂蜜をだめにしてしまうように、正門の入口に掲げられた「平壌日報」という看板一片と、その上のひたいにあたる横に貼られた「大韓民国万歳」という標語一枚によつて、この建物は、いよいよくされはてゝしまつたようにみえたのだつた。

——韓雪野『大同江』李殷直訳、東方社

タイトルの大同江とは平壌を流れる川の名だが、チョムスニは米軍兵士をそこに突き落とし、「敵をこの河にたゝきこむとき（中略）河の水はいつも満足したように答えるのだ」と思う。

この小説は一九五五年に、「現代朝鮮文学選書」というシリーズの一巻として日本で翻訳出版された。著者の韓雪野は植民地時代からプロレタリア作家として有名だった人で、戦後、日本でも彼の作品は三回翻訳出版されている。進歩的な文学団体、新日本文学会の機関紙『新日本文学』が百号目を迎えた際には韓雪野が祝賀メッセージを寄せており、朝鮮文学界の「顔」であったといって間違いない。

このように、一九五〇年代の朝鮮半島の文学の紹介は、圧倒的に「北高南低」だった。当時は朝鮮半島の南部分を「韓国」ではなく「南朝鮮」と呼ぶことが普通だったし、米国の傀儡政権である李承晩政権下に生きる人たちに漠然と同情こそすれ、そこから生まれた文学にはほとんど関心が持たれなかった。

『驟雨』と『大同江』はまさにコインの両面の関係だが、南北どちらにおいても、読者がそれを読み較べることなど考えられなかった。南北分断という現実の前に、その程度のことは当然だとも思える。しかし同時に、廉想渉と韓雪野はともに日本に留学した経験を持ち、三歳違いの先輩後輩どうしなのである。韓雪野はプロレタリア作家の代表で、投獄された経験もあり、中道を貫いた廉想渉とは思想が大きく異なるが、同時代の空気を呼吸していたことは確かなのだ。

越北・拉北作家の悲劇

ともに解放を迎えた二人の作家の道が、わずか十年足らずの間にこれほどかけ離れてしまうことには、改めて愕然とさせられる。それだけでなく、韓雪野は後に北で粛清され、労働教化所に送られ、作品を発表できなくなったことが知られており、さらに粛然とさせられる。

このように、南北分断に伴って、植民地時代を生き延びた文学者たちの世界も真っ二つに割れてしまった。本を読む人々にとってもその世界は割れたままで、長い間修復されなかった。

朝鮮半島では解放後、北から南へ、また南から北へと大規模な人口移動が起きた。北朝鮮を自由の天地と信じて目指した人もいれば、全体主義を嫌って南へ逃げてきた人もいる。文学の世界も同様であった。何かを書くためには、どこで書くかを選択しなくてはならず、選択しないことが許されない時代だった。結果として、植民地時代から文学を担ってきた人の多くが北へ移動したため、朝鮮戦争後の南北の文学史を比べると、南の方がぐっと若い印象がある。自ら選んで越北したのは当然プロレタリア文学系の人が多かったが、全く作風の違う人もいる。そして、南から北へ行った文学者の多くがその後粛清されたことも事実だ。

戦争勃発直後には、文学者が北に拉致される事件さえ起きた。朝鮮現代文学の祖とされる李光洙《イグァンス》は、文学の範疇をはるかに越えて社会に多大な影響力を与えた知識人だが、太平洋戦争の時期に自ら創氏改名したり、朝鮮の青年たちに日本軍への入隊を勧めるなど親日行為（対日協力）をした罪で、解放後に韓国で制定された「反民族行為処罰法」によって検挙された（健康上の理由で保釈となった）。ソウルが陥落したときには北朝鮮軍に連行され、その後の経緯は不明で、今も詳しい死の状況はわからないままである。

さらに、望んで北へ行ったとされる文学者はそれ以降裏切り者とみなされ、休戦後の韓国ではその作品が発禁扱いになるという事態が続いた。結果として、朝鮮文学の黎明期を作った人々の名前が、文学史上から消えた。

韓国では一九五一年十月に、朝鮮戦争勃発前に北へ行った作家三十八名を「A級」、勃発後に行った作家二十四名を「B級」として、その作品の出版販売を禁じた。そこには、林和《イムファ》、金南天《キムナムチョン》といったプロレタリア文学の大家から、8章で紹介する李泰俊《イテジュン》、映画監督ポン・ジュノの祖父にあたるモダニスト作家朴泰遠《パクテウォン》までが含まれる。かつて北原白秋から絶賛されたこともある詩人の鄭芝溶《チョンジヨン》や、優れた英文学者でありジャーナリストでもあった詩人の金起林《キムギリム》は、戦争勃発当時に行方不明になっており、拉致されたものと見られるが、自ら北へ行ったと誤って認定されたため、作品が発禁になった。

鄭芝溶の場合、顔見知りの学生が家に会いに来て、「ちょっと出かけてくる」と言って外出したまま戻ってこなかったという。避難と占領という非常事態の中で何が起きたのか、一人一人の行動の背景を証明する手立てもなく、以後、彼の名前が文学史の本で言及されるときには「鄭○○」などと伏せ字にされたそうである。鄭芝溶はその後、一九五〇年に死んだことが北で明らかにされたが、その詳しい状況はいまだ不明だし、金起林にいたっては没年もわからない。

鄭芝溶の作品を一つ挙げてみよう。

小鳥と会話できそうな気がする
鋭く柔らかな心がはばたく
小鳥と僕のエスペラントは口笛だ

小鳥よ　今日はずっとそこで鳴いててておくれ
今朝は子象のように寂しい

――「早春の朝」部分『むくいぬ――鄭芝溶詩選集』吉川凪訳、クオン

これは、鄭芝溶がまだ二十五歳だった一九二七年に書いた「早春の朝」という作品の一部である。当時、彼は京都の同志社大学英文科に留学していた。

鄭芝溶は、朝鮮半島の詩を語るとき絶対に欠かせない名前である。一九三〇年代、並外れた言語感覚によって朝鮮語による現代詩を確立し、「我々もついに詩人を得たのだ！」と同時代人を歓喜させた人物だ。京都への留学中に日本語で書いた習作の数々は北原白秋に絶賛されていた。

また、日本でもかなり知られるようになった尹東柱《ユンドンジュ》が最も尊敬した詩人でもある。尹東柱も同志社大学に学んだのだが、それは同じカトリックの信仰を持つ鄭芝溶の作品に憧れたからだともいう。よく知られているように、尹東柱は一九四五年、独立運動を企てたとして逮捕され、福岡刑務所で二十七歳の若さで謎の死を遂げた。四八年に彼の遺稿集『空と風と星と詩』が刊行されたときには、鄭芝溶が序文を寄せた。

尹東柱の詩はその後、韓国で最も愛される詩人の一人となったが、その彼が最も憧れた鄭芝溶の作品は、目にすることさえできなくなったわけで、まさに文学史上の蓄積の半分が消されてしまったことになる。

民主化を経て一九八八年以降、これらの文学者の作品があいついで出版され、文学史上の空白を埋める努力が積み重ねられてきた。しかし、特定の文学者の作品が三十年以上も自由に読めず、学校でもどこでも名前を目にすることさえなかったという空白には軽視できないものがある。ある世代を境に、全く違う韓国文学史の見取り図を持っているのである。一方北朝鮮でも全く同じことが起きていたが、現在では徐々に何人かの作家が名誉回復されているという。

文学者ではないが、崔寅奎《チェインギュ》という映画監督がいる。一九四六年に、解放後初の劇映画として、植民地支配下における独立運動家とそれを助ける人々を描いた『自由万歳』という作品を撮り、大ヒットを収めた。彼は朝鮮戦争の年に行方不明となっており、北に拉致されたものと見られている。

日本がもし分割されていたら

例えば、小津安二郎や黒澤明が拉致されて不在になったところから出発する戦後日本映画史、というものを想像してみれば、その深刻さに想像がつくのではないだろうか。

同じことが一九四五年の日本の文学界で起きたと想像してみたらどうだろう。仮に、フォッサマグナ上に分割ラインが引かれ、日本が東西に分かれ、東はソ連支配下、西は米国支配下に置かれたとする。

そして、個々人の思想傾向だけでなく、一時的な居住状況や仕事の関係、家族関係、交友関係、その他のさまざまな偶然、さらに拉致という暴力が重なって、例えば志賀直哉と高村光太郎と中野重治と坂口安吾と太宰治と宮本百合子と原民喜と堀田善衞が東で筆を折ったり殺されたりし、井伏鱒二と三好達治と谷崎潤一郎と川端康成と林芙美子と江戸川乱歩と大岡昇平が西に残るというような事態、そして分割後何十年も、過去のものを含め、反対側にいる作家の作品を一切読むことができなくなるといった状況をだ。

ここでは仮に太宰治や原民喜を東側に配したが、例えば鄭芝溶も金起林も朴泰遠も、社会主義思想や共産主義思想とは結びつかない文学者だった。韓国と北朝鮮の文学史はそのように、切れ味の悪い包丁で肉を切ったような、荒々しい傷口によって分断されている。日本でこのような状況が起きたらという想像は、あながち荒唐無稽とばかりもいえない。もちろん、日本の占領において、分割占領を回避するという大原則が貫かれたことはいうまでもない。だが、その過程では分割占領案が考案検討されたこともあった。

日本のポツダム宣言受諾を受けて、国務省・陸海空軍調整委員会（SWNCC）は、連合国による日本占領案を早急に検討する必要に迫られた。日本の武装を解除し安全を確保するには相当の兵力が必要であり、そのすべてを米軍が担うことは困難だとする見方が米国内部にもあった。

八月十六日に統合戦争計画委員会（JWPC）が起案した「日本および日本領土の最終

日本の分割占領案図

八月十六日に統合戦争計画委員会（JWPC）が起案した
「日本および日本領土の最終的占領」（JWPC385/1）

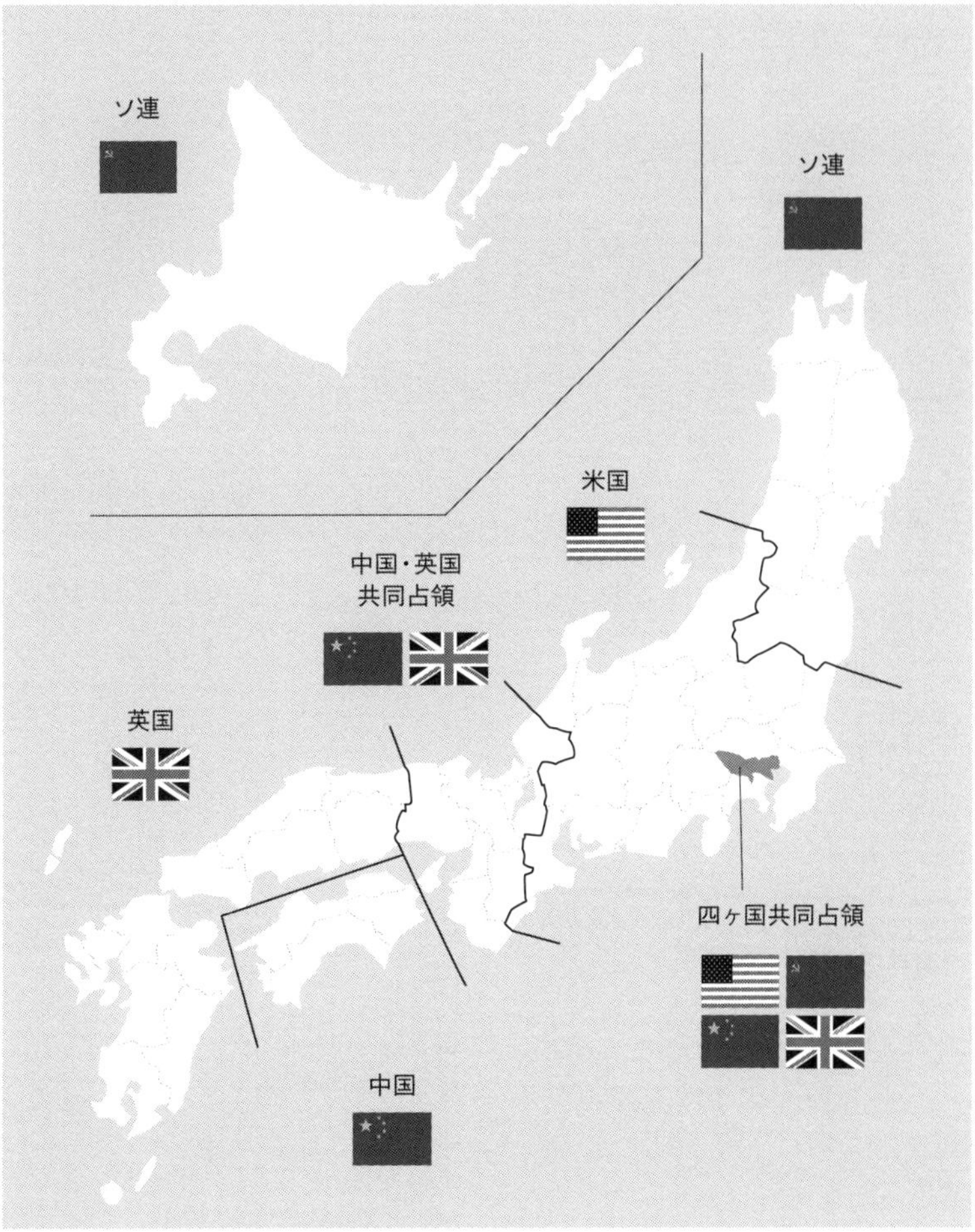

五百旗頭真「米国の日本占領政策 戦後日本の設計図（下）」（中央公論社、1985年）を参考

的占領」（ＪＷＰＣ３８５／１）は、五百旗頭真《いおきべまこと》が明らかにしたように、北海道と東北地方全域をソ連が、九州・中国地方を英国、四国を中国、関東・中部・近畿の本州主要部分を米国が占領するというものだった。非常に短命に終わった案ではあったが、この案によれば、首都東京は英国、中国、ソ連の三か国からもそれぞれ一個師団が参加して共同占領することとされていた。

一九四五年八月十五日、弁士、俳優、作家であった徳川夢声は日記にこう書いた。

「そりゃそうと、杉並区は何処の軍が占領するのかな？　噂によると重慶軍がやってきやがるというが、どうも重慶はイヤだね」
「まったく、重慶はイヤだね。いっそもうアメリカ軍にしてもらいたいよ」
と私も言った。いっそ、毛唐なら毛唐で諦めがつく。

――徳川夢声『夢声戦争日記 抄――敗戦の記』中公文庫

これは徳川が敗戦当日に、知人とかわした会話だそうである。「重慶」とは蔣介石の国民政府のこと。ウィーンが四か国によって分割占領されていたことを考えれば、「杉並は何処の軍が」という発想も突飛ではない。徳川夢声は、日本全土が分割されることも考えていたのだろうか。

実際に日本はそのような目に遭わず、琉球列島と小笠原諸島をアメリカに、北方領土をソ連に渡す形となった。そして、日本の植民地にされ、第二次世界大戦に何の責任もなかった朝鮮がアメリカとソ連によって分割占領され、五年後、全土が分断されたまま大きな戦争が始まり、第二次世界大戦による日本の死者数よりずっと多くの人々が死んだことは何度でも思い出すべきだろう。

パク・ミンギュも失郷民の子孫

南北分断と朝鮮戦争は、今現在書かれている韓国文学にも大きな影響を与えている。一見軽妙に見える今日の韓国文学も、親やその上の世代が経験した歴史的体験と切り離されていない。

その一つの結実を、パク・ミンギュの短編「膝」(『ダブル　サイドB』拙訳、筑摩書房所収)に見ることができる。

この短編は二〇一〇年に発表されたもので、紀元前一万七千年の氷河期初期が舞台であることが明示されている。洞窟の中で「ウ」という名前の男と「ヌ」という名前の女が、生まれたばかりの赤ん坊と一緒に暮らしている。外は見渡す限りの雪、食べものが途絶えて長い長い時間が経っている。ウは、何日もかけて石を研いでいる。それを持って絶望的な狩りに出るためだ。石を研いでいるときに誤って自分の手を傷つけてしまうが、そのときに折れた爪のかけらをウはしゃぶり、そうやっているると空腹が少し治まるようだと思う。それから思いついて、眠りつづけているヌの舌の上に爪のかけらを置いてやる。

彼らはもともと他の人々と一緒に集落をなして住んでいたが、人々はとっくにここを出ていった。彼らは「ヌ」が妊娠中だったため、ここに残ったのである。長老は、草が生えたらまたここに戻って来ると告げてみんなを連れて出ていくが、彼らは戻らない。そして「ウ」はついに、食糧を求めて決死の覚悟で雪の中へ出ていく。

動くものは何も見えなかった。食べものの音も、食べものの匂いも採集できなかった。ウはひたすら死の匂いだけを嗅いだ。死の音は静かで、死は決して身動きしなかった。鬱蒼たる死の中で、ウはたった一人で動いていた。

——パク・ミンギュ「膝」『ダブル サイドB』拙訳、筑摩書房

ウは奇跡的に老いたマンモスを見つけるが、相手も飢餓状態にある。疲れ切った二匹の動物は、それでも力を振り絞って渡り合う。長い激しい戦いの末にどちらも重傷を負うが、二匹とも命は助かる。だが、それは「ウ」にとっては絶望だ。この狩りだけは何としてでも成功させ、「ヌ」と子に肉を持って帰らなくてはならなかったからだ。「ウ」は激しく泣く。そして、自分の手に入る最後の肉を求めて、あまりにも思いがけない手段を選ぶ。

「膝」の冒頭には、これが氷河期時代の話であることと並んで、その舞台が現在の北朝鮮に属する咸鏡南道《ハムギョンナムド》・利原《イウォン》の鉄山《チョルサン》地域であることが記されている。読者は「ウ」の絶望を、現代北朝鮮の人々が経験した飢餓と重ねて読まずにはいられない。

実は、作品には明記されていないが、咸鏡南道利原鉄山とは、パク・ミンギュの父方の故郷である。父のパク・ドンフン氏は一九三三年生まれだから、朝鮮戦争が始まったときには十代半ばだった。前の章で取り上げた『広場』の著者、崔仁勲などと同年代だったことになる。

一九六八年生まれのパク・ミンギュ自身も祖父に、「私たちの本当の故郷はここではない」と言われて育ったという。パクの場合は母も失郷民で、南へ避難してきて釜山まで移動し、そこで同じ高校に通っていたのが父との出会いの契機だったらしい。朝鮮戦争をめぐる韓国人のファミリー・ヒストリーを凝縮したような家系である。

パク・ミンギュはこのような家族史を語ったり、作品に直接描いたりすることはない。だが、この作家が高齢者を描くときの筆致には、失郷民へのまなざしによって培われたような優しさがある。それは、現代の若者たちの悩みや怒りを描写する際にも、どこかで通奏低音として響いているようだ。

ファン・ジョンウンの描くおばあさんたち

文学の背骨に溶け込んだ朝鮮戦争を最も雄弁に描いているのは、一九七六年生まれの作家、ファン・ジョンウンではないかと思う。

ファン・ジョンウンは今までにも見てきたように、新自由主義によってかりたてられたり、ときに死角に追い詰められたりする人々の内面を独特のリアルさで描く作家である。そして彼女の描く物語にはしばしば、朝鮮戦争の際に北から避難してきた人々が大きな存在感を持って登場する。

例えば、第5章の最後で触れた『野蛮なアリスさん』に出てくる老いた父親は、戦争当時に南に逃げてきたとき、まだ少年だった。北で暮らしていたとき、親戚どうしが密告しあい、殺し、殺される様子も目撃している。避難の際には唯一の身寄りである叔母に見捨てられ、死の淵まで行った。やっと生き延びた彼は人間不信と自己憐憫のかたまりであり、若い妻が子供たちにひどい虐待をしても見て見ないふりをしながら、金の算段に明け暮れている。この父親の姿には、最も暴力に痛めつけられた人が暴力を再生産するさまが凝縮されている。

また、第2章で触れた『ディディの傘』所収の「d」という短編に出てくる、高齢女性のキム・グィジャも印象的だ。この人もまた北から避難してきた失郷民だが、避難の際に夫と二人の子供を失っている。彼女自身はまだ赤ん坊だった二人目の子をおんぶして、漢江の橋を渡っていた。後ろから銃撃され赤ん坊の頭は吹っ飛んでしまうが、彼女はそれに気づかず、必死で橋を渡りきって南についてから、子供の死を知る。

夫ともはぐれ、たった一人助かった彼女はほとんど生きる気力をなくしてしまうが、それでも残っている自分の生命力に気づいたとき、「生きなくちゃ、せっかくここまで生きたんだから」と思い直して「大急ぎで相手見つけて所帯を持って、娘を産んだんだ」と語る。

すっかり年老いたキム・グィジャは、友人の高齢女性たちと庭に集まり、一日じゅう昔話をしている。彼女は自宅の一部を賃貸に出しており、そのうち一部屋には、恋人の死のショックから立ち直れずに引きこもって暮らす男性「d」がいる。キム・グィジャはdに手作りのお菓子や飲み物を与える。そのやりとりはとてもちぐはぐなのだが、それを続けていくうちに、dの中に、生きるための下支えのような力が溜まっていく。

このように、ファン・ジョンウンの小説では、親から振るわれる暴力とか、見知らぬ他人からもらう食べ物といった、生身の人間から人間へじかに烙印を押すような形で戦争体験が次世代に伝えられる。決して、言葉だけではないのである。

さらに注目したいのは、ファン・ジョンウンの描くおばあさんたちが、いつか次の戦争が起きると思いながら生きてきたということだ。

ファン・ジョンウンが何度か書いているパターンとして、おばあさんが、何かの物音をサイレンの音と間違えるというエピソードがある。韓国では長い間、有事に備えて民間人の大規模な軍事避難訓練が行われてきた。この訓練には予告のあるものとないものがあり、抜き打ち訓練の際にも、サイレンが鳴ったら歩いている人も車もただちに動きを停止し、退避しなくてはならない。

そのサイレンの音は当然、ただならない大音量である。人生の中で何度となくそれを聞きつづけたキム・グィジャは、今は耳も遠くなり、物売りのアナウンスをそれと取り違えたりする。それは身に染みついた習慣のなせるわざだが、同時に、彼女たちが常に身構えて生きてきたことを意味する。

……若いときに最初の戦争を経験した彼女らは、人生の中でいつ何時でも二度めの戦争が起こりうると思い、それは思うというよりほとんど無意識の確信と予感であり、それを抱えて生きてきたため、ときおり、知らず知らずのうちに同じようにして過去が今でもここに現存していると認めるしかないことがあり、そう考えると自分たちの人生の内側では……つまり心の中では……戦争が完全に中断されたことはないみたいだ、と言った。

——ファン・ジョンウン「d」『ディディの傘』拙訳、亜紀書房このような感慨を抱いて生きている二〇一〇年代、二〇年代のおばあさんたちは、決して過去の時代の象徴などではない。もしかしたら彼女たちは、韓国を韓国たらしめている根底にある条件を、身体で示しているのかもしれない。

なぜ朝鮮戦争に無関心だったのか

この章のはじめに、日本における朝鮮戦争のイメージは漠然としていると書いた。それは何よりまず、私自身のことだった。

二十代だった一九八〇年代、私は朝鮮戦争について通り一ぺんのことしか知らなかったし、今思えばあまり関心を持っていなかった。当時私は、日本による朝鮮の植民地支配と、現在の軍事独裁政権を最大の悪ととらえており、その中間の時代にある朝鮮戦争のことは相対的に遠景に行ってしまっていたのだと思う。朝鮮戦争が過酷で悲惨な戦争だったことは理解しているつもりでも、それが強い反共主義とセットになって表現されていたりする場合には、態度を保留にすることしかできなかった。

その後、韓国に行って短期間暮らしたとき、自分はなぜこんなに朝鮮戦争に対して冷淡だったのだろうと思うことが何度もあった。ソウルという大都市は三十八度線に近く、戦争のときに北から避難してきた人が多く住み着いて生活してきた。ソウルが失郷民の町でもあるということは、住んでみて初めて知る事実だった。

なぜ自分は、上の世代の人たちから朝鮮戦争について聞いたり、学んだりする機会がなかったのだろうか。

漠然とそう思いつづけていたころ、詩人の茨木のり子のエッセイを読み返す機会があった。茨木のり子は五十代から朝鮮語を学び、朝鮮半島の文化を日本に紹介する上で大きな役割を果たした人だが、「パリロ」というエッセイ(『ハングルへの旅』朝日文庫所収)の中で、朝鮮戦争開戦の日について触れている。当時茨木のり子は埼玉県の所沢市に住み、新聞を見て戦争が起きたことを知り、「また戦争が始まってしまって……」と近所の奥さんと嘆き合ったそうだ。そのことを次のように書いている。

その頃、戦争の話はもう、見たくも聞きたくもないアレルギー症状で、その後の経過を殆んど追っていない。ほぼ三年間にわたるたくさんの報道もすっとばしで、まるで空白になっている。われながら情けない。

——茨木のり子「パリロ」『ハングルへの旅』朝日文庫

新聞を見て「ああ、また戦争か、嫌だ」と思う気持ちもわかるような気がする。当時はまだ韓国との国交がなく、大使館もなければ報道機関の支社もない。新聞報道も米国主導の戦況報道、開戦の年は現地に特派員も送れなかったので、人の顔の見える独自報道などできなかった。まさに、前の章で述べた『広場の孤独』のころである。ベトナム戦争のときには、世界じゅうの人々がテレビでソンミ村の虐殺や北爆の様子を見た。しかし朝鮮戦争開戦のとき、日本のテレビ放送はまだ始まっていない。

茨木のり子にしてそうだったのかと思うと、ある部分がすっと理解できたような気がした。一九五〇年は、四五年の敗戦からまだたった五年しか経っておらず、戦争の記憶があまりに生々しかったのだ。

しかし、その生々しさゆえに朝鮮戦争に思いをはせ、反対行動を起こした人々も存在した。例えば日教組（日本教職員組合）のスローガンとして有名になった「教え子を再び戦場へ送るな」という言葉は、朝鮮戦争真っ最中の一九五一年一月の中央委員会で満場一致で可決されたものだ。また、作家の小林勝は、共産党の指導のもとで、朝鮮戦争反対デモで火炎瓶を投げて戦い、投獄された。この闘争には、韓国への強制送還という危険を冒して多くの在日コリアンが参加していた。小林勝は朝鮮に生まれ育った植民者二世であり、獄中で在日コリアンと出会ったことが、作家としてのスタート地点となった。そうした体験は短編「架橋」（『コレクション　戦争と文学１　朝鮮戦争』集英社）などに結実している。

当時盛んだった文学サークル、特に詩のサークルでは、働きながら作品を書いていた多くの人が朝鮮戦争をテーマとして取り上げた。町工場や軍需工場が集まる東京南部で生まれた「下丸子文化集団」で活動し、二十代で死んだ江島寛は、小林勝と同じく植民地時代の朝鮮生まれだった。一九五三年、朝鮮戦争休戦後に発表された江島の長編詩「突堤のうた」は、日本の工場街から朝鮮半島の戦場跡に寄せる連帯感を、骨のある想像力をもって描いている。

海は
河と溝をとおって
工場街につながっていた。
錆と油と
らんる　洗濯板
そんなもので土色になって
源五郎虫の歯くそのにおいがした。

海は釜山《プーサン》にもつながっていた。
破壊された戦車や山砲が
クレーンで高々とつられて
ふとうから
工場街へおくられた。

ふとうは日本につながっていた。
日本の
ふみにじられたすべての土地につながっていた。

——江島寛「突堤のうた」部分『コレクション 戦争と文学1 朝鮮戦争』集英社

だが、その後、どれほど多くの人が朝鮮戦争に持続的な関心を寄せつづけたか、後の世代に受け継いだか。その後の日本の文化状況の中では、戦争を乗り越えた北朝鮮への礼賛と韓国への無関心をセットにした状態が続き、その後、韓国での反政府抵抗運動への関心が増すと、相対的に北への関心は薄れ、朝鮮戦争がもたらした影の全体について語りつづけた日本人は少なかった。そして一般社会においては、朝鮮半島全体と在日コリアンに対する強い蔑視感情が幅をきかせつづけた。

文学作品の中では、第6章で触れた堀田善衛の「名を削る青年」などが思い浮かぶが、最大の例外として挙げられるのは井上光晴だろう。五〇年代から、執拗といっていいほど、朝鮮人の目に映った卑怯な日本人像を描きつづけた作家である。井上は休戦から十年以上経っても、一九六五年の『荒廃の夏』、六八年の『他国の死』で朝鮮戦争を取り上げた。この二つの小説はともに、一九五二年夏の佐世保を舞台に、朝鮮戦争における米軍の犯罪とそれに荷担していく日本の荒廃を描いている。そこには多くの朝鮮半島の人々が登場し、崔仁勳の『広場』とネガ・ポジの関係をなして、東西冷戦の中で引き裂かれた彼らの自我を浮き彫りにするかのようだ。

高橋和巳は、井上光晴がある座談会の席で、「ベトナム問題について熱っぽく論じながら、朝鮮戦争には蓋をしてすませている人々」を糾弾していたことを書きとめている。だが当時、この視点を共有する人が多かったとは思えないし、井上のこれらの力作も、その後熱心に読まれたとはいえなかった。

世界最後の休戦国

最後に再び、ファン・ジョンウンの話に戻ろう。

二〇二〇年に出版された『年年歳歳』（拙訳、河出書房新社）は、若い世代が朝鮮戦争に向き合った小説の決定版ともいえそうな作品である。三十八度線に近い村で生まれた一人の女性が家族の誰にも語らなかった戦争経験を描き、朴婉緒の作品とも響き合うような大仕事をやってのけた。その終盤では、脚本家である主人公が他の文学者とともにアメリカに招かれ、「抵抗のライティング、闘いのリーディング」というシンポジウムに出席する。その際、主人公が、「世界唯一の分断国家であり、休戦国家である韓国から来た作家」と司会者に紹介されてとまどうシーンがあった。

「世界唯一の休戦国」の横に「世界唯一の被爆国」という言葉を置いてみよう。朝鮮を植民地にし、世界に権力を広げようとした大日本帝国が挫折した後、日本と韓国はそれぞれの道を歩んできた。そして、「最後の休戦国」と「唯一の被爆国」の対比は、帝国が挫折に至った因果関係を両端から証明するかのようである。

ベルリンの壁が崩壊したとき、次はわが国かと胸を躍らせた韓国人は少なくなかった。だが、冷戦構造が崩壊して長い時間が経った今もそれは実現せず、ファン・ジョンウンの小説の中で、おばあさんたちは、いつか起きるかもしれない二度目の戦争に警戒をゆるめない。それと同時に彼女たちは、すきさえあれば人にものを食べさせようとして常に怠りない人々である。彼女たちの緊張と情愛の深さは韓国文学の背骨を支えているし、それこそが、韓国文学の土壌に染み込んだ歴史のエキスの本質なのだ。

なお、李清俊《イチョンジュン》は、生涯を通じて朝鮮戦争のトラウマを象徴的に描きつづけたような作家だが、『うわさの壁』（吉川凪訳、クオン）は、昼間は韓国軍が訪れ、夜はパルチザンがやってくるという状況を表現しようとして苦悩する作家が主人公で、「お前はどちら側の人間なのだ」という、時代に食い込んだ二択の恐怖を描いている。

朝鮮戦争に関する文学作品は非常に多いが、近年は、この戦争に関わった「他者」たちへのアプローチも目にとまる。キム・ヨンスの短編集『ぼくは幽霊作家です』（橋本智保訳、新泉社）に収められた「不能説」は、中国人民志願軍の兵士として朝鮮戦争に参戦した老兵士の口を借りて、戦争を記述しようとする営みそのもののただならなさに肉迫する。ソン・ホンギュの『イスラーム精肉店』（橋本智保訳、新泉社）は、朝鮮戦争に従軍した元トルコ兵と、家族をなくした少年との交流を中心に、傷を共有しながら生きる人々の姿を描く。また、申京淑の長編『父のところに行ってきた』（姜信子・趙倫子訳、アストラハウス）は、朝鮮戦争の惨禍をくぐってひっそりと生きつづけてきた父たちの内面を、子供の視点で描き出したものである。そこには、記憶を封殺し、沈黙することで荒々しい時代を生き延びた父の面影が浮かび上がる。これはもしかしたら、韓国社会においで今まであまり光を当てられることのなかった他者の肖像といえるかもしれない。

南北分断が生み出した最大の被害者、北朝鮮からの脱北者を描いた文学作品も重要である。脱北当事者たちと韓国の作家が共同で執筆した『越えてくる者、迎えいれる者——脱北作家・韓国作家共同小説集』（ト・ミョンハク他著、和田とも美訳、アジアプレス出版部）や脱北者の孤独や適応を阻む世間の壁を切実に描いたチョン・スチャンの『羞恥』（拙訳、みすず書房）、ヨーロッパで生きる脱北者の人生を扱ったチョ・ヘジンの『ロ・ギワンに会った』（浅田絵美訳、新泉社）などがある。

第8章

「解放空間」を生きた文学者たち

一九四五年に出現した「解放空間」

現代から朝鮮戦争まで遡ってきて思うのは、戦争が始まったとき、人々がすでにどれほど疲れていたかということだ。

そもそも、日本の中国侵略から太平洋戦争に至る戦時体制下で、朝鮮半島は物質的にも精神的にもいためつけられていた。その果てにやってきた解放を人々は歓呼で迎えたが、以後五年間、歴史は何と激しく動いたことか。この章では、限られた範囲ではあるが、この時代に書かれたものと、この時代について書かれたものを取り上げて考えてみたい。

一九四五年八月十五日を大韓民国では「光復節」、朝鮮民主主義人民共和国（北朝鮮）では「解放記念日」と呼び、ともに祝日と定めている。

その日、朝鮮でも、天皇の「終戦の詔」がラジオから流れた。

新聞社などでは外信から、その年の二月に行われたヤルタ会談の内容が流れてくる。「適切な手筈を踏んで（in due course）朝鮮を独立させる」――「独立」の一言はあっという間に街頭へと伝わっていき、街はすぐにでも独立するかのような雰囲気に包まれた。

だが、「適切な手筈」の中身が問題だった。三十八度線をはさんで米国とソ連が朝鮮半島を分割占領することとは、朝鮮半島の人々の思惑とは無関係に、第二次大戦終結前の八月十日に決まっていたからだ。そして八月二十四日にはソ連軍が平壌に、九月九日にはアメリカ軍がソウルに進駐してくる。解放後の朝鮮半島の苦難はここに始まる。日本からの解放がまっすぐに独立につながらず、激しい左右対立の中で暴動、暗殺、虐殺が相次ぎ、朝鮮戦争が始まるまでに多くの人命が失われた。

八月十五日、右派民族主義者の巨頭であった金九《キムグ》は中国の重慶にいたが、日本の敗北は「嬉しいニュースというより、天が崩れるような感じ」であり、「われわれがこの戦争でなんの役割も果たしていないために、将来の国際関係においての発言が弱くなるだろう」と考えたと後に書いている。金九とは正反対の立場にあった共産主義者の朴憲永《パクホニョン》も、解放は「棚からぼた餅」のようなものだったと語った。彼らはすでに、その後の大荒れを予想していた。

ここからは主に朝鮮半島の南を中心に歴史をたどっていこう。

八月十五日当日、抗日独立運動指導者の一人で、中道左派として人望の篤かった呂運亨《ヨウニョン》は、朝鮮総督府の遠藤柳作政務総監と会見し、その日のうちに朝鮮建国準備委員会を組織して全国の行政と治安を担うことになった。

呂らは「朝鮮人民共和国」の樹立を宣言するが、九月に米軍が進駐してくると、それはあっという間に瓦解する。それと並行して、ハワイにいた李承晩《イスンマン》、中国にいた金九など、著名な独立運動家たちが続々と戻ってきた。一方で平壌には若い金日成《キムイルソン》がソ連の肝いりでハバロフスクからやってくる。

このようにキーパーソンの多くが海外にいたのは、日本による独立運動への弾圧が非常に厳しく、朝鮮半島内では活動の場があまりに限られていたことから、多くの人が海外亡命して活動していたためである。ソ連の沿海州、中国東北部（満州）や上海、ハワイ、アメリカ本土、そして日本本土もその舞台だった。

李承晩、金九、呂運亨、朴憲永、それぞれの理念は大幅に異なる。解放後初期は、左派民族主義陣営が優勢で、大衆の支持も集めていた。しかしそこへ、冷戦体制によって「反共か、親共か」という新たな対立軸が重なって人々を圧迫することになる。さらに、信託統治問題が混乱を激化させた。

一九四五年十二月にモスクワで開かれた米英ソ三国外相会議では、朝鮮半島に一つの臨時政府を設立し、米英中ソの四か国がそれを最高五年まで「後見」するという信託統治案が確定された。これは即時独立を切望する人々にとっては自治能力を否定されるも同然の提示であり、猛反発が起きた。さらに、当初は信託統治に反対であった朴憲永と共産党が、ソ連との関係から、一日にして賛成の立場へと路線変更したことが混乱を加速させた。

結局、米ソが妥協点を見出せないまま信託統治案は見送られることになったが、それまでに人々が味わった分裂の傷は癒されることなく、南北ともに反対勢力への弾圧や粛清が強まっていく。

アメリカは朝鮮問題を国連に委ね、国連監視下で南北での総選挙を実施することが議決された。しかし、国連臨時朝鮮委員会が北への入域を拒否されたため、監視可能な南だけでの単独選挙が行われることとなった。この選挙で選ばれたのが李承晩であり、四八年八月十五日、李を大統領とする大韓民国が樹立する。一方、九月九日には金日成を首相とする朝鮮民主主義人民共和国が成立した。こうして朝鮮半島の分断は固定化された。

ここに至るまでの熾烈な権力闘争の途上で、多くの指導者が消えた。あくまで統一戦線を貫こうとしていた呂運亨は一九四七年七月に暗殺され、李承晩が大統領の座についた後の四九年には、その最大のライバルだった金九も暗殺されてしまう。北にあって「朝鮮のガンジー」と呼ばれたキリスト教民族主義者の大物曺晩植《チョマンシク》は、信託統治反対の立場を崩さなかったために軟禁されて消息不明、朝鮮戦争の際に殺害されたと見られている。さらに、南から北に移動して金日成の右腕となった朴憲永も後にスパイ罪に問われ、五五年に死刑。こうしてキーパーソンたちの死に方を列挙するだけでも、解放後の朝鮮半島がいかに困難に満ちていたかがわかる。

韓国では、解放後の時期を「解放空間」と呼ぶことがある。政治学者の崔章集《チェジャンジプ》によれば、それは「第一に、大日本帝国による植民統治機構が突然崩壊し、いかなる新たな権力の中心や統治形態も現れていないという、一種の権力の空白が生じたという客観的条件を意味する」のであり、「第二に、韓国社会のさまざまな力、諸勢力が互いに競争し、なんらかの秩序を自ら形成することができるという、非常に肯定的で積極的な意味をもつ『可能性の政治領域』ができたことを指して」おり、「政治的かつ祝祭的なもの」だったという（崔章集『民主化以後の韓国民主主義　起源と危機』磯崎典世・出水薫・金洪楹・浅羽祐樹・文京洙訳、岩波書店）。

その時期、朝鮮半島の南部には多様な住民の自治組織ができて活況を呈した。これを崔章集は「市民社会の爆発」と呼ぶ。住民自治による行政の体系が各地で整えられ、言論、出版、集会、結社の自由がもたらされ、またハングルの教科書が作られて学校に入学する子供の数が激増した。女性たちの活躍する場も広がった。インフレと失業と食糧難は厳しく、困難は尽きなかったが、自分たちの国を自分たちで作るという夢があった。しかしそれらの多くが残念ながらこっぱみじんとなった。

「解放空間」という言葉は、そこに何らかの未知の広大な領域が現れたという特異な感覚を物語るように思う。そこで文学者たちは何を味わっただろうか。

李泰俊の「解放前後」

解放後の文学者たちの動きは早かった。八月十六日には早くも「朝鮮文学建設本部」が結成されている。ここには、かつて一九三〇年代にプロレタリア文学運動によって投獄を経験した人から、運動とは距離を置いて純粋文学を追求していた人たちまで、幅広い顔ぶれがそろっていた。以後、文学団体は、理念的な論争激化の様相を呈しながら離合集散をくり返す。それは解放後の朝鮮を飲み込んだ激しい左右対立と同様に多くの犠牲を伴い、結果として生死を左右する選択をもたらした。

そんな中で書かれた李泰俊《イテジュン》の「解放前後」という短編を見てみよう（田中明訳、『現代朝鮮文学選2』創土社所収）。

「解放前後」は一九四六年七月に、「朝鮮文学家同盟」の機関誌である『文学』の創刊号に発表され、第一回解放記念朝鮮文学賞を受賞した作品である。李泰俊は当時、同同盟の副委員長を務めた人物である。「朝鮮文学建設本部」がわずか半年ほどの間に二転三転し、この名称になった後のことだ。「朝鮮文学家同盟」の基本綱領は、①封建残滓の清算、②日帝残滓の掃蕩、③国粋主義の排撃だった。

李泰俊のこのような働きは周囲を驚かせた。彼は一九三〇年代から四〇年代にかけて名声を確立した作家で、すぐれた文章力と、短編小説の完成度の高さで知られ、プロレタリア文学とは完全に一線を画する純粋文学の担い手と見られていたからである。

「解放前後」には、そんな彼の、一九四三年から四六年にかけての心情がつぶさに描かれている。

作家である主人公「玄《ヒョン》」は、太平洋戦争末期にソウル（当時の「京城」）を抜け出して江原《カンウォンド》道の故郷に都落ちし、鬱屈を抱えて家族と暮らしている。日ましに強まる作家への戦争協力要請と距離を置くためだ。彼が「かつては柳宗悦のような人が朝鮮の暴力的支配を嘆いたし、ヒトラーの焚書に抗議した文化人が日本にもいたではないか。彼らは今どうして黙っているのか」と思い悩むシーンなどは、七十年以上経った今読んでもドキッとする生々しさだ。

だが田舎に逃げても、協力要請からは逃げられない。彼は「むしろ筆を折ってしまおう」と思ったりもするが、一挙手一投足を近所の巡査に見張られていて、要請をすべてはねつけるわけにもいかない。生きていくためにはやむをえないと文化人講演会にも参加するが、結局、演壇に立つ気になれずに、会場を抜け出してしまったりする。心の中では（生きたい！）という言葉が響いているが、そのための力が根本的にダメージを受けているのだ。

そんな玄も八月十五日の解放を迎えると、「大声をあげ跳びはねたい」という気持ちになる。すぐに汽車に乗り、頭の中で、「独立したら大統領は誰々で、陸軍大臣は誰々」などと思いめぐらし、停留場で汽車が停まるたびに「万歳《マンセー》」と叫びつつソウルへ向かう。しかしソウルに着いてみると、まだ日本軍と総督府が居座って朝鮮人に命令を下しているし、左翼作家たちが早々と勝手知ったように飛び回っているのを見てまた気分がふさぐ。結局は彼らと共に行動し、自分の不安は杞憂だったと思うようになるのだが、そこに至るまでの激しく揺れる気持ちがつぶさに記されている。

さらに面白いのは、玄と対照的な村の老人だ。この老人は地元で尊敬を集める志士のような存在で、玄は彼と語り合いながら釣りをして心の慰めを得てきたのである。朝鮮時代のような古風な身なりに固執し、三・一独立運動に加わって投獄されたとき以外、総督府のある京城になど一度も足を向けたことがないという誇り高い人物で、王政復古を夢見ており、日本が出ていった今、「李氏王朝をもう一度お迎えしたいんじゃ」と言うのだった。解放後、この老人が、玄が共産党に丸め込まれたのではないかと疑って忠告しにやってくるシーンがある。このとき二人は、今までもたびたび触れてきた信託統治案をめぐって激しく対立し、意見をたたかわせる。玄は、「わが民族の解放はわれわれの力ではなく国際事情の影響でできることなのだから、朝鮮独立は国際性の支配を免れることはできない」と考えるが、老人を説得することはできない。しかし最後は、自分として最も賢明な選択をして、目の前の文学活動に邁進していくのだというふうにストーリーは締めくくられる。

この作品を読むと、解放直後の作家たちが、刻々と変わる政治状況に何とかついていきながら、対日協力（親日行為）の有無と、自らの政治的な立場という、二つの踏み絵の前に立たされていたことがわかる。「解放前後」はさほど長くない小説だが、李泰俊の文学的・政治的総括という面を持っており、「解放」という言葉の高揚とは遠い重苦しさをはらんでいる。

「解放前後」の発表後間もない一九四六年八月、李泰俊は突然ソウルを離れて北へ移動した。米軍政下の南で左派陣営の人々が活動することはどんどん難しくなっていき、多くの文学者が理想を求めて北に行ったが、李泰俊はそのトップバッターだった。

同年には訪ソ文化使節団の一員としてソ連に渡り、訪問記を書き、また朝鮮戦争の際は従軍作家として南に来ている。しかし五四年ごろから、朴憲永など南朝鮮労働党（南労党。地下に潜っていた朝鮮共産党が他の政党と合流して結成された）系の人物が粛清されていくと、李泰俊も厳しい批判を受けた。有名な詩人の林和《イムファ》や作家の金南天《キムナムチョン》らとは違って処刑は免れたが、その後作品を発表した形跡はなく、没年もはっきりわかっていない。

幼いころに孤児になった李泰俊は、人間の悲しみを細やかに描くこと、庶民の苦しみを愛情をもって描くことにたけた作家だった。それらは、『思想の月夜ほか五篇』（熊木勉訳、平凡社）で読むことができる。表題作の長編「思想の月夜」は、不遇な身の上の子供を主人公とする成長小説で、内省的な悲しみが胸に残る。「福徳房《ポクトクパン》」は、ある不動産屋に集まる老人たちが、家族関係や金銭欲に振り回されつつ人生を終えていく様子を淡々と描き、解放前の短編小説の傑作の一つに数えられている。だが、それらの傑作が、韓国では一九八八年まで発禁扱いだった。

「親日行為」の重さ――蔡萬植「民族の罪人」

李泰俊の小説に見るように、解放空間でまず大問題になったのが、解放前、特に第二次世界大戦末期の日本への親日行為だった。

そのことを具体的に描いた有名な作品がある。蔡萬植《チェマンシク》の「民族の罪人」という短編だ（『太平天下』布袋敏博・熊木勉訳、平凡社所収)。自らの親日行為を認めて反省した、ほぼ唯一の文学作品といわれている。

蔡萬植は一九〇二年生まれ、早稲田大学に学び、一九三〇年代に、朝鮮文学の黄金期といってよい時代を築いた人であった。廉想渉《ヨムサンソプ》と並ぶリアリズム小説の大家であり、日本語でも、長編『太平天下』と『濁流』(三枝壽勝訳、講談社)の二つを読むことができる。『太平天下』は植民地時代に財をなした「俗物」の暮らしぶりを描く風俗小説の傑作である。

「民族の罪人」は一九四八年に発表されたが、原稿には「四六年五月十九日」と脱稿した日付が記載されていたという。この小説の冒頭はいきなり、「それまでは、単純に自分はとにかく罪人なのだと思い、ただ一心に面目ない気持ち、反省の気持ちばかりであったのだが」と始まる。

彼の「罪状」とは、戦争協力を説く講演をして回ったことと、造船所や炭鉱、工場を視察して増産を奨励する小説を書いたこと(発表には至らなかったとされている)、また、一九四四年に新聞連載小説を書いたことで、これらは著者の伝記的事実と合致する。四四年の連載小説は戦争協力を強く勧める内容ではなかったが、この時期には、何を書いても日本への協力にならざるをえないため、文筆活動そのものをやめてしまった文学者も多く、作家にやましい気持ちが残るのは理由のあることだ。

解放を迎えた今、主人公はこのような過去を強く恥じ、何もかも自分の弱く愚かな人間性のためだと思って自分を責める。

やましさを抱えてある出版社に立ち寄ると、日本への協力をしなかった尹《ユン》という作家が居合わせて、明らさまな皮肉を言う。この尹という人は実家が裕福なので、筆を折っても食べていけたのである。見かねた出版社主の金が、「君は君の志操の硬度を試される積極的な機会を持ったことのない人間。合格品であるのか不合格品であるのか、まだそれがはっきりしていない未試験品。わかるか？」と尹に詰め寄る。

金の言い分は、もちろん対日協力は罪だが、その人間の情状や犯した罪の及ぼす影響を広く考慮して処断を決めるべきだ、さもないと朝鮮の若い男性のほとんどに死ねと言うも同然になってしまうというものだが、それに対する尹の答えは次の通りだ。

「大概の奴はみな集めて粛清しないと。あまり寛大だと、建国に大きな妨害になるよ。三八度線以北でやっているようにやらないと。それから、私は誰が何を言おうとあの卑しくて恥知らずで図々しい人間性が堪らなくいやなんだ。鳥肌が立つほどにいやで憎たらしいんだ。そういう奴らと朝鮮人という名をともにすることさえ屈辱であり不快なんだ」

――蔡萬植「民族の罪人」『太平天下』前掲書

この時期にはこういったやりとりがおそらく随所にあったのだろう。ずいぶん生意気な物言いだが、主人公はそれを聞いても、やはり悪いのは自分だと思えてならない。いかに尹が「未試験」の人物でも、金持ちだから潔白を守れたのだとしても、それによって自分の罪が薄まるわけではないと考えてぐったりしてしまう。

そして、病人のようになって寝込んでしまった主人公に、妻が「私たち、死んだつもりになりましょう」と声をかけるところがこの小説のクライマックスだ。

「あなた、罪を犯したではないですか」
「父母の過ちが、あの幼い子供たちにまで及ぶようであれば、子供たちのためにあまりに悲しいことではないですか？」
「原稿を書こうだなんて思わないでください。いっそ普通の会社のようなところにでも就職してください」

——蔡萬植「民族の罪人」『太平天下』前掲書

中野重治の「村の家」と「民族の罪人」

妻のこの言葉は、中野重治が一九三五年に書いた自伝的短編「村の家」を思い出させる。プロレタリア作家である主人公は共産党員として活動して検挙・投獄された後、転向して出獄する。それに対して農民である父が、文筆活動をやめて百姓の仕事をしてみろと進言する。それは必ずしも、一生書くなということではない。仲間を裏切った人間として、少なくとも一定期間、農業をやりながらじっくり考えてみろ、その後で何か書きたいことが残っているなら書けばよいという、実にまっとうな忠告だ。

だが、「村の家」の主人公は、「よくわかりますが、やはり書いて行きたいと思います」と答え、父は不満を見せるがそれ以上何も言わない。緊張感の中で物語が終わる。

一方、「民族の罪人」の主人公は、妻にたしなめられてもまだ「あまりに自分の人生が情けなくてたえられないのだ」と鬱屈している。ところがそこへ突然、中学校（今の高校）へ通う甥がやってくる。

それは、甥の学校で急遽、生徒らの意志による同盟休校が始まったためだった。その目的は、解放前に、創氏改名をしない生徒を落第にしたり朝鮮語を使う生徒を殴ったりした教師をボイコットすることである。甥自身もその教師には反感を持っている。だが同時に、上級学校の入学試験を控えているため、内申評価に響くことを心配して休校には参加せず、静かに受験勉強をしたいと思っておじの家にやってきたのだ。

意気消沈していた主人公はそれを聞いて急に元気になる。彼は甥をたしなめ、仲間とともに同盟休校に参加すべきだと諭す。

「正しいことのために前に出て戦うのではなく、楽で無事にあろうとして正しくない道に進むような奴は、勉強どころかどれほど立派な能力があったところで何の役にも立たないんだ」と。

結局、甥は勧めを受け入れ、退学覚悟で同盟休校への参加を決心する。主人公は爽やかな気持ちになり、安心したという結末になっている。

初めて読んだとき私は、主人公の心情になかなか納得がいかなかった。だが今になって、もしかしたら韓国の読者は、作家である主人公が啓蒙者としての威信を取り戻すところに安定感を覚えるのかもしれないと思うようになった。または、解放直後という混乱期に書かれたことを考えて、少しでも楽観的な、希望を感じさせる結末に安堵するのかもしれない。また、主人公の安堵は、自分は過ちを犯したが、次世代を諌《いさ》めることで年長者の責任を果たしたという達成感とも感じられる。

私にはこの作品で、自らの罪意識が、周囲の人々との対話を通して書かれていることが興味深かった。日本の小説の中に、作家が自分の戦争責任をめぐってこんこんと対話するようなシーンがあっただろうかと思い返したが、なかなか思いつかなかった。例えば「民族の罪人」には、主人公が「死んだほうがよほどましだな」と漏らすと、知人が「潔白だったときに憤死できなかったからには、汚れた体で身を恥じて死を選ぶなど、みっともないぞ」と声をかける場面があるが、「死」を持ち出して語られるこの重さに匹敵するものが、日本で戦争協力作品を書いた作家に見られるだろうか。日本人読者としてはたいへん重いシーンである。

「民族の罪人」が発表された一九四八年には「反民族行為特別調査委員会」が制定され、関連の法律ができ、李光洙《イグァンス》など、かつて日本への協力行為を行った作家たちが裁かれた。親日派への処遇は北において厳しく、南において妥協的だった。そのことが後に、南において北朝鮮へのコンプレックスを形成した。

韓国で出ている『韓国民族文化大事典』という本を見ると、「民族の罪人」は「親日派としての過ちを良心的に問題としている点で高く評価される作品」と説明されている。また、蔡萬植自身もこの作品を書き上げたことで自分の行為に踏ん切りをつけ、解放後の本格的な執筆活動に入ることができたというのが、大方の見方であるようだ。一九四六年にこれを書き終えて四八年に発表するまでの二年の間に、いかに激しい変化が起きたかを思うと、たいへん複雑な思いになる。

蔡萬植自身は一九五〇年、朝鮮戦争が始まる直前に自宅で病没した。

済州島四・三事件

分断が取り返しのつかない現実になっていく中、一九四八年に、一般市民が犠牲となる最も凄惨な事件が起きた。済州島四・三事件である。

最初に書いておくと、済州島四・三事件と呼ばれているが、この事件は四月三日に限定されるものではない。韓国で二〇〇〇年に制定された「済州四・三事件真相究明及び犠牲者の名誉回復に関する特別法」によれば、事件の期間は「一九四七年三月一日を起点として一九五四年九月二十一日まで」と足かけ七年にもわたる。この事件は非常に複雑なので、詳しくは『済州島四・三事件——「島《タムナ》のくに」の死と再生の物語』（文京洙、岩波現代文庫）や『済州島を知るための55章』（梁聖宗・金良淑・伊地知紀子編著、明石書店）などを参照されたい。

概要を追うなら、信託統治案をめぐる混乱が二転三転した末、一九四八年五月十日に、南だけで史上初の普通選挙を行うとの決定が下った。南だけの単独選挙を行うことは分断の固定化を意味する。これに反対する動きが随所で起きたが、中でも激しかったのが、最南端に位置する済州島だった。

それまでにも済州島における政治活動は米軍政から激しい弾圧を受けており、また右翼勢力による無差別テロが頻繁に起こって多数の市民が犠牲になってきた。特に済州島でそれが厳しかった理由を政治学者の文京洙《ムンギョンス》は、「反共意識と、昔ながらの済州島への差別感情がない混ぜになった」ものとしている（『済州島四・三事件』前掲書）。当時、日常的に横行した拷問やテロには、民間の右翼団体である西北《ソブク》青年会という団体が深く関わっていた。西北青年会は、北の体制を嫌って南へ逃げてきた人々の団体であり、最盛期には七万人以上の会員を抱えたといわれる。ここの会員が大量に済州島に送り込まれ、無秩序なテロ行為、恐喝、レイプなどの非道な犯罪行為を重ねた。

補足しておくと、そこには北で起きていた急激な変化が関係している。解放後、北では土地改革、重要産業の国有化などの大きな改革がどんどん進行したが、その手続きは決して民主的ではなかった。特に土地改革では、日本と結びついて暴利をむさぼった大地主のみならず、地域で尊敬されていたクリスチャンの中小地主なども容赦しなかったので、北から南に逃れる人々（越南者）の人数が増大した。このような越南者のいくらかが西北青年会に流れ、後々まで恨みを買う行為を重ねたのである。

村にいるだけでもテロや暴行、拷問などの災難に遭うことが度重なると、耐えかねた人々は自然発生的に島の中央にある漢拏《ハルラ》山に逃げ、山で生活するようになった。その様子は文京洙が「済州の若者たちは、山に入るか、警察、警備隊、右翼などになって軍政の手先になるか、それともこの地を捨てて日本などに逃れるか、三つのうちどれかを選ばざるを得なくなっていた」と書いている通りである。

こうした経過を経て四月三日、一か月と少し後に迫った単独選挙に反対する蜂起が起きたのである。南労党員と島民たちが警察署を占拠したのだが、その規模に比べ、米軍政庁の徹底鎮圧はすさまじかった。五月の選挙では、強硬化した武装派が一般住民の投票を実力行使で封じ、三か所の投票所のうち二か所で投票率が五〇パーセントに届かず投票無効になった。このようなことが起きたのは全土で済州島だけであり、激怒した米軍政庁や右翼により、さらに過酷な討伐作戦が続いた。

強硬鎮圧は翌年六月ごろまで続き、その途上では、島全体を焦土としてもかまわないという姿勢のもと、子供から老人まで無差別な虐殺が行われた。最終的に、二十八万人の島民のうち二万五千人から三万人もの死者が出たといわれる。なお、このときに虐殺を逃れて日本へ密航してきた人々が、現在の在日コリアンの一つの源流となっている。

この事件もその後、公言が封じられたまま時間が過ぎたが、唯一の例外が、第6章で触れた一九六〇年の四・一九革命直後だった。このときに生じた自由な雰囲気の中で、朝鮮戦争当時の市民虐殺や四・三事件の真相解明を目指す動きが起こり、議会による視察も行われた。被害者団体も結成された。しかし翌年に朴正熙《パクチョンヒ》によるクーデターが起きると、これらの動きはただちに止まってしまった。

終わりなきトラウマ——玄基榮「順伊おばさん」

だから、事件から三十年経った一九七八年に、玄基榮《ヒョンギヨン》が、四・三事件の生き残りである女性を描いた短編「順伊《スニ》おばさん」(『順伊おばさん』金石範訳、新幹社所収)を発表したのは、非常に勇気のあることだった。玄基榮自身も済州島出身であり、この作品は、子供のころに事件を体験し、今はソウルに住む男性の述懐として書かれている。順伊おばさんとは彼の叔母で、四・三事件の際に大勢の村民と一緒に畑に追い込まれて無差別銃撃を受けたが、銃撃の初めのうちに気絶して倒れ、人の下敷きになっていたため、一人だけ生き残った。

このとき順伊おばさんの二人の子供も死亡している。

この順伊おばさんが、ソウルに住む「私」の家に一年ほど身を寄せるのだが、そのとき「私」の妻との間にさまざまないさかいが起きる。生粋の都会人である妻は、おばさんの話す済州島の言葉自体が聞き取れず、軋轢はひどくなるばかりだ。「私」自身も故郷を忘れてソウルに順応しようと努めてきた過去があり、複雑な思いで対処するが、ついにおばさんの本当の気持ちは理解できない。

やがておばさんは済州島に帰り、その後、事件当時の現場だった畑で自死する。一か月後にそれを知らされた主人公は、おばさんがずっと、今でいうなら重いPTSDに苦しんできたこと、ソウルの自分の家に来たのは、死への誘惑をはねのけようとするあがきのようなものではなかったかということを理解する。

そうだ。その死は一カ月前の死ではなく、すでに三十年前の時を経た死であった。彼女はその時、すでに死んでいた人間であった。ただ、三十年前のその窪み畑で、九九式歩兵銃の銃口から飛び出た弾丸が、三十年の紆余曲折の猶予を送り、いまになって彼女の胸を撃ち抜いただけのことだ。

——玄基榮「順伊おばさん」『順伊おばさん』金石範訳、新幹社

「順伊おばさん」は悲しい小説だ。救いがないといえばこんなに救いのないストーリーもない。しかし、追悼もできない時間が三十年積み重なった後で、このお話にどんな救いをつけ加えることが可能だっただろうか。

韓国映画を見ているとときどき、最後まで救いのないストーリーや、いわゆる「いたいけ」な登場人物が最終的に助からないラストシーンを目にして、たじろぐことがある。だが現実は、救いようのない死の蓄積の上に今があるのであって、作家に限らず、韓国の表現者たちには、それをしっかり受け止めた上で物語を見わたす胆力のようなものが備わっているのではないかと思う。第6章の崔仁勲《チェイヌン》の『広場』やパク・ミンギュの『ピンポン』の結末もそうである。

この作品を翻訳して一九八四年に日本に紹介した在日コリアンの作家金石範《キムソクポム》は、玄基榮の実力を「寡黙の力、沈黙の力」と評した。救われない時間が存在したことを示すだけで、「順伊おばさん」が当時の韓国文学に投げかけたものは大きかったし、それが金石範によって日本に住む多くの済州島出身者に届けられた意味も大きかった。

解放空間と在日コリアン作家

済州島四・三事件に関しては、ライフワークとしてこのできごとを書き続けた金石範の役割が非常に大きい。韓国でこの事件を言語化できなかった時期、金石範の作品は密かに地下出版されて読まれており、実は玄基榮も読者の一人だった。「順伊おばさん」は一九七八年に単行本化されたが、その後販売禁止措置を受けて市場から消えてしまった。作家自身も逮捕勾留され、拷問を受けたということである。その際、自宅からは、隠し持っていた金石範の芥川賞受賞作『鴉の死』の地下版が押収された。

金石範は大阪に生まれたが、第二次世界大戦末期から一九四六年までの間に済州島と大阪の間を往来している。また、詩人の金時鐘《キムシジョン》は実際に済州島四・三事件に参加し、日本に密航してきた人だ。戦後の日本には、解放空間の時代の空気をよく知る多くの人々が存在したのである。

特につけ加えておきたいのは、近年、宋恵媛《ソンヘウォン》らの研究で急速に光が当てられた、在日コリアン作家の源流に位置する尹紫遠《ユンジャウォン》の仕事の重要性である。

『越境の在日朝鮮人作家尹紫遠の日記が伝えること――国籍なき日々の記録から難民の時代の生をたどって』(尹紫遠・宋恵媛著、琥珀書房)、『在日朝鮮人作家　尹紫遠未刊行作品選集』(尹紫遠、琥珀書房)、そしてルポルタージュ『密航のち洗濯　ときどき作家』(宋恵媛＋望月優大文、田川基成写真、柏書房)が次々と出版され、知られざるこの真摯な作家の全貌が明らかになりつつある。

尹紫遠は一九一一年に蔚山《ウルサン》に生まれ、一九四六年までに合計五回朝鮮半島と日本の間の海を渡った。すべての作品を日本語で書いたため、本書で取り上げるのは例外に属してしまうが、晩年の小説「密航者の群れ」や、家族が大切に保存していた日記は、解放空間の時代に命をかけて日本へやってきた人々の、かけがえのない記録である。日本の戦後史はこの人々を抜きにして記述することはできない。

なお、ここで「密航」という言葉を用いたが、この用語は適切ではない。戦後、日本の法律がGHQの監視下で作られていく過程で、日本国籍を持っていた旧植民地人までが不法滞在者にされていった過程があり、これらの人々は法律上でも密航者ではない。また、済州島四・三事件や朝鮮戦争を避けて日本へ渡ってきた人々は、現在の定義なら戦争難民である。その中には日本に家族がいる人も相当数いたのである。これらの歴史については詳しくは、『出入国管理の社会史――戦後日本の「境界」管理』（李英美著、明石書店）や、『入管問題とは何か――終わらない〈密室の人権侵害〉』（明石書店）の第2章「いつ、誰によって入管はできたのか――体制の成立をめぐって」（朴沙羅著）などを参照してほしい。

趙廷來の大河小説『太白山脈』

次に、趙廷來《チョジョンネ》の大河小説、『太白山脈《テベク》』（尹學準監修、川村湊校閲、筒井真樹子・安岡明子・神谷丹路・川村亜子訳、ホーム社）を見てみたい。

『太白山脈』は朝鮮半島南部の全羅南道《チョルラナムド》・宝城《ポソン》郡の多島海に面した町、筏橋《ポルギョ》を舞台に、解放から八年間の激烈な歴史を描いたもので、一九八三年に執筆が始まり、民主化を経た八九年に全十巻が刊行され、七〇〇万部ものベストセラーとなっている。旧地主と小作人たちの軋轢、インテリの兄とやくざの弟の対立、被差別階級である巫女と良家の息子の関係など濃厚な人間ドラマがからみ合って進む壮大な大河小説だ。名匠・林権澤《イムグォンテク》監督によって映画化もされている。

物語は一九四八年の十月に起きた「麗水《ヨス》・順天《スンチョン》事件」から五三年の休戦後までを描く。麗水・順天事件は済州島四・三事件と密接なつながりがある。全羅南道の麗水・順天地域は済州島への玄関口であり、当時、四・三事件の「暴徒」を鎮圧するためにここへ派遣された兵士たちが、「同胞を殺したくない」と出兵を拒否し、部隊ごと反乱を起こしたのである。

韓国政府はこの地域に戒厳令を敷き、米軍と協力して艦砲射撃を含む徹底鎮圧で反乱軍を制圧した。その過程で一般市民も多数犠牲になり、その後反乱軍の一部が智異山《チリ》に逃れ、太白山脈一帯でパルチザンとなった。

『太白山脈』の舞台である筏橋も反乱軍の勢力範囲に入り、翻弄された地域である。物語は、鄭河燮《チョンハソプ》という若い共産主義者が、当時は賤民として蔑まれていた巫堂《ムーダン》（シャーマン）の素花《ソファ》のもとを訪れるところから始まる。河燮は富裕な造り酒屋の息子だが、植民地時代から正義感が強く、貧しい人々の解放を夢見てきた。麗水・順天反乱に際して、党の任務を帯びて故郷に戻り、以前から惹かれていた素花を説得して協力者にしようと訪れたのである。

筏橋は「アカ」の噂で持ちきりになっており、「僕がそのアカなんだよ」と打ち明ける鄭河燮を、「こんな賢そうな顔をして、ソウルで大学まで通っている金持ちの息子が、何が不足でアカなんかになったのだろう」と素花は訝しむ。

秘められた歴史を暴く大河小説だが、このようにはらはらする若者のロマンスから始まっており、非常に読み応えがある。日本語版監修者の尹學準が解説で「激しい受験戦争を切り抜けた学生たちが、受験戦争から解放されたとたん、何はともあれ『太白山脈』から読みはじめたという」と紹介しているように、多くの若い読者を惹きつけただろう。

登場人物はたいへん多く、例えば主人公の一人である金範佑《キムボムウ》は地主の息子で、師範学校を出て教師をしている穏健な人物だ。米軍支配を苦々しく思う一方で、共産主義者、反共主義者と支配者が入れ変わるたびに無辜の命が失われることに心を痛める彼は、中立でありたいと望むが、現実はそれを許さない。

また、南労党の幹部である廉相鎮《ヨムサンジン》は最後まで山岳でパルチザン闘争を続けるが、思いもよらない休戦の知らせを受け、党から見放されたことを知り、仲間と共に自決する。

パルチザンという人々

『太白山脈』は特に、パルチザンたちを「憎むべき恐ろしいアカ」としてではなく、喜怒哀楽を持つ等身大の人間として描いた点で画期的だった。

　ここでパルチザン闘争について触れておくと、これは南労党の指令により、李承晩政権に抵抗して済州島、全羅道の麗水・順天、智異山などの山岳地帯で展開されたゲリラ戦を指す。こうした歴史も、日本が経験したことのないものである。

　南労党は米軍の激しい弾圧によって地下化し、首脳の朴憲永らは北に亡命した（朴は後に金日成によって粛清）。首脳部が北に行った後も、南労党の地下組織は南で活動を続け、何度かのゼネスト闘争を経て、逮捕を逃れた人々が山岳地帯に入って闘争を行うようになる。朝鮮戦争が始まってからは北朝鮮軍の兵士が追われて入山し、合流することも多々あった。そこに集まった人は多様であり、確固たる思想を持った共産主義者から、たまたま巻き込まれた人まで、その事情も理想も現実もさまざまだったことだろう。

　その人数ははっきりわかっていないが、自らパルチザン闘争に参加し、『南部軍』（安宇植訳、平凡社）という記録を残した作家の李泰《イテ》は、一九四九年から五年あまりに及ぶ智異山地区において、パルチザン側の死亡者数はざっと見積もって一万であろうと推測している。ちなみに彼は、ソウルの合同新聞の記者だったが、北の占領後は朝鮮中央通信社の記者となり、全羅北道《チョルラプットチョンジュ》全州支局で働き、仁川《インチョン》上陸作戦後、人民軍の敗走する中でパルチザンに助けられたものである。

　休戦協定が結ばれた後も、北朝鮮首脳部は彼らに対して何の措置もとらなかったため、パルチザンたちは見捨てられた形となり、のたれ死ぬか、見つかって射殺されるか、投降するしかなかった。

これらの事実もまた歴史上のタブーとされてきたが、一九八七年の民主化以降徐々に変化した。先述の李泰が書いた『南部軍』は、初めてパルチザンの真実を明らかにした本としてベストセラーになり、映画化もされて大ヒットした（チョン・ジヨン監督、邦題『南部軍 愛と幻想のパルチザン』）。

だが一方で、両親が智異山のパルチザンだったという作家、鄭智我《チョンジア》の書いた小説『パルチザンの娘』は、一九九〇年に出版されたがすぐに国家保安法違反で発禁処分となった。まだまだセンシティブな話題だったことがうかがえる。その後九六年に鄭智我は文学新人賞を受けて改めてデビューし、『パルチザンの娘』も二〇〇五年に刊行された。日本で翻訳されている短編集『歳月』（橋本智保訳、新幹社）に収録された短編「純情」には、パルチザンだった人物が老境を迎えて往時を振り返るさまが味わい深く描かれている。山での経験は長い歳月に濾過され、澄明な記憶となって彼の中にある。尊敬していた司令官の言葉や、一瞬目にした自然の美しさが、彼に痛みをもたらすとともに彼を生かしてもいる。

さらに、二〇二二年に出版された『父の革命日誌』（チョン・ジア表記、橋本智保訳、河出書房新社）では、「父が死んだ。電信柱に頭をぶつけて」という書き出しで、「前職パルチザン」である父の人生をペーソス豊かに描いた。エンターテイメント性も備えたこの小説は、若い世代の読者に支持されて三十万部以上のベストセラーを記録したという。韓国式に三日間かけて行われた父の葬式の過程で、父母が夢見たものは何だったのかが徐々に明らかになっていくが、それはやがて一つの時代と一つの地域の親しみ深い肖像となる。

光州から済州島へ――ハン・ガン『別れを告げない』

ハン・ガンが二〇二一年に発表した『別れを告げない』（拙訳、白水社）は、済州島四・三事件に挑んだ作品だ。光州から済州島へという流れは、この作家にとって非常に自然なものに思える。

実際、『別れを告げない』の冒頭には、非常に印象的な夢のシーンが登場し、それが済州島四・三事件の犠牲者たちを象徴する夢であることが示されるが、これは実際にハン・ガンが『少年が来る』を書き上げて間もないころに見た夢だという。

主人公は、ハン・ガン本人を思わせる作家キョンハと、その親友で、かつてはドキュメンタリー映画を撮っていたが、今は故郷の済州島で木製家具の製作で生計を立てている女性インソン、そしてインソンの母で済州島四・三事件のサバイバーである正心《ジョンシム》である。事件当時まだ小学生だった正心は姉と二人で親戚を訪ねていて助かったが、家にいた家族は皆殺しにされた。また、洞窟に潜んで難を避けようとしていた兄の正勲《ジョンフン》のその後も過酷だった。

先述したように、当時若い男性は何もしなくても被疑の対象であり、正勲も、住民しか知らない洞窟に隠れて過ごしていた。だが、家が焼かれて家族が殺されたのを知った彼は心配のあまり様子を見にきて捕まってしまう。そこから本土に移送され、刑務所に送られたが、朝鮮戦争の勃発後、行方がわからなくなる。

書類上ではある刑務所に送られたことになっているが、その書類には「移送」というハンコの下に、「軍警に引き渡し」という手書きの文字が見える。それは暗に、戦線の移動によって刑務所にもう囚人を置いておけなくなり、手短に銃殺して土中に埋めたことを意味する。

『別れを告げない』は、先にも述べた、一九六〇年に一瞬可能になった真相究明の動きにも触れている。犠牲者家族らによる慰霊祭が開かれ、遺体が埋められた現地の調査も行われる。だがその翌年、朴正煕がクーデターを起こすと、遺族会の会長は逮捕されて死刑となり、副会長も懲役十五年の刑に処される。正心はそれでも兄の死の全貌を知りたいという望みを捨てず、ときには危険を冒して兄の消息を追い求め、その過程で夫となる人と出会い、結婚してインソンを産む。夫は兄と似た経緯で長い獄中生活を経験しており、拷問の後遺症に苦しみながら死ぬ。子供にも言えない歴史の傷を抱えた母と娘の生活は重苦しく、インソンは母を振り捨てて生きることも考えるが、二人の絆が途切れることはなかった。やがてインソンが大学を出るころには韓国が民主化され、さまざまな過去の歴史の真実を明かそうとする運動が進展する。年老いた正心はそれに積極的に参加するが、兄の足取りは容易にはわからない。

結局、正心の試みは失敗に終わる。娘のインソンは自分の母を「この世でいちばん臆病な人」だと思っていたが、壮絶な介護生活を経てその人を看取った後、母がどれほど情熱的に歴史究明運動に参加していたかを初めて知る。そして取り憑かれたように母の足跡をたどるが、それもまた苦痛そのものだった。

資料が集まって、その輪郭がはっきりしてきたある時点から、自分が変形していくのを感じたよ。人間が人間に何をしようが、もう驚きそうにない状態……心臓の奥で何かがもう毀損されていて、げっそりとえぐり取られたそこから滲んで出てくる血はもう赤くもないし、ほとばしることもなくて、ぼろぼろになったその切断面で、ただ諦念によってだけ止められる痛みが点滅する……

これが母さんの通ってきた場所だと、わかったの。悪夢から目覚めて顔を洗って鏡を見ると、あの顔にしつこく刻み込まれていたものが私の顔からも滲み出ていたから。

——ハン・ガン『別れを告げない』拙訳、白水社

ハン・ガンは、この巨大な歴史の傷と、キョンハやインソンが負っている一人ひとりの

傷を不可分のものとして描く。キョンハは結婚生活の破綻に伴う子供との別れ、インソンは母の介護と看取りという人生の危機を横断しながら生きている。こうした危機の連続の中で、無二の親友だった二人の間は徐々に疎遠になっていく。二人でやろうと約束していた芸術プロジェクトも中断したままだ。キョンハは一時自殺を考えたが、そのとき遺書を託せる人として思い浮かべたのはインソンではなかった。

けれども、済州島にいるはずのインソンから届いた突然のメールが二人を再び結びつける。大怪我をしてソウルの病院に入院しているので、すぐに来てほしいという。キョンハが駆けつけると、手術は終わっていたが、想像を絶するような苦痛な治療にインソンは耐えている。そしてキョンハに、今すぐ済州島の自分の家へ行ってほしいという。理由は、自分が飼っているインコの面倒を見てほしいという突飛なものだった。「今日じゅうに行けば助かる望みがある。でも明日には死ぬ。絶対」。

『別れを告げない』が出版されて以来、たくさんの方が書評を書いてくださったが、ほとんどの方がこのインコに関するエピソードに触れていた。それほど印象に残る、特異な設定だ。だが、傷ついた鳥、死にかけた、または死んだ鳥というモチーフは以前からハン・ガン作品に何度も登場してきており、さらに、その存在が人と人とを結びつけるというストーリーも以前からあった。その代表が『ギリシャ語の時間』（拙訳、晶文社）である。

たった一羽の鳥のためにキョンハは済州島行きの飛行機に乗り、身の危険を感じるほど激しい吹雪の中を、道に迷い、涸れた川床に転落したりしながらインソンのアトリエにたどり着く。この過程を経なければ、済州島で死んだあまりに多くの人々への追悼は完成しないのである。そこから先は、鳥も人も生と死のどちらに属しているのかわからない物語世界に突入する。しかし確実に、声は聞こえてくる。インソンとキョンハが手を取り合って再現した、死者たちの声である。

それは驚くほど情のこもった、血の通った声であり、同時に、血を流しつづけている人類の声だ。済州島四・三事件というできごとを、大韓民国の枠を越えて人類の経験として記したことが、ハン・ガンの作品が世界に届いた理由であり、戦争と虐殺が終わらない二〇二四年にノーベル文学賞を受賞した理由でもあるだろう。

ハン・ガンが試みているのは、かつてこれほど残酷なできごとがあったと示すことではない。それほど残酷な歴史の中で、人々の尊厳はどのように維持されたかを示すことである。誰も、英雄や犠牲者として生まれてくるわけではない。しかし正心のようなやり方で死者と生者を結ぶこと、それも貴重な尊厳のあり方なのである。タイトルの『別れを告げない』とは、追悼を終わらせないという意味でもあると、ハン・ガン自身が語っている。

死の堆積の上で生き延びてきた韓国文学

社会学者であり、光州事件をはじめとする韓国の民主化運動や民衆文化を研究してきた真鍋祐子は、「儒教やシャーマニズムに由来する伝統的な死生観のゆえに、韓国の現代史は無数の死者たちが突き動かしてきたといっても過言ではない。時代と時代の裂け目に既存社会の矛盾を露呈する衝撃的な大量死、また個人の死が発生するごとに、もとより人びとのなかに積もっていた鬱憤が一気に噴き出し、それが社会を一新するような大規模な地殻変動をもたらしてきたのである」(『自閉症者の魂の軌跡——東アジアの「余白」を生きる』青灯社)と書いている。

韓国の歴史を振り返りながら文学作品を追ってくると、まさにそのような死の堆積の上で、人々がいかに懸命に生き延びてきたかが実感できる。例えば、江南《カンナム》殺人事件の犠牲者の無念の死がフェミニズムの盛り上がりにつながったことを、この文脈に沿ってとらえることもできるのではないだろうか。

最後に振り返るならば、日本がポツダム宣言をただちに受諾しなかったことが、ソ連の参戦を招き、ひいては朝鮮半島の分割占領、南北分断をもたらした。同じ選択によって、広島・長崎への原爆投下も現実となった。そう見れば、日本の大量死は朝鮮半島の大量死と決して無縁でない。そしてそもそも、朝鮮半島の戦後処理をめぐる検討プロセスに朝鮮半島の人々が全く参加できなかったことは、まさに日本による植民地支配の結果である。日本の植民地にされていなければ、たとえ冷戦構造に巻き込まれるにせよ、朝鮮半島の人々自身の選択による全く違う歴史が展開されたはずなのだ。

「解放空間」とそれに続く時期の文学の重さは、回り回ってそのことを教えてくれる。

終章　ある日本の小説を読み直しながら

あまりにも有名な青春小説『されど われらが日々――』

『こびとが打ち上げた小さなボール』を取り上げた第5章で「ステディ・セラー」という言葉を紹介した。そして「こんな本が日本にあるだろうか」と書いた。だがその後、「もしかしたら、これが少し近いかもしれない」という本に思い当たった。柴田翔の『されどわれらが日々――』（文春文庫）だ。

若い読者の皆さんのために書いておくと、これはとてもとても有名な小説だ。一九六四年に出版されてその年の芥川賞を受賞し、青春小説の古典、若者のバイブルとして、その後も長く読まれてきた。現在までの販売部数は一八六万部だそうだから、村上春樹のデビュー作『風の歌を聴け』と並ぶ大ベストセラーである。

一九六四年に発表されたとはいえ、描かれているのはそれより十年以上前、一九五〇年代のできごとだ。一般には、「六全協の後の虚無感を描いた小説」と紹介されることが多い。六全協とは、五五年に開かれた日本共産党の「第六回全国協議会」のこと。共産党はこのとき、それまで掲げてきた武装闘争路線を誤りとして退け、戦後日本の政治運動に大きな分岐点を作ることになる。

補足しておくと、共産党は一九五一年の「五全協」では、武装闘争が不可避であるとの方針を示し、非合法の武装闘争を推進していた。それに則って、朝鮮戦争に関連する兵器生産の再開に反対して労働者や学生が爆弾や火炎ビンを使用した「枚方《ひらかた》事件」などが起きた。だが、過激な武装闘争路線は市民の支持を得られず、共産党は次の選挙で大敗した。六全協はそれを受けた路線転換だったが、大学を休んで地下活動に従事したり、私生活を犠牲にして運動に打ち込んだ人たちにとって、その打撃は致命的だった。『されど　われらが日々――』は、このときに人生を大きく揺さぶられた若い人々が、その後をどう生きたかを描いている。

この小説は、英文学の研究者・大橋文夫とその婚約者・佐伯節子の関係と、二人が学生時代に交流を持っていた学生運動家たちの群像を二つの柱としている。最初の方に、佐野という人物の長い手紙が出てくる。佐野こそまさに六全協によって翻弄された人物だ。彼の手紙とは、高校の同級生だった曾根という友人にあてた遺書なのだが、この遺書が、偶然それを読んだ佐伯節子の人生を大きく左右する。

私が高校生になった一九七六年、『されど　われらが日々――』はすでに、昔の本だった。この本の中心的読者は全共闘世代と呼ばれる人たちといっていいと思うが、彼らにとってさえ、五〇年代の六全協の話は古い伝説のようなものだったと思う。私はそれより一回りも下である。だが、あさま山荘事件や連合赤軍事件を経て学生運動が完全に退潮した七〇年代後半になっても、「本が好きなら『されど　われらが日々――』ぐらいは読んでおくものだ」という空気は残っていたようだ。そして具体的なきっかけは忘れてしまったが、高校二年生のときに私も読んだ。全く理解できなかった。

大学生になって、多少知恵がついてからもう一度読んだが、そのときは反発を感じた。時代の違いも大いに関係していただろう。ヒロインの節子が婚約者の文夫に「私、こうやって、一生あなたのお食事、作って上げるのかしら」といった丁寧な口調で話しかける様子はきわめて古くさかったし、また、思い詰めたような節子の姿は気持ちを滅入らせた。私によらず、後続世代の女性読者の多くがそうだったのではないか。一例を挙げるなら、森まゆみが書評で、「その時代を生きないでいうのは傲慢だが、なんで二十代前半で、こんなに老い、人生をあきらめてしまうのか、そのことが腹立たしかった」と節子について書いており、私の苛立ちもこれに近かった。文夫は昔、少しつきあった女性に望まない妊娠をさせ、その結果相手が自死するという経験を持っている。そのことを節子に長々と語るのだが、これには強い反感を抱いた。そんな文夫が、かつて学生運動にのめり込んだ節子の真剣な悩みを、遠くから傍観しているようなところも嫌だった。

一方、この本の巻末に収録されていた「ロクタル管の話」という短編は好きだった。少年の小さな幻滅を詩的に描いた小説、というほどの印象だったが、読後感は悪くなく、それきりこの本のことは忘れてしまった。

そして、本書の原稿を書き終えるころ、ある人から「『されど　われらが日々――』に、朝鮮戦争について高校生が論争する部分があるでしょう、それがとても印象的だった」と言われたのである。これには本当に驚いた。まったくそんな記憶がなかったからだ。四十六年ぶりにあわてて読み返してみたら、それは事実だった。

朝鮮戦争をめぐって激しく論争する高校生たち

一九五〇年、東京の「O高校」の一年生の教室で行われた「クラス会」の描写である。O高校は「東京の高校の学生運動の中心」であり、その討論会は「共産党幹部の追放と、朝鮮戦争が問題になっていた時」のものと説明されている。この時期は戦後日本の学生運動が初めて本格的な盛り上がりを見せたころで、高校も例外ではない。当時のエリート進学校ではありうる光景だったのだろう。議論の中心は、後に遺書を書くことになる佐野と、受け取ることになる曾根だ。佐野は翌年、高校二年生のときに共産党に入党し、学内活動家のリーダーを務めることになる学生だ。

「朝鮮戦争は、韓国の独裁者李承晩と、それをあと押しするアメリカ帝国主義者が引き起こしたもので、その証拠には、開戦一週間前に、ダレスが三十八度線を……」

佐野がこのように共産党の公式見解を話しはじめると、曾根が「そんなこと判るものか」と言い返す。曾根は、佐野たちとは一定の距離を保ってきた学生だ。決して保守的でも右翼的でもないし、場合によっては佐野たちの味方もする。だが、「判るものか」と言い放ったときの曾根の冷ややかな目は、佐野を焦らせる。佐野は曾根を言い負かそうと必死になるが、相手は黙っているだけだ。「君が黙れば黙るほど、冷たい眼で見つめれば見つめるほど、ぼくらは苛立ち、述べ立てずにはいられなくなった」と佐野は後に回想する。そして、議論は曾根の次のような言葉で打ち切りとなる。

「誰か、見てきた奴はいるのか。それに、どちらが先にはじめたかなど、大した問題じゃない。何が戦争を必然的にするかだ」

——柴田翔『されど われらが日々——』文春文庫

ここを読んでくらくらしてしまった。

たびたび書いてきたように、朝鮮戦争においては、南北どちらが先に戦争を始めたかが最大の論点となってきた。アメリカ軍政下の日本では、官製報道においては北朝鮮侵攻説が伝えられ、反米的な左翼陣営では韓国侵攻説が唱えられ、非妥協的に対立していた。だが、この一九五〇年の高校の教室では、それを凌駕するような議論が行われている。

一九五二年、アメリカのリベラルなジャーナリスト、I・F・ストーンは『秘史朝鮮戦争』という本を刊行し、日本でもすぐに翻訳が出版された（内山敏訳、新評論社）。ストーンは朝鮮戦争の始まりを、それまでいわれてきたような南北いずれかの一方的な侵攻ではなく、李承晩とアメリカが罠をしかけて挑発し、北朝鮮が攻め込むように仕向けたものだと謎解きしてみせた。この本は当時かなり評判になるとともに相当な物議をかもしたようでである。曾根がクラス会でこう発言した時期は『秘史朝鮮戦争』の刊行前にあたるが、まるで、ストーンの唱える工作説をも射程に入れた上で、すべてを一刀両断しているように見える。

ともあれ、「どちらが先にはじめたかなど、大した問題じゃない」という曾根の指摘は、たぶん正しいのだ。どちらが先だったにせよ、双方が開戦を望まざるをえない段階に達していたということ、つまり自分たちをも包み込んでいる冷戦というシステムとその先行き、それを可能にしている精神構造の方が重要だと、曾根は言っているのだろう。党の見解を純粋に信じていた佐野は、傷ついたことだろう。

佐野はこのような曾根の冷静さを意識しながら、その後も党に忠実に活動を続ける。だが、一九五二年に起きた「血のメーデー事件」の際、警官隊との激突の中で恐怖にかられて逃げ出してしまう。何食わぬ顔をして戻るが、これは大きな挫折だった。その思いは高校を卒業し、東大に入ってからも変わらない。彼はそれでも党を離れず、共産党が組織した武装闘争の拠点「山村工作隊」に入り、大学を休んで地下活動に従事する。農村から革命を目指すという名分のその活動も、やがて六全協によって分解してしまう。だが佐野はショックを受けると同時に、自分が大きな安堵を覚えていることに気づく。「ぼくが党員として通用するのは、革命が起きないうちだけ」だったと悟ったのである。

こんどこそ自分の限界を知った佐野は大学に戻り、運動を離れ、卒業して大企業に就職する。仕事は面白く、副社長の娘との婚約も整った。それなのに、自分の中のどこかに「裏切り者」というささやきが潜んでいて、それが消えない。

一方で、常に冷静だった曾根は実戦に加わることなく大学に残り、研究者として業績をおさめ、進歩的知識人になり、二人の距離はどんどん離れていく。紆余曲折を経て、曾根に遺書を残して佐野はこの世を去ってしまう。そこで佐野は、あの高校時代の論争のころを思い出して次のように書いている。

ぼくらはあの頃、いつも戦争の危機感に脅かされていた、というより、むしろ、その時朝鮮で戦われていた戦争が、やがて日本に波及するだろうことは、確実なことだと思っていました。そして、そうなった時、アメリカ資本主義の弾よけになることは、絶対いやでした。ぼくらは、その時はパルチザンになるのだと決心していました。いや、ぼくらは、爆撃機が朝鮮に向かって飛び立ち、空襲警報が発令され、何人かが傭兵として朝鮮で死んだという噂がみだれ飛んでいる日本は、もう半ば以上、戦場だと思っていました。そこでは、完全な独立も、革命も、平和も、パルチザン活動も、みな一つのことなのです。

——柴田翔『されど われらが日々——』前掲書

ここを読んだとき、さらにくらくらした。そして、朝鮮戦争が始まったとき高校生だった彼らは、日本が戦争に負けたときには十一、二歳だったはずだと思い当たった。空襲続きの東京にとどまったにせよ疎開したにせよ、一人の少国民として一九四五年の日本に生きていたはずである。それは著者の柴田翔の年譜と重なる。著者自身も、戦時下の子供時代について次のように書いている。

自分はやがて兵士になる、それ以外の道はないということが、幼い子どもを圧迫していた。教室で先生は子どもたちに、将来なにになるかとは、もう問わなかった。問うのは、陸軍に入るか海軍に入るか、地上で戦うか航空隊を志願するか、南方で戦うか北方で戦うか、だった。それは近い将来の死のほとんど確実な予告だった。子ども同士の噂話や大人たちの口から洩れてくる軍隊生活の不合理な暴力と過酷さよりも、死の鈍い影が子どもを怯えさせた。死の運命から逃れる道を暗い夢想の中でしきりに求めるのだが、陸にも海にも空にも、南にも北にも、死の姿が待ち構えていた。

——柴田翔「集団疎開まで」『記憶の街角 遇った人々』筑摩書房

どんな歴史的事件も、何歳で経験するかで決定的な違いを帯びる。十一、二歳のとき死の影の中で暮らした子供にとって、その影が消えたことはどれほど印象深い記憶となるだろう。

一九四五年の八月十五日、終戦の詔書をラジオで聞いた柴田翔の母はとつぜん激しく泣き、子供だった柴田も「つられて泣いた」という。母が泣いたのは敗戦の悲しみというより、「何年にもわたる戦争が強いた緊張が突然に切れたための涙だったと考えるのが、多分いちばん妥当なのだろう」と、作家は後に書いている。そしてその翌日、暑さの中を母と並んで歩いているとき、すでに「まったく別の生活、別の世界」が始まったことを、子供は感じる。別の世界とは「自分が兵隊になって、名誉の戦死を遂げなくてもいい世界」だ。

ロクタル管に映った朝鮮戦争

その子供が、死の影は消えたわけではなく、隣の国に引っ越しただけと知ったときの絶望を描いたのが短編「ロクタル管の話」だったのだと私はようやく気づいた。

物語の舞台は朝鮮戦争開戦からまだ一か月も経っていない東京だ。主人公の男子中学生が、当時、神田の小川町や須田町近辺に林立していたというラジオ部品ばかりの露店街に出かけていく。彼はラジオ作りに熱中しているのだ。特にロクタル管という美しい真空管が欲しいのだが、それは高価でなかなか子供が手を出せる品ではない。

ラジオが「大邱《たいきゅう》でどうした、釜山《ふざん》がどうしたと、朝鮮の戦争のニュースをしゃべっていた」という描写がある。ラジオ街には妙な熱気がこもっている。「一週間と経たぬうちに朝鮮の血みどろな戦争に送り込まれる米兵たちが、日本での最後の歓楽のための金を得ようとして」軍の資材である真空管を大量に盗み出して横流ししているらしい、という噂を少年も耳にしている。それが原因で真空管の値段が下がっているかもしれないから、今日、ここにやってきたのだ。

そして彼はとうとう、ロクタル管を買うことに成功する。しかし、やっと手に入れたそれにには見えるか見えないかのわずかなひびが入っている。がっかりした少年は店に戻り、返金してくれと交渉するが、「帰んな」といなされてしまう。そう言い渡す店の若者の目には「生の欠如を思わせる」異様な雰囲気があり、そのとき初めて少年はこの路地全体の空気の異様さに気づき、恐怖を覚えて店を抜け出す。

それは、今その瞬間も隣国では血みどろな戦いが行われ、そこから分泌される戦争の怪獣の粘っこい、生臭い体液が日本の底にも、表通りと道路一つの裏町にも浸み込んで来ていることなど、少しも知らぬげであった。

——柴田翔「ロクタル管の話」『されど われらが日々——』前掲書

少年は平気を装ったまま、美しいが役に立たないロクタル管をポケットに突っ込み、わけのわからない衝動にかられて街を歩いていく。だがずっと後になっても、あのときに「何ものかがあの頃のぼくの中で死んで行き、そして何ものかが生まれてきた筈ではなかったか」という疑念が不意にぶり返す。それは主人公の中でずっと生きていて、思いがけないときに突き上げてくる。

小説は、次のようなリフレインで終わる。

「アノトキノオマエハドオシタカ」
「アノトキノオマエハドオシタカ」

――柴田翔「ロクタル管の話」『されど われらが日々――』前掲書

高校生のとき、『されど　われらが日々――』よりもずっと好感を持ったこの短編は、改めて読むと限りなく残酷だった。ここにあるのは、「朝鮮特需」といわれたものの末端の毒気に当てられて、めまいを起こした子供のスケッチだった。朝鮮戦争が露出している。「アノトキノオマエハドオシタカ」。それは、「隣国の血みどろな戦い」と照応しているに違いなかった。だが、そのことすらすっぽりと印象から抜け落ちていた。私はこの小説の何を読んでいたのだろうか。

朝鮮戦争の記憶はどこへ

中上健次は尹興吉《ユンフンギル》の『長雨』を読んだとき、「なんでこんな大事なことを知らなかったのか」と漏らした（219ページ）。柴田翔と中上健次の間には十一歳の違いがある。その間に、日本に何があったのか。

その答えも、柴田翔の本の中にあった。

神田にラジオの部品を買いに行く様子も、作家自身の思い出の一部であったらしい。「〈Not for sale〉――神田・秋葉原再見」（『記憶の街角　遇った人々』筑摩書房所収）というエッセイに、「神田の露店も私のラジオマニアも、今から振り返ってみれば、ほんの束の間だった」という言葉がある。その後、進駐軍から露店禁止令が出て、神田のラジオ部品の小さな店たちは、秋葉原に新しくできたビルに移っていったと。やがて少年は受験を控えた年齢になり、「私の少年時代も戦後という時代も、終わったのである」。

答えはこれだ。戦後の終わりとともに、日本人は朝鮮戦争の記憶を引き出しにしまってしまったのだ。

私は、「ロクタル管の話」から『されど　われらが日々――』の佐野の日記へとつながる朝鮮戦争への思いは、戦後間もない日本がかつて育んでいた純情さのエッセンスではなかっただろうかと想像する。

一九四五年から五〇年の朝鮮半島がいかに激動の連続だったかをくり返し書いてきたが、日本でも同じ時期に、まだ見ぬ新しい日本像をめぐってさまざまな奮闘と衝突と激震があった。帝国主義から解放された後、どんな国でありたいかという理想があったはずだ。

「そうなった時、アメリカ資本主義の弾よけになることは、絶対いやでした」

この述懐は決して、反戦、厭戦の気分だけに支えられたものではない。天皇のために死ねと教えられてきた子供が、その縛りを逃れて成長した後で、それでは自分は何のためなら死ねるのだろうかと自分に尋ねた結果である。この問いを引き出したのが、朝鮮戦争だったはずだ。

『されど　われらが日々――』という、あまりに有名なベストセラー小説の水底には、朝鮮戦争が沈んでいる。だが、まるで水の上に書いた文字のように、それは面影をとどめていない。私が自分の周囲の人に聞いてみた結果、この小説を過去に読んだことのある人は非常に多いにもかかわらず、朝鮮戦争との関わりをはっきり記憶していたのは、佐野と曾根の論争を思い出させてくれたあの知人一人だった。その人は一九四八年生まれの在日コリアン二世である。

「特需」という恥

広島で被曝した峠三吉は、朝鮮戦争のさなかにトルーマン大統領が原爆の使用を示唆したことに大きな衝撃を受けて作品をまとめる決心をし、一九五一年に『原爆詩集』を自費出版した。「ちちをかえせ／はははをかえせ／としよりをかえせ／こどもをかえせ」で始まる有名な詩はこの詩集の冒頭に置かれ、広く知られるようになった。やはり被爆者であった原民喜も、朝鮮戦争の勃発によって大きなショックを受けたことを書き残しており、戦争勃発の翌年に自死を選んだ。もちろんそれだけが理由ではないが、この戦争が原の絶望に追い討ちをかけたことは、事実ではないだろうか。

このように、日本の戦後文学を見渡すとき、朝鮮戦争の影響は決して小さなものではなかった。例えば、『コレクション　戦争と文学1　朝鮮戦争』(集英社)にはそれらの一部が収められている。朝鮮戦争に絞って編まれた初のアンソロジーとして、非常に貴重な一冊であり、金石範、張赫宙《チャンヒョクチュ》、北杜夫、日野啓三、中野重治、松本清張、金達寿、田中小実昌、佐多稲子などに加え、第7章で挙げた小林勝の「架橋」や、江島寛の詩「突堤のうた」もここで読むことができる。

「戦争と文学」という二十巻にもわたる膨大なシリーズの一巻目が朝鮮戦争の巻であることの意味は、小さくない。それは、今までの朝鮮戦争への関心の薄さを同シリーズの編者たちが意識していたことを示すのかもしれない。この巻の解説で編者の川村湊は、「現在の歴史教科書では、朝鮮戦争と日本の関係を特需景気に焦点を当てて記している。現在の『日本人』にとっての朝鮮戦争とは、ここに示されるように、経済的な復興のきっかけをもたらしたもの、とするのがおおよその歴史認識となっていよう」と、さらりとまとめている。この印象は多くの人が共通に持っているものだろう。文学の世界だけを見ても、朝鮮戦争はまとまった像を結ばず、散ってしまう印象がある。

なぜ、そうなってしまったのか。朝鮮戦争は、アメリカでも「忘れられた戦争」と呼ばれている。しかも日本はこの戦争に、一言ではいえない複雑な関わり方をしている。だからその原因を考察することは私の手に余るのだが、この本を書きながら感じたことを一つだけ書いておく。

人々は「特需」を恥じたのではないだろうか、という一点だ。

朝鮮戦争が始まって間もない一九五〇年の秋、宮本百合子は次のように書いた。

　六月二十五日、朝鮮に動乱がひきおこされてから、日本のジャーナリズム、新聞、ラジオなどの上で平和と原爆禁止についての発言は、何となし「こうなっては、仕方がない」という風に扱われはじめた。「平和」はいつもいつもある特定の一国によって阻害されているようにニュース解説は型をきめた。日本にとって戦争は不可避的なもののようにあらわされていて、人々の眼はもうそわそわと、「朝鮮景気」「物価騰貴」「どの株を買えば安全か」「買いだめ、疎開は必要か」「七万五千人の警察予備隊」と矢つぎ早の電光ニュースに奪われてしまっているところがある。けさの新聞には、「閃光を見るな、十秒間は伏せ」という原子委員会の警告さえのっている。

——「私の信条」『宮本百合子全集』第十六巻、新日本出版社

それから三年、休戦協定締結直後の『アサヒグラフ』一九五三年七月二十九日号は、全ページを費やして「朝鮮戦乱の三ヵ年」という特集を組んだ。第7章で紹介した「避難、占領、虐殺」を実感させられるむごたらしい写真が続く中に、「大口特需業者告知板」という記事が混ざっている。

記事の意図は明確で、特需で潤った日本経済が休戦によって打撃を被るのではないかという疑問を、企業に直接ぶつけたものだ。住友金属、日平産業、大阪金属工業（現在のダイキン工業）、旭化成、大同製鋼、小松製作所、日本冶金工業、神戸製鋼所の八社のトップのアンケート結果と写真が並んでいる。各社の受注額まで載っており、最多は小松製作所の約八六億九三〇〇万円。受注内容は迫撃砲弾や榴弾などだという。

例えば「『死の商人』という言葉（をどう思うか）」という質問に対し、「兵器産業は重工業の全体的発達に役立つ　考えようでは文化文明の基礎産業である」（日本冶金工業社長・森暁）、「『死の商人』が国民にとつて『生の商人』になる道程にあると思う」（大阪金属工業社長・山田晁）、「とんでもない誹謗だ」（旭化成社長・片岡武修）といった回答が並ぶ。

わずかなりとも、朝鮮半島の人々にとっての休戦に触れて発言しているのは、「休戦は

人類として大いに歓迎　特需は注文が多くないから影響少なし」という神戸製鋼所の浅田長平社長だけだ。

ジャーナリズムのあり方も国際感覚も人権感覚も違う時代の記事だ。だが、「流血」「銃砲声」「避難民」「死闘」「実験戦場」「同胞相喰む惨状」といったタイトルが乱舞する中で、「特需」の二文字は無残にすぎる。

人が大量に殺されていくときに、その道具を作ることで豊かになる。資本主義とはそんなものだということはたやすい。けれども、少なくとも朝鮮戦争に危機感を覚え、自覚的に行動した人たちにとって、それは恥ではなかっただろうか。

もちろん、かつて植民地にしていた国の戦争で儲けることを何とも思わない人もいただろう。特需のおこぼれがすぐに実感できたわけでもないだろう。茨木のり子のように、毎日の生活でいっぱいだった人も多いだろう。しかし、「自慢できることではない」という感じぐらいは残ったのではないか。まして、かつて運動の中にいた人々にとって、あの戦争と「特需」が常に結びつけて語られること、それによって生活が潤っていくことには、割り切れない、やるせない思いが伴ったのではないだろうか。

何より、ある特定の、大きな戦争を想起する際に、真っ先に出てくる言葉が「特需」であるという現象が、恥でないことがありうるのだろうか。仮に、そこが隣国であり、かつて独立を奪った相手国だということを捨象するとしてもだ。これを書いているのは二〇二二年の五月だが、今、ウクライナで起きていることに置き換えてみても、その異様さがわかるのではないだろうか。

恥と意識されない恥もある。そんな、低温やけどのような羞恥とともにその後を生きてきた人たちもいるのではないかと想像してみる。

それほどに特需の力は大きかった。一九五〇年初めに二億ドルでしかなかった外貨保有高は、五一年末には九億ドルにまでなった。一九五〇年六月から五年間の特需総額は約十六億九千万ドル。五一年には工業生産、実質国民総生産、実質個人消費が戦前の水準に戻った。五〇年七月の最安値に比べ、ほぼ二年半で日経平均株価（当時は東証株価平均）は五・六倍に値上がりした。

もちろん、忘れられたのは朝鮮戦争だけではない。運動方針の転換と分裂、そしてレッドパージと続く大波をくぐった末に、六全協や山村工作隊の記憶を含めて、五〇年代の経験の多くはのちの世代に継承されなかった。国家権力に負け、政治闘争に挫折するというよりは、「特需」とそれに続く経済成長にすべてが飲み込まれていき、そして「特需」の賞味期限が尽きたころにはベトナム戦争が始まり、朝鮮戦争の姿はおぼろげになっていただろう。

十代、二十代の目に残った朝鮮戦争

当初、朝鮮戦争に対して最もヴィヴィッドに反応したのはまずもって在日コリアン、次に十代、二十代の若者ではなかったかと思う。これは、『されど　われらが日々――』の登場人物たちの世代である。言い換えれば、敗戦と朝鮮戦争をともに十代で迎え、迫り来る新たな戦争へ最も直接的な拒否感を持った人々だ。

政治的な若者たちだけではない。一九五八年に発表された山川方夫の「その一年」は、茅ヶ崎の基地に押し寄せた朝鮮戦争の現実を十七歳のバンドマンの目で描いている。

> 銀いろの翼を蟬のように折りたたんだ飛行機がつづいて行く。信二はその銀翼がきらきらと日本の上空に照り映える日も間近いのだと思った。戦争はおこるにきまっている。
>
> どうでもいい、と彼は心の中でいった。どっちでも、かまやしない。朝鮮ではアメリカ軍は勢いを盛りかえしてきていた。マッカーサーは一挙に敵軍を殲滅《せんめつ》すると豪語し、しかし信二には、戦争が日本に波及しない日を予想しての心の準備をすることはできなかった。
>
> ――山川方夫「その一年」『愛のごとく』講談社文芸文庫

また、一九六九年に芥川賞を受賞した田久保英夫の短編「深い河」は、朝鮮戦争の際に、雲仙の米軍駐屯地で軍馬の世話をしていたアルバイト学生の物語だ。「深い河」とは、出征を前にした米軍兵士の述懐である。主人公が伝染病にかかった馬を撲殺するシーンと、人殺しに出かけなくてはならない兵士たちの姿が重なって描かれている。

これは戦争なんだ、と僕は、自分に言いきかせた。この自分も一種無様な形の戦争にまきこまれたんだ。自分や松岡のような戦争寄生者でも、いつか手を血に汚し、闘わねばならない時がくる。それが今なんだ。にげ道はなく、生き物同士殺すか殺されるか。戦争の中で、自分の自由を血によって贖《あがな》いとるんだ。「深い河」を渡るんだ。血腥《ちなまぐさ》い未知の深淵を。この位の殺戮をしとげなくて、いつか自分の祖国をまもるような戦争にも、闘う力はないだろう。

——田久保英夫「深い河」『深い河・辻火』講談社文芸文庫

田久保は一九二八年生まれ、山川は一九三〇年生まれ。いずれも柴田翔より少し上の年代で、第二次世界大戦が終わったときは中学生か高校生、朝鮮戦争当時には二十代になったばかりだった。いずれも、『されど　われらが日々——』同様、戦争からかなりの時間が経過した後で作品化されているが、開戦当時の生々しい実感が保存されている。そして両者ともに、日本でも戦争が起き、自分が否応なく巻き込まれ、命に危険が及ぶという予感が描かれていることに、驚きを感じる。

けれども、これらの作品も長く記憶されたとはいいがたい。

朝鮮戦争をめぐる純情さは特需の中で擦り切れ、時が流れた。一九六五年、日本は、韓国を朝鮮半島における唯一の合法的政府と認め、朴正煕との間で日韓基本条約を結んだ。韓国ではこれを「屈辱外交」と呼び、激烈な反対運動が起きたし、日本でも、過去の植民地支配を金で清算するかのようなこの条約への反対運動は小さなものではなかった。

だが、そのときも、またベトナム反戦運動が市民の間にも広まったときも、人々の反戦感情の中でさえ、朝鮮戦争のことは棚上げになったまま、その後に至ったのではないか。長いスパンで見たとき、唯一の例外が「イムジン河」という歌だったかもしれない。よく知られているように、北朝鮮で作られたこの歌は、敗戦の年にまだ生まれていない「戦争を知らない子供たち」であった松山猛とザ・フォーク・クルセダーズによって見出された。一九六八年に発売中止になるなど時代に大きく翻弄された歌だが、彼らの一種の「子供らしさ」が、この歌に込められた南北分断の悲しみを生き延びさせたといえる。この歌は今や、韓国でも多くの人に知られるところとなっている。

「イムジン河」の作詞者朴世永《パクセヨン》も作曲者高宗煥《コジョンファン》も、戦争前に南に家族を置いて越北した人だ。本書でたびたび、北に故郷を持つ「失郷民」と呼ばれる人々のことを書いてきたが、この二人は逆方向の失郷民だったことになる。朝鮮戦争の際に平壌は、日本から飛び立ったB29による猛攻撃を受け、戦前の面影が何一つ残らないほどに破壊されたという。北朝鮮の人々もこの戦争によって避難・占領・虐殺を経験したわけだが、そのことに私たちが触れることのできる機会もほぼ皆無である。戦争をめぐる言説も二つに割れてしまう現実の中で、「イムジン河」は、特異なイノセンスをたたえて、朝鮮戦争と南北分断を想起させるアイコンとして機能してきた。そして私たちは未だに分断が現実である世界に、韓流ドラマやK-POP人気とヘイトスピーチが同時に渦巻く日本に生きている。

なぜ韓国の小説に惹かれるのか

そろそろ、本書のまとめに入らなくてはならない。

まえがきでも書いたように、今の日本で、韓国文学が強い吸引力を持っていることは確かである。今までにたくさんの作家や評論家、書評家などが韓国文学について書いてくれた書評を見ても、読書会などで実際に読者の感想を聞いたり、手紙をもらったり、インターネットで感想を読んだ経験からいっても、個々の作家、個々の作品というより、かたまりとしての韓国文学に惹きつけられる人々がかたまりとして存在する、という手応えがあった。その人たちは一冊韓国の文学作品を読むと次々に読み、しばらくはそればかり読んでくれる（少しすると飽きて、また戻ってきたりする）。さらに、自分でも読みたい、翻訳をしてみたいと語学の勉強を始める人も少なくない。

中には、自分で韓国文学のガイドブックを編集して出版した人や、親子で韓国文学について語り合って本にした人もいる。韓国に出かけて著者と読書会を催す人までいる。そうした、一歩前へぐっと踏み出させるような力が今の韓国文学にはあるようで、そのことは決して無視できなかった。

その「力」とは何か、言葉にする代わりに、ハン・ガンの短編の一部を紹介したい。

そんなことはもうやめてと、あのとき言えたらよかった。そんなふうに生きないで。私たちに過ちがあるとすれば、初めから欠陥だらけで生まれてきたことだけなのに。一寸先も見えないように設計されて生まれてきたことだけなのに。姉さんの罪なんて、いもしない怪物みたいなものなのに。そんなものに薄い布をかぶせて、後生大事に抱いて生きるのはやめて。ぐっすり眠ってよ。もう悪夢を見ないで。誰の非難も信じないで。

——ハン・ガン「明るくなる前に」『回復する人間』拙訳、白水社

この短編では、二人の女性の友情が描かれている。主人公の女性と、親しい先輩である「姉さん」との間には、生と死を丸抱えにした深い信頼関係がある。右の引用は、その「姉さん」が、家族との葛藤から深い悲しみを抱えてきたと知ったときの主人公の思いだ。

ハン・ガンはもともと、『菜食主義者』（きむ ふな訳、クオン）に顕著なように、社会に溢

れるさまざまな暴力のあり方を鋭く暴き、深々と描いてきた作家である。短編集『回復する人間』ではさらに、暴力による傷とその回復というテーマを追求している。大切な人の死、病気、離婚、不慮の事故、家族との不和など、避けられなかった苦しみをじりじりと描き、読者にさまざまな痛みを経験させる。しかし、じっとその痛みを抱えていると、疼く箇所にやがて明かりが灯るような心地になる。

傷だらけの歴史と自分を修復しながら生きる

今まで見てきた韓国の小説の多くが、歴史が負った傷をさまざまな視角から描いている。または個人の傷に潜む歴史の影を暴いている。それだけ満身創痍の歴史だったともいえるし、韓国の文学者たちがそれを描くことを大事にしているからでもある。そして何より、歴史を見つめるのは現在と未来のためだという感覚を多くの作家が共有している。それは、セウォル号事件を扱った第2章でも取り上げた通り、次世代への責任感の表れでもあるだろう。

「私たちに過ちがあるとすれば、初めから欠陥だらけで生まれてきたことだけなのに」

ハン・ガンのこの言葉は、一人一人の人間について言われた言葉でもあり、また、社会や歴史そのものを指しているのかもしれない。世の中は初めから欠陥だらけである。歴史も傷だらけである。それを、一人が一人分だけ、一生かけて、修復に修復を重ねて生きていく。

隠されてきた大量死の記憶を、隠されてきたからこそ忘れず、社会の激動に翻弄されてきたからこそ、社会の中の小さな個人に目を凝らし、また、小さな個人が体現している社会の欲望、葛藤、矛盾を照らし出す。ハン・ガンの小説にはそんな味わいがある。それは繊細ではあるが、この繊細さは「傷つきやすさ」ではなく、じりじりと立て直していく再生力のこまやかさ、じわじわと生き延びていくための思考の粘りだ。

この本で紹介した「外は夏」も『ディディの傘』も、『こびとが打ち上げた小さなボール』も、『広場』も、決して楽しい内容ではない。だが、袋小路にいる登場人物たちを、どんな形であれ生かそうとして奮闘する作家たちの作業に向き合っていると、それだけで、生乾きだった歴史の傷跡に薄皮が生成するのを見る思いがする。同時に、読み手である私たちが日々味わう、自分の小さな尊厳が日々削られ、なきものにされていくという感覚までが修復されるように感じられる。

ファン・ジョンウンの『百の影』（オ・ヨンア訳、亜紀書房）は、ソウル鍾路の世運商街《セウンサンガ》を連想させるビルの撤去を背景に、ウンギョとムジェという二人の若者の交流を描いている。胸に染みるような会話文が特徴で、「二〇〇〇年代韓国文学における最も美しい小説」と呼ばれているそうだ。

この中に、リヤカーを引いてダンボールを集めているおばあさんが、他の同業者と激しい言い争いをした後で、庭で倒れて死んでいたというエピソードが出てくる。それについて、登場人物の一人であるムジェは、ぽつりと漏らす。

たとえば、あそこで一人で暮らしていたおばあさんがダンボールを拾うことで生計を立てていたのは、そもそも自然なことだろうか、と。

人生であんな死に目に遭うということは単純に個人の事情なのだろうか、と。

——ファン・ジョンウン『百の影』オ・ヨンア訳、亜紀書房

ここを読んだとき、これがファン・ジョンウンの、または現代の韓国文学の、真の底力かもしれないと思った。理不尽と不条理に透明な目で向き合う力だ。

真摯さ、誠実さといった価値判断を文学に持ち込むことは危険であるだろう。だが、本書で取り上げた作品群には、作家たちが歴史の中の「無念さ」の側に体重をかけているその分だけ、現実の生を未来の側から労わるような治癒力を感じることがある。

もう一つ例を挙げておこう。

しばらくして戸のすきまから御飯の炊きあがってくるにおいがプーンとしてくると、あんなことってあるんだねえ。気分はあいかわらずぼんやりして、手の指ひとつ動かせないってのに、突然腹ん中でなんかがやっとばかり起き上がったのさ。それからまるで狂った獣みたいに動き回るのに、だいいちどうしようもないじゃない。あとから考えるとその獣ってのが、たぶん命だったんだよ。あたしゃそんときまで人の心と命てのがおんなじとばかり思ってたけど、ちがうんだよ。心と命てなべつべつなのさ。そんで母ちゃんがもってきた御飯を気が狂ったようにしてかきこんだんだけど、まったく、ほんとなんだから、食わずに死ぬどころか、食べたら死んだってかまわないぐらいおいしかったんだから。

——朴婉緒「空港で出会った人」三枝壽勝訳、『韓国短篇小説選』岩波書店

たびたび取り上げてきた朴婉緒《パクワンソ》の短編小説である。朝鮮戦争で夫を亡くした女性が生きる気力をなくし、一週間食事を絶って寝込んでいると、実家の母親がやってきて、死なないでくれと頼み込む。それでも娘は一向に生きたい気持ちになれないのだが、母親がご飯を炊いてくれるという場面だ。このダイレクトな生命力もまた、韓国文学の底流を流れているものである。

韓国文学に惹かれる理由を、「エンパワメント」という言葉で表す人も多い。私もよくこの言葉を使う。だが、エンパワメントにもいろいろな種類があるだろう。いってみれば、

ハン・ガンの修復力と、朴婉緒の生命力。それが今のところ私に見えているものだ。朴婉緒の「空港で出会った人」が書かれたのは一九七八年。私が『されど　われらが日々――』を読んだのとあまり変わらない時期だ。日本で朝鮮戦争が忘れられてしまった後、韓国ではこのような作品が書かれてきた。

韓国の文芸評論家が読む『されど　われらが日々――』

朝鮮戦争は水に書いた文字のように、我々に残っていないと先に書いた。それはおそらく、戦争が今まで続いているせいでもあるのではないか。その水が生動していて、常に揺れているから、そこに書かれた文字は常に消えてしまうのではないか。だが、そこに何が書かれていようと、その水を携えてしか生きられなかった人々がいる。日本の中の南北分断を生きた人々、この戦争とそれに先立つ四・三事件を生き延びて、海を越えて日本に来た多くの人たちの存在がある。けれどもその人たちが体現していたものは多くの場合、受け取られ損ねてこぼれたり、あるいは蒸発してしまったのだと思う。そして今や、南北分断状況そのものがヘイトスピーチの種になっている。

今、新しい韓国の文学を読む行為は、その、受け取り損ねた何かを掬い取ることにつながらないだろうか。

韓国にシン・ヒョンチョルという文芸評論家がいる。一九七六年生まれだから、私が『さ

れど　われらが日々――』を読んだころに生まれた人だ。第2章で何度も引用した、セウォル号事故関連の散文集『目の眩んだ者たちの国家』の編者でもあり、『BTSを読む――なぜ世界を夢中にさせるのか』（キム・ヨンデ著、桑畑優香訳、柏書房）にも寄稿している有名な評論家で、一般の読者にも十分にアプローチできるやさしい文章で現代文学を縦横に論じている。作家や作品の特徴を一言で言い当てる表現力がずば抜けていて、私も「訳者あとがき」を書くときに、たびたび引用させてもらっている。

そのシン・ヒョンチョルが、「人生の書ベスト5」という文章で、『されど　われらが日々――』を「私の人生の書」の一冊として挙げている（ちなみに他の四冊はリルケの『ドゥイノの悲歌』、ソーントン・ワイルダーの『サン・ルイス・レイ橋』、ジョン・ウィリアムズの『ストーナー』、ヒューバート・ドレイファスとショーン・ドロンス・ケリーの『すべてのものは輝く』）。シンは本書を「日本の現代小説の古典の一つ」と紹介した後で、このように書く。

今振り返ると、私がこの本を読んだというより、この本が私を読んだという気がする。日本の戦後の学生運動世代の物語が、一世代を経て二十歳の私に到着し、人生について問いかける「方法」と「言語」を手渡してくれた。その道具を私はまだ使っている。

――シン・ヒョンチョル「人生の本ベスト5」『悲しみを勉強する悲しみ』未邦訳

シン・ヒョンチョルが『されど　われらが日々――』を読んだのは一九九五年だそうだから、十九歳ぐらいのときだ。シン・ヒョンチョルがどのような学生時代を送ったか私は知らないが、そのころは韓国の学生運動が曲がり角に立っていたときだといってよいと思う。

一九九三年に、八〇年代の学生運動の中心であり、民主化闘争を担ってきた全国大学生代表者協議会（「全大協」）の流れを汲む「韓国大学総学生会連合」（「韓総連」）が結成された。この団体は、金日成の「主体思想」に強い影響を受けた主思派《チュサパ》と呼ばれる人々が中心となっており、現在では国家保安法に基づき、国家への「利敵団体」と認定されている。

四・一九学生革命に見るように、韓国では、学生運動が社会の先頭に立って変革を主導してきた歴史がある。しかしシン・ヒョンチョルが『されど　われらが日々――』を読んだ翌年の一九九六年には、学生運動の衰退を強く印象づける「延世《ヨンセ》大学事件」というものが起きた。これは、韓総連が主催した八月十五日の記念行事において五八〇〇人もの学生が連行され、五一人に実刑が宣告されるという大規模なものだった。そもそもは毎年の恒例行事である集会が、延世大学で開かれ、全国の大学生が集まったのだが、行事が終わっても警察が封鎖網を解かず、軍事作戦のような徹底封じ込めを行ったため、学生たちは解散することができなかった。そのため、大学内の建物などで予定外の籠城が始まったのである。政府はすぐに彼らを逮捕することもできただろうが、九日間も籠城を放置した末に突入、最悪の結末を迎えた。政府だけではなく、大勢の学生たちをこの状況に追い込んだ運動指導部の責任も大きかったといわざるをえない。

当時、集会参加者としてその場にいた作家のファン・ジョンウンが、第2章で引用した『ディディの傘』にこの体験を記している。当時は、朴正熙以来三十二年も続いてきた軍事政権に終止符が打たれ、金泳三《キムヨンサム》大統領が率いる「文民政府」の時代だった。以前に比べたらずっと世の中はよくなったのだ、デモで訴えなくてはならないことなど何があるものかというムードが世間や大学をおおっていたが、その中で、予期しない形で過酷な立てこもりに参加してしまったファン・ジョンウンは、特に女性の参加者たちが、逮捕されるときにいかに屈辱的な扱いを受けたかを書きとめている。同時に、市民たちがこの事件を見る目は厳しく、以後、学生運動への嫌悪感はとどめようがなくなった。この顚末を経験した学生たちのその後を、ファン・ジョンウンはこのように書いている。

羞恥心と無力感を抱えたままそれぞれの家に帰り、顔を洗い歯磨きをし、鏡に映った自分の顔がたった何日かの経験でめっきりやつれてしまったのをじっと見て寝床に入り、明日は自分の庭でも掃こうと思い、そのことを胸に秘めて学校に戻り、やがて押し寄せたIMF危機の巨大な波にさらわれて永遠に学校を離れたり……自分の庭の手入れに集中したりした。

――「何も言う必要がない」『ディディの傘』拙訳、亜紀書房ちなみに、「自分の庭を掃く」とは、この小説の話者である女性の父が、身の程をわきまえて行動しろという意味で口癖のように娘に言うせりふである。

シン・ヒョンチョルも同じころソウル大学の学生であり、こうした動きにつらなる空気の中で生きていたはずである。シンはファン・ジョンウンの作品を早くから非常に高く評価しており、その才能を「この作家はあたかも猛獣がえものに狙いを定め、ひとしきり目で追ったあと、たった一撃でしとめて引き倒すように、書く」と形容したことがある。二〇一三年には、歴史ある文芸誌『現代文学』が、朴槿恵《パククネ》大統領の随筆とそれを賛美する文章を掲載するという異例の判断を下したことに対し、二人揃って同誌が運営する文学賞を返納するというできごともあった。

時代の限界に全身でぶつかろうとする人々の物語

韓国語版の『されど　われらが日々――』は何度か刊行された後、ずっと品切れ状態だったようだが、シン・ヒョンチョルの強い勧めもあって、二〇一八年にクォン・ナムヒ訳で新たに刊行された。そこにはシンの「世界最高の小説ではない。だが私の人生の書だ」という推薦の辞が入っている。そしてインターネット書店のサイトには、シン自身がこの作品について語る動画がアップされている。

そこでシンは、とても静かな声で、佐野の遺書の冒頭部分を朗読している。文庫本でいえば三ページほどの分量だから、かなり長めの朗読だ。

「산장에 온 지 닷새째。일주일의 휴가도 슬슬 끝나가고 있다。대체 무엇을 하러 온 걸까。그렇게 생각하니 내 마음은 저절로 머리 맡에 있는 보스턴 가방으로 향하는구나。그 속에는 도쿄를 떠나기 전、약국 이곳저곳을 돌며 사 모은 수면제가 통 들어 있다。」（こうして山の宿にきてから、五日目。一週間の休暇もそろそろ切れようとしています。一体、何をしにきたのか。そう考えると、ぼくの心は否応《いやおう》なしに、床の間のボストンバッグに向います。その底には、東京を出る前、あちら、こちらの薬屋で買い集めた睡眠薬の箱が数個、入っているはずです）

日本語の文庫本を見ながらこの朗読を聞いているとき、私は不思議な気持ちに囚われた。物語の芯は何語でもなく、そこへ日本語と韓国語の波が寄ってきて、一つに重なるような気がしたのだ。

二方向から歩み寄った言葉は同じではなかった、例えば「朝鮮戦争は、韓国の独裁者李承晩と、それをあと押しするアメリカ帝国主義者が引き起こしたもので……」という佐野の演説は、シンが読み上げた韓国語版では「韓国戦争は……」と始まっていた。

だが朝鮮戦争といおうと、韓国戦争といおうと、あるいは北朝鮮の言い方で祖国解放戦争といおうと、それは同じ一かたまりの戦争なのである。同じ一つの戦争で人が死んでおり、そのことに思いをはせようとする高校生たちがいる教室の風景は、日本語と韓国語の両方の側から光を投げかけられて、何語でもない切実さに浸って見えた。

シンは『されど　われらが日々——』を正確に読み込んでいたと思う。「この小説の人物たちが抱く悩みや苦しみは、時代的な限界のために制約されている」と彼は述べていた。また、「人生の価値に対する硬直した態度や、家父長的な役割観念も感じられる」とも語った。そう前置きした上で、ゆっくりと、次のように言った。

「しかし、この小説の長点は、その時代の限界に全身でぶつかろうとする人々の物語である、ということです」

それを聞いたとき一瞬たじろいだ。倫理を重んじる韓国文学らしい、優等生的な模範回答のようにも思った。だが、この言葉を通して『されど　われらが日々——』を眺めるとき、主人公たちの姿が違って見えてくることは否定できなかった。「時代の限界に全身でぶつかろうとした人々」、確かにそういう人々の物語だった。

シンは、この小説の人物たちが朝鮮戦争に触れていることに特に意を払ってはいなかった。佐野も仲間たちも北朝鮮に同調する立場で政治活動を行っているわけだが、そのことに拘泥するわけでもない。そして、「良い小説とはたいがい、価値ある失敗の記録だったりします」と続けた。

彼がこの小説から最も重要なものとして受け取ったのは、

その炎を吹き消した時、ふとある疑問が、ある問いかけが、ぼくの心に浮かびました。俺は死ぬ間際に何を考えるだろうか――そうぼくは思ったのです。何のつもりもなく、ふと、そう思ったのです。

――柴田翔『されど　われらが日々――』前掲書

という、佐野の遺書の中のあまりに真率な、本質的な問いかけである。このような問いかけを残した佐野の死を、シン・ヒョンチョルは「小説の終わりではなく、別の始まり」と見ている。この小説は、佐野の死にショックを受けた節子が結婚を思いとどまり、遠くの女子高校の教師として赴任するところで終わるのだが、私はそれを男女のわかりあえなさとして読んだだけだった。しかしシンはこの選択をした節子を、佐野の死によって新しく生まれた人、と見ているようだった。

良い小説は価値ある失敗の記録

『されど　われらが日々――』を過去の小説と思っている人は多いだろう。シン・ヒョンチョルもまたそれをよく知っている。だが同時に、この小説に現れた「六全協世代の観念的な急進主義」も、「保守的な性別役割概念に抵抗する戦後日本女性の苦悩」も、テーマとして古くはないとはっきり表明している。なぜなら、「古いということは、それが克服されたという意味だから」だ。

確かに、この二つともいまだに克服されてはいない。前者は、ごく大ざっぱにいえば、世界の中で日本がどのような国でありたいかという展望だろう。それはまだ全然形を持っていない。そして後者もまた、六十年経っても決着がついていない証拠に『82年生まれ、キム・ジヨン』があんなに共感を集めたのだ。

シン・ヒョンチョルの言葉を通して、私は初めて『されど　われらが日々――』がなぜあんなに読まれたのかがわかったように思い、また、節子という女性について森まゆみが書評の中で「それでも私がこの本を愛するのは、女性の自立の書として読めるからである」と書いていたことが、深く納得できた。

シン・ヒョンチョルの読みを誤読という人もいるかもしれない。そして、ここまで私が書いてきた韓国文学の読書の記録も、誤読につぐ誤読かもしれない。だが、誤読の余地を重ね合わせることで、私たちはより広々とした眺望を手に入れることができるのではないだろうか。解放後の多くの韓国の小説もまた、「時代の限界に全身でぶつかろうとしてきた」試みであり、読者である私たちも、そこにぶつかっていくことで、自分の立っている場所を見つめることができるのではないだろうか。

良い小説は価値ある失敗の記録、とシンは言う。価値ある失敗というにはあまりに無惨なことが歴史の上には多すぎたし、それは今日も不断に起きている。だが、失敗が「価値ある失敗」になりうるのかどうかは、常に、私たちのこれからにかかっているだろう。いささか楽観的にすぎるかもしれないが、海外文学を読むという行為そのものがおそらく、悲観とは反対の方向を向いている。

あとがき

呉圭原《オギュウォン》という詩人がいます。

二〇〇七年に亡くなりましたが、日本でも吉川凪さんの訳で『呉圭原詩選集　私の頭の中まで入ってきた泥棒』（クオン）という詩集が出ています。

洒脱にして滋味深い。軽やかだが余韻が長く残る、そんな詩です。例えば次のような。

路地は曲がることを楽しむ
曲がった道は弾力を楽しむ
通る人はたいてい
つま先が持ち上がる　家のことが
好きな道は　よく行き止まりになる

——「家と道」部分

あるいは、

僕がバスを待ちながら
来ないバスを
詩と言ったらいけないだろうか
詩を知らない人たちを
詩と言ったらいけないだろうか

――「バス停で」部分

何かとても弾みのある感じ、どこへ行くのかわからないけれど、ついていきたい感じ。人生の楽しい余韻を知っている感じ。そんな呉圭原先生の「コスモスを唄える」という詩は、こんな一行から始まります。

大通りで　飲み屋の裏通りで　そして野原で　秋は私達を歴史の前に立たせる

そして次のように終わります。

再び見ろと言うのだな　そんなこととは何の関係もなさそうな　ただごみごみした
うちの家の裏や路地で　唐突に　あるいは苦しみながら死なねばならなかった人たち
が歩いた足跡を復元し　私達が忘れないよう　秋がそんなふうに毎年見せてくれる

死者たちのちぎれた服や肉片や血　滴る血……

ここにも、街に重なったもう一枚の街があります。韓国の作家たちはその街に出入りするドアを知っています。

＊

そんなつもりではなかったのですが、重苦しいことばかり書いてしまったような気がします。

最終章で書いた「特需の恥」ということについて少し補足します。私は、豊かさに負けたという単純化で日本の一九五〇年代、六〇年代を言い尽くせるとは思いません。ただ、朝鮮戦争に的を絞って眺めると、そのような側面が炙り出されることは事実です。そして、恥があるということは恥ずべきではありません。今生きている人間が、後世に恥を残さない方法を考案するしかない、そのことは朝鮮半島の植民地化についても同じでしょう。

過去の歴史を学んで忘れないことは、そこにありえたかもしれない未発の夢を手探りすることですし、そのためにも文学は有用だと思っています。

紹介したい作品は他にもたくさんありましたし、書けなかったことがあまりにも多くて残念です。特に在日コリアンの文学者たちの作品には随所で触れたつもりですが、まだまだ足りず、特に女性たちの作品や近年の作品には手つかずでした。また、朝鮮半島にルーツを持ち、世界各地の言語で書く人たちの作品も、フランス語で書かれたグカ・ハンの『砂漠が街に入りこんだ日』(原正人訳、リトルモア)などをはじめ本当に面白いのですが、言及できませんでした。しかし、一冊ですべてにまんべんなく触れることは困難でした。今後、もっと充実した韓国文学案内の本が登場することでしょう。

また、韓国の文芸批評の紹介も重要です。現在、新しいものでは、曹泳日《ジョヨンイル》という非凡なる批評家の『世界文学の構造——韓国から見た日本近代文学の起源』(高井修訳、岩波書店)や『柄谷行人と韓国文学』(高井修訳、インスクリプト)など、注目すべき本が出ていますが、まだ圧倒的に不足しています。作品とともに、さまざまな批評も読めるといいと思います。

例えば、現在の韓国の作家は大学の文芸創作科というところに通って作家になることが多く、作家になるコース設定が明確ではない日本とは相当に違います。結果として「ずいぶん優等生的だな」と思わされることがありますが、そのあたりを指摘している作家や評論家もいます。作家の作られ方の違いは興味深いテーマであり、作品論とは別に、そういった面からのアプローチも楽しみです。

韓国社会の変化は非常に激しく、また急速で、文学の世界も例外ではありません。私が商業翻訳を始めた二〇一四年ごろにくらべても、今の状況はかなり変化しました。フェミニズム文学に続き、「クィア文学」と呼ばれる作品群がどんどん注目を集め、またSFの隆盛が話題になりました。クィア文学とカテゴライズすること自体もまた不自由だとは思いますが、現在、何人もの作家が、性少数者の生を描くことにとどまらず、登場人物のジェンダーを限定しない書き方で読み手の固定観念に揺さぶりをかけたり、意識の更新をもたらすなどの試みを活発に続けています。

そのほかにも、恋愛に囚われない人間関係の描き方、男女二分法に縛られた三人称（彼／彼女）の見直しから、新人賞をとって作家になるというコース以外の新しい発表形態の模索まで、日々、さまざまなチャレンジが生まれています。

そのすべてをキャッチすることはできませんが、コロナ問題、ウクライナ情勢と、予測できない現実に直面している今も、日々、作家たちの思考が更新され、勢いのある作品が生まれているという感覚は貴重です。コロナ禍の中でも韓日の作家どうしの対談がオンラインで実施されるのを目撃しながら、それを実感しました。

この感覚は一九八〇年代に、韓国の詩が読みたくて東京・京橋の三中堂という専門書店に行き、何十分もかけて詩集や詩のムックを選んでいたころのことを思い出させます。今、刻々と生成されている新しい言葉に、一歩遅れではあっても立ち会っているという弾みがありました。そうした感慨は、韓国文学に限らず海外文学を糧として、今までとは違うやり方で世界を歩いていきたいと願う人に共通のものでしょう。

今までとは違うやり方を提案しつづける作家として、日本でも大変人気の高いチョン・セランという人がいます。第3章でも少し紹介した『フィフティ・ピープル』（拙訳、亜紀書房）から、最も印象的な場面を紹介してみたいと思います。この小説はある大病院に関わる五十人の人たちのショートストーリーをまとめたものですが、その中の、イ・ホという名前の七十代の医師が、ぐっと若い後輩の医師「ソ先生」に語る言葉です。

ソ先生は産業医で、地域の労働災害や自分たち自身の労働環境の改善に努めていますが、一向に問題は解決されません。一緒にボランティアをやっている大先輩のイ・ホ先生に思いきって相談すると、次のような答えが返ってきます。

「私たちの仕事は、石を遠くに投げることだと考えてみましょうよ。とにもかくにも、力いっぱい遠くへ。みんな、錯覚しているんですよ。誰もが同じ位置から投げていて、人間の能力は似たりよったりだから石が遠くに行かないって。でも実は、同じ位置で投げているんじゃないんです。時代というもの、世代というものがあるからですよ。ソ先生はスタートラインから投げているわけではないんだよ。私の世代や、そして私たちの中間の世代が投げた石が落ちた位置で、それを拾って投げているんです。わかりますか？」

「でも、傲慢にならずにいましょうよ。どんなに若い人にも、次の世代がいるのですから。しょせん私たちは飛び石なんです。だからやれるところまでだけ、やればいいんです。後悔しないように」

＊

この本は、一九九〇年代後半に同じ職場で働いていた、イースト・プレスの穂原俊二さんの強い勧めで企画されました。内容は、二〇一九年に東京・下北沢の「本屋B＆B」で行った連続講座と、二〇年にWEZZYで連載したものを中心としており、単行本化にあたり大きく手を加えました。講座のころから岩根彰子さんのお力も借りました。お二人には、二〇一六年から六年にもわたって励ましていただきました。校正を担当された尾澤孝さんにも、心から御礼申し上げます。

また、初めて小説を翻訳するチャンスを作ってくださった図書出版クレインの文弘樹さん、今までに担当してくださった各出版社の方々、装幀・挿画・DTP・校閲から流通までさまざまな面で助けてくださった皆さん、文中で引用させていただいた翻訳作品の著者と翻訳者の方々、言語を問わず翻訳仲間の皆さん、書評や紹介文を書いてくださった大勢の皆さん、書店や図書館で韓国文学を紹介してくださった皆さん、また読者の皆さん、いつも翻訳チェックをしてくれる伊東順子さんと岸川秀実さん、二〇一七年にスタートした同人誌『韓国文化を語らい・味わい・楽しむ雑誌　中くらいの友だち』（韓くに手帖舎発行・皓星社発売）の仲間に感謝します。

二〇二二年四月二十三日

斎藤真理子

増補新版　あとがき

『韓国文学の中心にあるもの』は、思った以上に多くの方々に読んでいただく機会を得た。そのこと自体に、韓国文学の広がりを実感した。そして、今後も手にとっていただくため、このたび増補改訂の運びとなった。

増補の方向性は、まえがきの最後に書いた通りである。旧版が出た後、金源一や呉貞姫などの定評ある名作や、新しい作家たちの生き生きした作品が続々と翻訳刊行されたのは嬉しいことである。また、韓国の詩が翻訳出版される機会も増えたので、そうした成果も盛り込んである。

韓国で詩がよく読まれる理由については、ハン・ガンの詩集『引き出しに夕方をしまっておいた』（きむ ふな＋斎藤真理子訳、クオン）の巻末の対談や、『隣の国の人々と出会う――韓国語と日本語のあいだ』（創元社）などで述べたので参考にしてほしい。また、すでにその傾向は十分に見えているが、日本でも今後は現代詩への関心がいっそう高まるだろうと思う。

旧版が出た年に、ロシアによるウクライナへの侵攻が、またその後、イスラエルによるガザ侵攻という恐ろしいできごとが起き、戦争もジェノサイドも終わっていない。ハン・ガンがノーベル賞を受賞したのも、ごく単純に言えば「世界がいっそう悪くなったため」といえるのかもしれず、そう考えると心が沈む。

だが、本書の最終章に「海外文学を読むという行為そのものがおそらく、悲観とは反対の方向を向いている」と書いた二〇二二年の気持ちに変わりはない。文学書を読むことは、さまざまな土地に暮らす人たちとつながる方法の一つである。本書を読んでくださった方たちと、この小さな営みが持つ力を分け合っていきたい。

増補新版でもさまざまな方にお世話になった。特に、二〇二三年から二四年にかけて一年間実施した読書会、「沈思黙読会」の参加者及びスタッフの皆さんには、「本を読む」という行為自体に関してさまざまな示唆をいただいた。

編集の穂原俊二さん、装丁の鈴木成一さん、また旧版の三刷から帯文を寄せてくださった温又柔さん、星野智幸さん、今回新たに帯文を寄せてくださった國分功一郎さん、ありがとうございました。

二〇二四年十一月十日

斎藤真理子

韓国近現代史・関連年表

１８７６年	日朝修好条規締結
１８９４年	甲午農民戦争
１８９５年	閔妃殺害事件（乙未事変）。 下関条約（日清講和条約）に基づき朝鮮国が清から独立
１８９７年	国号を大韓帝国と改める
１９０４年	第一次日韓協約締結
１９０５年	第二次日韓協約締結〈日本が大韓帝国の外交権を掌握〉
１９０６年	韓国統監府設置〈初代総督＝伊藤博文〉
１９１０年	韓国併合
１９１９年	三・一独立運動。上海で大韓民国臨時政府（上海臨時政府）樹立
１９２９年	光州学生運動

日本近現代史・関連年表

１８６７年	大政奉還、王政復古
１８６８年	明治維新、戊辰戦争
１８７７年	西南戦争
１８８９年	大日本帝国憲法発布
１８９４年	日清戦争勃発
１８９５年	日清講和条約締結
１９０４年	日露戦争開戦
１９０５年	日露講和条約（ポーツマス条約）締結
１９０６年	南満州鉄道株式会社を設立
１９１４年	第一次世界大戦勃発
１９１８年	ドイツと連合軍の休戦協定締結
１９２３年	関東大震災、多数の朝鮮人が虐殺される
１９２５年	治安維持法成立
１９３１年	満州事変勃発
１９３７年	盧溝橋事件をきっかけに日中戦争勃発

1939年		国民徴用令公付（強制連行の開始）			
1940年		創氏改名実施、皇民化教育の強化	1941年		真珠湾攻撃により日米開戦。太平洋戦争勃発
1942年		徴兵制の実施を閣議決定	1943年		カイロ宣言〈米英中首脳による対日本方針と戦後のアジアに関する方針〉
1945年	8月15日	日本の無条件降伏により植民地支配終了決定	1945年	8月	ポツダム宣言による日本の無条件降伏が国民に発表される
	8月17日	北緯38度線を境に朝鮮半島の南側をアメリカが、北側をソ連が分割占領することが決定			
	8月24日	ソ連軍が平壌に進駐			
	9月	アメリカ軍がソウルに進駐			
	12月	米英ソ三国外相会議により、米英中ソによる最長5年間の信託統治案が合意。信託統治反対運動が始まる		12月	法改正により国政への女性参政権が認められる
1946年	1月	朝鮮共産党、信託統治支持宣言	1946年		戦後初の衆議院議員総選挙で女性が初めての投票を行い、39名の女性国会議員が誕生
	11月	南労党結成、西北青年会結成			
1947年		国連総会で国連監視下の朝鮮総選挙案採択	1947年		日本国憲法施行
1948年	4月	済州島四・三事件〈南側のみの単独選挙に反対する島民による武装蜂起〉			
	8月	李承晩を大統領とする大韓民国樹立			
	9月	金日成を首相とする朝鮮民主主義人民共和国樹立			
	10月	麗水・順天事件			
1949年		反民族行為特別調査委員会（反民特委）発足	1949年		中華人民共和国建国
1950年	6月25日	朝鮮戦争勃発	1950年		レッドパージ、警察予備隊新設
	6月28日	北朝鮮人民軍がソウルを占領			
	9月15日	アメリカ軍がマッカーサー指揮下で仁川上陸作戦敢行			
	9月28日	アメリカ、イギリス、韓国軍を中心とした国連軍がソウルを奪還			

	10月19日 中国の人民志願軍が参戦 10月20日 国連軍が平壌を占領 12月 北朝鮮人民軍、中国軍が平壌奪回		
1951年	1月 北朝鮮人民軍が再びソウルを占領 7月 休戦会談が始まる	1951年	サンフランシスコ平和条約調印 日米安全保障条約締結
		1952年	血のメーデー事件
1953年	7月27日 板門店で朝鮮戦争休戦協定調印。軍事境界線（38度線）が確定		
		1955年	日本共産党第六回全国協議会。武装闘争路線の放棄を決議
		1959年	在日朝鮮人の朝鮮民主主義人民共和国への「帰国事業」により、初の「帰国船」が新潟港を出港
1960年	四・一九革命		
1961年	朴正熙、五・一六軍事クーデターを起こす		
1963年	朴正熙が大統領に就任		
1964年	韓日会談反対デモ	1964年	東京オリンピック開催
		1965年 2月	アメリカ軍、ベトナム戦争に本格介入
1965年6月	日韓基本条約調印		
		1967年	ビアフラ戦争（ナイジェリア内戦）勃発
		1970年	大阪で日本万国博覧会開催
1972年	朴正熙が「大統領特別宣言」を発表（十月維新）	1972年	浅間山荘事件
		1973年	金大中拉致事件
1974年	朴正熙夫人、陸英修がテロにより殺害される（文世光事件）		
		1975年	北ベトナム軍のサイゴン占領により

					ベトナム戦争終結
1979年	10月	朴正煕暗殺			
	12月	全斗煥、粛軍クーデターを起こす			
1980年	5月	五・一八光州民主化運動（光州事件）			
1982年		釜山アメリカ文化センター放火事件	1982年		第一次歴史教科書問題
			1984年		NHK「アンニョンハシムニカハングル講座」スタート
			1985年		プラザ合意
			1986年	4月	男女雇用機会均等法施行
				5月	第二次歴史教科書問題
1987年		盧泰愚「六・二九民主化宣言」発表			
1988年		ソウルオリンピック開催			
1991年		国際連合に北朝鮮と同時加盟	1991年	12月6日	元慰安婦金学順さんら、日本政府に補償請求訴訟
			1992年		外国人登録法改正、指紋押捺制度廃止
1993年		金泳三、第14代大統領就任	1993年		河野洋平内閣官房長官が旧日本軍の強制連行を認める「河野談話」を発表。
1994年		聖水大橋崩落事故			
1995年		三豊百貨店崩壊事故	1995年	1月	阪神淡路大震災発生
				3月	地下鉄サリン事件
				8月	村山富市首相が日本の過去の植民地支配を公式に認める「村山談話」を発表
1996年		韓国、OECD（経済協力開発機構）に加盟			
1997年		通貨危機により韓国政府がIMF（国際通貨基金）へ支援要請	1997年	8月	永山則夫に死刑執行

1998年		金大中、第15代大統領就任			
1999年		「軍服務加算点制」が憲法裁判所の違憲判決を受け廃止			
2000年		金大中大統領が平壌を訪問、金正日と初の南北首脳会談			
2001年		IMF決済完了	2001年		アメリカ同時多発テロ事件
2002年	5月	日韓共催サッカーワールドカップ開催	2002年	5月	日韓共催サッカーワールドカップ開催
				9月	小泉純一郎首相訪朝、日朝平壌宣言に調印
2003年		盧武鉉、第16代大統領就任			
2005年		「戸主制」廃止のため戸籍法改正〈2008年施行〉			
2008年		李明博、第17代大統領就任			
2009年		龍山事件			
2010年		「女性家族部」発足			
			2011年		東日本大震災発生
2013年		朴槿恵、第18代大統領就任			
2014年		旅客船セウォル号が全羅南道珍島沖で沈没			
2016年		江南女性殺人事件	2016年		津久井やまゆり園事件
2017年	3月	憲法裁判所が朴槿恵大統領の罷免を決定、即日罷免			
	5月	文在寅、第19代大統領就任			
2018年		板門店において第三次南北首脳会談実施。「板門店宣言」署名			
			2021年		東京オリンピック開催
2022年	3月	大統領選挙において「女性家族部廃止」を掲げた尹錫悦が当選	2022年		ロシアがウクライナへの軍事侵攻開始
	5月	尹錫悦、第20代大統領就任			
2022年	10月	ソウル梨泰院雑踏事故			

2023年10月　イスラエル、ガザ侵攻

2024年10月　ハン・ガン、アジア人女性初のノーベル文学賞受賞

2024年11月　ドナルド・トランプ、アメリカ合衆国大統領に再選

本書で取り上げた文学作品

第1章　キム・ジヨンが私たちにくれたもの

・チョ・ナムジュ『82年生まれ、キム・ジヨン』（斎藤真理子訳、筑摩書房、二〇一八年）
・朴婉緒『結婚』（中野宣子訳、学芸書林、一九九二年）
・孔枝泳『サイの角のようにひとりで行け』（石坂浩一訳、新幹社、一九九八年）
・パク・ミンギュ「ビーチボーイズ」（『ダブル　サイドB』斎藤真理子訳、筑摩書房、二〇一九年所収）
・羅蕙錫「離婚告白状」（『近代韓国の「新女性」――羅蕙錫の作品世界』李相福・金華榮・神谷美穂共編著訳、渡邊澄子監修、オークラ情報サービス、二〇一〇年所収）
・キム・ヘジン『娘について』（古川綾子訳、亜紀書房、二〇一八年）

第2章　セウォル号以後文学とキャンドル革命

・キム・エラン他『目の眩んだ者たちの国家』（矢島暁子訳、新泉社、二〇一八年）
・キム・エラン「立冬」（『外は夏』古川綾子訳、亜紀書房、二〇一九年所収）
・ファン・ジョンウン「何も言う必要がない」（『ディディの傘』斎藤真理子訳、亜紀書房、二〇二〇年所収）
・金恵順『死の自叙伝』（吉川凪訳、クオン、二〇二一年）
・チェ・ウニョン「ミカエラ」（『ショウコの微笑』牧野美加・横本麻矢・小林由紀訳、吉川凪監修、クオン、二〇一八年所収）
・キム・グミ『あまりにも真昼の恋愛』（すんみ訳、晶文社、二〇一八年）
・チン・ウニョン「あの日以後」（チン・ウニョン「花も星も、沈みゆく船も、人ひとりの苦痛も――韓国詩壇の第一人者、チン・ウニョンが語る『詩の力』」吉川凪訳、『WORKSIGHT 21』コクヨ株式会社、二〇二三年所収）

第3章　IMF危機という未曾有の体験

・チョン・イヒョン「三豊百貨店」（『優しい暴力の時代』斎藤真理子訳、河出文庫、二〇二四年）所収
・キム・エラン「走れ、オヤジ殿」「コンビニへ行く」（『走れ、オヤジ殿』古川綾子訳、晶文社、二〇一七年所収）
・ファン・ジョンウン「誰が」（『誰でもない』斎藤真理子訳、晶文社、二〇一八年所収）
・パク・ミンギュ『三美スーパースターズ　最後のファンクラ

ブ』（斎藤真理子訳、晶文社、二〇一七年）
・チョン・セラン『フィフティ・ピープル』（斎藤真理子訳、亜紀書房、二〇一八年、二〇二四年に新版刊行）

第4章　光州事件は生きている

・金準泰「光州へ行く道――金準泰詩集」（金正勲訳、風媒社、二〇一八年）
・金津経「光州」（文炳蘭・李榮鎭編『日韓対訳　韓国・光州事件の抵抗詩』金正勲・佐川亜紀訳、彩流社、二〇二四年所収）
・宋基淑『光州の五月』（金松伊訳、藤原書店、二〇〇八年）
・黄皙暎『懐かしの庭』（青柳優子訳、岩波書店、二〇〇二年）
・ハン・ガン『少年が来る』（井手俊作訳、クオン、二〇一六年）
・チママンダ・ンゴズィ・アディーチェ『半分のぼった黄色い太陽』（くぼたのぞみ訳、河出書房新社、二〇一〇年）
・千雲寧『生姜』（橋本智保訳、新幹社、二〇一六年）
・パク・ソルメ「じゃあ、何を歌うんだ」（『もう死んでいる十二人の女たちと』斎藤真理子訳、白水社、二〇二一年所収）
・パク・ソルメ『未来散歩練習』（斎藤真理子訳、白水社、二〇二三年）
・チャン・ソク「五月は四十回以上わたしを起こした」（『チャン・ソク詩選集　ぬしはひとの道をゆくな』戸田郁子訳、クオン、二〇二四年所収）
・黄皙暎『たそがれ』（姜信子・趙倫子訳、クオン、二〇二一年）
・イ・ギホ『舎弟たちの世界史』（小西直子訳、新泉社、二〇二〇年）

第5章　維新の時代と『こびとが打ち上げた小さなボール』

・チョ・セヒ『こびとが打ち上げた小さなボール』（斎藤真理子訳、河出文庫、二〇二三年）
・ファン・ジョンウン『野蛮なアリスさん』（斎藤真理子訳、河出書房新社、二〇一八年）
・申京淑『離れ部屋』（安宇植訳、集英社、二〇〇五年）
・イ・ギホ「ハン・ジョンヒと僕」「ナ・ジョンマン氏のちょっぴり下に曲がったブーム」（『誰にでも親切な教会のお兄さんカン・ミノ』斎藤真理子訳、亜紀書房、二〇二〇年所収）
・石牟礼道子『苦海浄土』（講談社文庫、二〇〇四年）
・イ・チャンドン「鹿川は糞に塗れて」（『鹿川は糞に塗れて』中野宣子訳、アストラハウス、二〇二三年所収）
・チョン・イヒョン「引き出しの中の家」（『優しい暴力の時代』斎藤真理子訳、河出文庫、二〇二四年所収）※単行本二〇二〇年
・キム・ヘジン『中央駅』（生田美保訳、彩流社、二〇一九年）

第6章　「分断文学」の代表『広場』

・崔仁勲『広場』（吉川凪訳、クオン、二〇一九年）
・堀田善衞『広場の孤独　漢奸』（集英社文庫、一九九八年）
・朴婉緒『あんなにあった酸葉（すいば）をだれがみんな食べ

たのか』（真野保久・朴暻恩・李正福訳、影書房、二〇二三年）
・パク・ミンギュ『ピンポン』（斎藤真理子訳、白水社、二〇一七年）
・李清俊『書かれざる自叙伝』（長璋吉訳、泰流社、一九七八年）
・パク・ソルメ「광장（広場）」（『広場』韓国国立現代美術館編、ワークルームプレス、二〇一九年所収、未邦訳）
・キム・サグァ「광장（広場）」（『広場』韓国国立現代美術館編、ワークルームプレス、二〇一九年所収、未邦訳）
・石垣りん「崖」（『石垣りん詩集』岩波文庫、二〇一五年所収）
・崔仁勲「総督の声」「主席の声」（『広場』田中明訳、泰流社、一九七八年所収）

第7章　朝鮮戦争は韓国文学の背骨である

・チョン・ミョングァン『鯨』（斎藤真理子訳、晶文社、二〇一八年）
・金源一『冬の谷間』（尹學準訳、栄光教育文化研究所、一九九六年）
・黄晳暎『客人「ソンニム」』（鄭敬謨訳、岩波書店、二〇〇四年）
・麗羅『山河哀号』（徳間文庫、一九八六年）
・麗羅『体験的朝鮮戦争』（晩聲社、二〇〇二年）
・金史良「海がみえる」（金達寿訳、『金史良全集』第4巻、河出書房新社、一九七三年所収）
・廉想渉『驟雨』（白川豊訳、書肆侃侃房、二〇一九年）
・李範宣「誤発弾」（『王陵と駐屯軍』朴暻恩訳、凱風社、二〇一四年所収）
・李浩哲「擦り減る肌」（『板門店』姜尚求訳、作品社、二〇〇九年所収）
・李浩哲「南風北風」（姜尚求訳、『韓国の現代文学1』柏書房、一九九二年所収）
・李浩哲「非法 不法 合法」（『板門店』、作品社、二〇〇九年所収）
・黄晳暎「韓氏年代記」（『客地ほか五篇』高崎宗司訳、岩波書店、一九八六年所収）
・尹興吉『長雨』（姜舜訳、東京新聞出版局、一九七九年）
・尹興吉『母（エミ）』（安宇植訳、新潮社、一九八二年）
・韓勝源『塔』（安宇植・安岡明子訳、角川書店、一九八九年）
・朴婉緒『あの山は本当にそこにあったのか』（真野保久・朴暻恩・李正福訳、影書房、二〇二三年）
・朴婉緒「겨울의 나들이（冬の外出）」（『朴婉緒短編小説全集2』文学トンネ、一九九九年所収、未邦訳）
・金源一『深い中庭のある家』（吉川凪訳、クオン、二〇二二年）
・呉貞姫「幼年の庭」（『幼年の庭』清水知佐子訳、クオン、二〇二四年所収）
・黄順元「曲芸師」（『韓国短篇小説選』三枝壽勝訳、岩波書店、一九八八年所収）

・黄順元『木々、坂に立つ』(白川豊訳、書肆侃侃房、二〇二二年)
・孫昌渉「雨日和」(『韓国文学の源流短編選4　1946-1959　雨日和』カン・バンファ訳、書肆侃侃房、二〇二三年所収)
・孫昌渉「生活的」(『韓国短篇小説選』長璋吉訳、岩波書店、一九八八年所収)
・朴景利「不信時代」(『韓国文学の源流短編選4　1946-1959　秋日和』オ・ファスン訳、書肆侃侃房、二〇二三年所収)
・金東里「興南撤収」(『韓国短篇小説選』長璋吉訳、岩波書店、一九八八年所収)
・韓雪野『大同江』(李殷直訳、東方社、一九五五年)
・鄭芝溶『むくいぬ――鄭芝溶詩選集』(吉川凪訳、クオン、二〇二一年)
・パク・ミンギュ「膝」(『ダブル　サイドB』斎藤真理子訳、筑摩書房、二〇一九年所収)
・ファン・ジョンウン「d」(『ディディの傘』斎藤真理子訳、亜紀書房、二〇二〇年所収)
・茨木のり子「パリロ」(『ハングルへの旅』朝日文庫、一九八九年所収)
・小林勝「架橋」(『コレクション　戦争と文学1　朝鮮戦争』集英社、二〇一二年所収)
・江島寛「突堤のうた」(『コレクション　戦争と文学1　朝鮮戦争』集英社、二〇一二年所収)
・井上光晴『荒廃の夏』(角川文庫、一九八〇年)
・井上光晴『他国の死』(講談社文庫、一九七三年)
・ファン・ジョンウン『年年歳歳』(斎藤真理子訳、河出書房新社、二〇二二年)
・李清俊『うわさの壁』(吉川凪訳、クオン、二〇二〇年)
・キム・ヨンス「不能説(ブーヌンシュオ)」(『ぼくは幽霊作家です』橋本智保訳、新泉社、二〇二〇年所収)
・ソン・ホンギュ『イスラーム精肉店』(橋本智保訳、新泉社、二〇二二年)
・申京淑『父のところに行ってきた』(姜信子・趙倫子訳、アストラハウス、二〇二三年)
・ト・ミョンハク他『越えてくる者、迎えいれる者――脱北作家・韓国作家共同小説集』(和田とも美訳、アジアプレス出版部、二〇一七年)
・チョン・スチャン『羞恥』(斎藤真理子訳、みすず書房、二〇一八年)
・チョ・ヘジン『ロ・ギワンに会った』(浅田絵美訳、新泉社、二〇二四年)

第8章　「解放空間」を生きた文学者たち

・李泰俊「解放前夜」(『現代朝鮮文学選2』田中明訳、創土社、

一九七四年所収）
・蔡萬植「民族の罪人」（『太平天下』布袋敏博・熊木勉訳、平凡社、二〇〇九年所収）
・中野重治「村の家」（『村の家・おじさんの話・歌のわかれ』講談社文芸文庫、一九九四年所収）
・玄基榮『順伊おばさん』（金石範訳、新幹社、二〇一二年）
・金石範『鴉の死・夢、草深し』（小学館文庫、一九九九年）
・尹紫遠・宋恵媛『越境の在日朝鮮人作家尹紫遠の日記が伝えること――国籍なき日々の記録から難民の時代の生をたどって』（琥珀書房、二〇二二年）
・尹紫遠『在日朝鮮人作家　尹紫遠未刊行作品選集』（琥珀書房、二〇二二年）
・宋恵媛・望月優大『密航のち洗濯　ときどき作家』（田川基成写真、柏書房、二〇二四年）
・趙廷來『太白山脈』（尹學準監修、川村湊校閲、筒井真樹子、安岡明子、神谷丹路、川村亜子訳、ホーム社、一九九九～二〇〇〇年））
・鄭智我『歳月』（橋本智保訳、新幹社、二〇一四年）
・チョン・ジア『父の革命日誌』（橋本智保訳、河出書房新社、二〇二四年）
・ハン・ガン『別れを告げない』（斎藤真理子訳、白水社、二〇二四年）

終章　ある日本の小説を読み直しながら

・柴田翔『されど われらが日々――』（文春文庫、二〇〇七年）
・森まゆみ「私の知らない、あの季節」（『深夜快読』筑摩書房、一九九八年所収）
・柴田翔「集団疎開まで」「〈Not for sale〉――神田・秋葉原再見」（『記憶の街角 遇った人々』筑摩書房、二〇〇四年所収）
・山川方夫「その一年」（『愛のごとく』講談社文芸文庫、一九九八年所収）
・田久保英夫「深い河」（『深い河・辻火』講談社文芸文庫、二〇〇四年所収）
・ハン・ガン「明るくなる前に」（『回復する人間』斎藤真理子訳、白水社、二〇一九年所収）
・ファン・ジョンウン『百の影』（オ・ヨンア訳、亜紀書房、二〇二三年）
・朴婉緒「空港で出会った人」（『韓国短篇小説選』三枝壽勝訳、岩波書店、一九八八年所収）
・シン・ヒョンチョル「인생의 책 베스트5（人生の本ベスト5）」（『슬픔을 공부하는 슬픔（悲しみを勉強する悲しみ）』ハンギョレ出版、二〇一八年所収、未邦訳）

あとがき

・呉圭原『呉圭原詩選集 私の頭の中まで入ってきた泥棒』（吉川凪訳、クオン、二〇二〇年）
・チョン・セラン『フィフティ・ピープル』（斎藤真理子訳、亜紀書房、二〇一八年）

主要参考文献（文学作品を除く）

全体に関わる参考文献

・波田野節子・きむ ふな・斎藤真理子編著『韓国文学を旅する60章』（明石書店、二〇二〇年）
・権寧珉編著『韓国現代文学大事典』（田尻浩幸訳、明石書店、二〇一二年）
・金哲『植民地の腹話術師たち――朝鮮の近代小説を読む』（渡辺直紀訳、平凡社、二〇一七年）
・李光鎬編『韓国の近現代文学』（尹相仁・渡辺直紀訳、法政大学出版局、二〇〇一年）
・文京洙『新・韓国現代史』（岩波新書、二〇一五年）
・徐仲錫『韓国現代史60年』（文京洙訳、明石書店、二〇〇八年）
・木村幹『韓国現代史』（中公新書、二〇〇八年）
・木宮正史『日韓関係史』（岩波新書、二〇二一年）
・小山内園子『〈弱さ〉から読み解く韓国現代文学』（NHK出版、二〇二四年）
・崔誠姫『女性たちの韓国近現代史――開国から「キム・ジヨン」まで』（慶應義塾大学出版会、二〇二四年）
・朴來群『韓国人権紀行――私たちには記憶すべきことがある』（真鍋祐子訳、高文研、二〇二二年）

第1章　キム・ジヨンが私たちにくれたもの

・キム・グミ他『クオンインタビューシリーズ02 韓国の小説家たちⅡ』（すんみ他訳、クオン、二〇二一年）
・伊東順子『韓国 現地からの報告』（ちくま新書、二〇二〇年）
・伊東順子『韓国カルチャー――隣人の素顔と現在』（集英社新書、二〇二二年）
・春木育美『韓国社会の現在』（中公新書、二〇二〇年）
・タバブックス編『韓国フェミニズムと私たち』（タバブックス、二〇一九年）
・イ・ヨンソク『兵役拒否の問い――韓国における反戦平和運動の経験と思索』（森田和樹訳、以文社、二〇二三年）
・権金炫怜・鄭喜鎭・棡砦昀・ルイン『#MeTooの政治学――コリア・フェミニズムの最前線』（申琪榮監修、金李イスル訳、大月書店、二〇二一年）
・追跡団火花『n番部屋を燃やし尽くせ』（米津篤八・金李イスル訳、光文社、二〇二三年）
・熱田敬子・金美珍・梁・永山聡子・張瑋容・曹曉彤編著『ハッ

シュタグだけじゃ始まらない――東アジアのフェミニズム・ムーブメント』（大月書店、二〇二二年）

第2章　セウォル号以後文学とキャンドル革命

・ウ・ソックン『降りられない船――セウォル号沈没事故からみた韓国』（古川綾子訳、クオン、二〇一四年）
・伊東順子『韓国　現地からの報告』（ちくま新書、二〇二〇年）
・キム・イェスル、キム・ジェヒョン、パク・ノへ『写真集キャンドル革命――政権交代を生んだ韓国の市民民主主義』（白石孝日本語版監修・解説、韓興鉄・青柳優子ほか訳、コモンズ、二〇二一年）

第3章　IMF危機という未曾有の体験

・対談「怒りの声、絶望の創造力」ファン・ジョンウン×斎藤真理子（『文藝』二〇一八年八月号所収）
・対談「韓国の〝異端児〟が生まれるまで」パク・ミンギュ×斎藤真理子（『すばる』二〇一八年五月号所収）

第4章　光州事件は生きている

・古川美佳『韓国の民衆美術（ミンジュン・アート）――抵抗の美学と思想』（岩波書店、二〇一八年）
・黄皙暎『囚人――黄皙暎自伝Ⅰ・Ⅱ』（舘野皙・中野宣子訳、明石書店、二〇二〇年）
・黄皙暎、全南社会運動協議会『全記録光州蜂起80年5月――虐殺と民衆抗争の10日間』（光州事件調査委員会訳、柘植書房新社、二〇一八年）
・韓洪九「光州民衆抗争と死の自覚」（『創作と批評』二〇一〇年夏号所収）
・金東椿『이것은 기억과의 전쟁이다（これは記憶との戦争だ）』（未邦訳、サゲジョル、二〇一三年）
・真鍋祐子『増補 光州事件で読む現代韓国』（平凡社、二〇一〇年）

第5章　維新の時代と『こびとが打ち上げた小さなボール』

・韓洪九『倒れゆく韓国――韓洪九の韓国「現在史」講座』（米津篤八訳、朝日新聞出版、二〇一〇年）
・韓洪九『韓国・独裁者のための時代――朴正熙「維新」が今よみがえる』（李泳采監訳、佐相洋子訳、彩流社、二〇一五年）
・村松武司「興南から水俣への巨大な連鎖」（『増補 遥かなる故郷――ライと朝鮮の文学』（皓星社、二〇一九年所収）
・児玉隆也「「チッソだけが、なぜ」『淋しき越山会の女王他六編』（岩波現代文庫、二〇〇一年所収）
・加藤圭木「水俣から朝鮮へ――植民地下の反公害闘争」『紙に描いた「日の丸」――足下から見る朝鮮支配』（岩波書店、二〇二一年所収）
・サイモン・アヴェネル「方法としての環境アクティヴィズム

――日本の人間中心的環境主義」（大崎晴美訳、『Jun Cture 超越的日本文化研究』第8号、名古屋大学「アジアの中の日本文化」研究センター、二〇一七年所収）
・石坂浩一「金芝河と日韓連帯運動を担ったひとびと」（杉田敦編『ひとびとの精神史第6巻 日本列島改造――1960年代』、岩波書店、二〇一六年所収）

第6章 「分断文学」の代表『広場』

・千々和泰明『戦争はいかに終結したか』（中公新書、二〇二一年）
・『韓国四月革命――民族統一への序曲』（『韓国四月革命』刊行委員会編訳、柘植書房新社、一九七七年）
・韓洪九『韓国スタディーツアー・ガイド』（崔順姫・韓興鉄訳、彩流社、二〇二〇年）
・竹内好「民族的なもの」と思想――六〇年代の課題と私の希望」（『竹内好全集』第九巻、筑摩書房、一九八一年所収）
・日高六郎「四・一九と六・一五」『戦後思想を考える』（岩波新書、一九八〇年所収）
・崔銀姫『韓国のミドルクラスと朝鮮戦争――転換期としての1990年代と「階級」の変化』（明石書店、二〇二一年）
・岩崎稔・上野千鶴子・北田暁大・小森陽一・成田龍一編著『戦後日本スタディーズ② 60・70年代』（紀伊國屋書店、二〇〇九年）
・栗原彬編『ひとびとの精神史第3巻 六〇年安保――1960年前後』（岩波書店、二〇一五年）
・長璋吉「続・崔仁勲の小説について」（『韓国小説を読む』草思社、一九七七年所収）

第7章 朝鮮戦争は韓国文学の背骨である

・キム・ソヨン『子どもという世界』（オ・ヨンア訳、かんき出版、二〇二三年）
・金東椿『朝鮮戦争の社会史――避難・占領・虐殺』（金美恵・崔真碩・崔徳孝・趙慶喜・鄭栄桓訳、平凡社、二〇〇八年）
・金聖七『ソウルの人民軍――朝鮮戦争下に生きた歴史学者の日記』（李男徳・舘野晳訳、社会評論社、一九九六年）
・和田春樹『朝鮮戦争全史』（岩波書店、二〇〇二年）
・和田春樹・孫崎享・小森陽一『朝鮮戦争70年』（かもがわ出版、二〇二〇年）
・藤原和樹『朝鮮戦争を戦った日本人』（NHK出版、二〇二〇年）
・西村秀樹『朝鮮戦争に「参戦」した日本』（三一書房、二〇一九年）
・金賛汀『在日義勇兵帰還せず――朝鮮戦争秘史』（岩波書店、二〇〇七年）
・金大中『金大中自伝（I）死刑囚から大統領へ――民主化への道』（波佐場清・康宗憲訳、岩波書店、二〇一一年）
・木宮正史『日韓関係史』（岩波新書、二〇二一年）
・益田肇『人びとのなかの冷戦世界』（岩波書店、二〇二一年）

・五郎丸聖子『朝鮮戦争と日本人』(クレイン、二〇二一年)
・中上健次・尹興吉『東洋に位置する——対談』(作品社、一九八一年)
・五百旗頭真『米国の日本占領政策——戦後日本の設計図 下』(中央公論社、一九八五年)
・竹前栄治『占領戦後史』(岩波現代文庫、二〇〇二年)
・徳川夢声『夢声戦争日記 抄——敗戦の記』(中公文庫、二〇〇一年)
・原佑介『禁じられた郷愁——小林勝の戦後文学と朝鮮』(新幹社、二〇一九年)
・道場親信『下丸子文化集団とその時代——一九五〇年代サークル文化運動の光芒』(みすず書房、二〇一六年)
・テッサ・モーリス-スズキ編『ひとびとの精神史第2巻 朝鮮の戦争——1950年代』(岩波書店、二〇一五年)
・高橋和巳「荒廃する状況にメス」(『井上光晴新作品集1』月報、勁草書房、一九六九年)
・岩崎稔・上野千鶴子・北田暁大・小森陽一・成田龍一編著『戦後日本スタディーズ① 40・50年代』(紀伊國屋書店、二〇〇九年)

第8章 「解放空間」を生きた文学者たち

・崔章集『民主化以後の韓国民主主義』(磯崎典世・出水薫・金洪楹・浅羽祐樹・文京洙訳、岩波書店、二〇一二年)
・文京洙『済州島四・三事件——「島のくに」の死と再生の物語』(岩波現代文庫、二〇一八年)
・梁聖宗・金良淑・伊地知紀子編著『済州島を知るための55章』(明石書店、二〇一八年)
・金石範・金時鐘著、文京洙編『増補 なぜ書きつづけてきたか なぜ沈黙してきたか——済州島四・三事件の記憶と文学』(平凡社ライブラリー、二〇一五年)
・李泰『南部軍——知られざる朝鮮戦争』(安宇植訳、平凡社、一九九一年)
・真鍋祐子『自閉症者の魂の軌跡——東アジアの「余白」を生きる』(青灯社、二〇一四年)

終章 ある日本の小説を読み直しながら

・道場親信『占領と平和——〈戦後〉という経験』(青土社、二〇二一年)
・ジョン・ダワー『増補版 敗北を抱きしめて 下』(三浦陽一・高杉忠明・田代泰子訳、岩波書店、二〇〇四年)
・喜多由浩『『イムジン河』物語——〝封印された歌〟の真実』(アルファベータブックス、二〇一六年)

斎藤真理子（さいとう・まりこ）

1960年新潟市生。翻訳者、ライター。

主な訳書に、パク・ミンギュ『カステラ』（ヒョン・ジェフンとの共訳／クレイン）、チョ・セヒ『こびとが打ち上げた小さなボール』（河出文庫）、チョ・ナムジュ『82年生まれ、キム・ジヨン』（ちくま文庫）、ハン・ガン『すべての、白いものたちの』（河出文庫）、チョン・セラン『フィフティ・ピープル』（亜紀書房）、チョン・ミョングァン『鯨』（晶文社）、ファン・ジョンウン『ディディの傘』（亜紀書房）、パク・ソルメ『未来散歩練習』（白水社）、李箱『翼――李箱作品集』（光文社古典新訳文庫）、ハン・ガン『別れを告げない』（白水社）など。

著書に『本の栞にぶら下がる』（岩波書店）、『曇る眼鏡を拭きながら』（くぼたのぞみとの共著、集英社）、『隣の国の人々と出会う――韓国語と日本語のあいだ』（創元社）。

共編著に『韓国文学を旅する60章』（波田野節子・きむ ふなとの共編著、明石書店）。

2015年、『カステラ』で第一回日本翻訳大賞受賞。

増補新版　韓国文学の中心にあるもの

二〇二五年　一月二三日　第一刷発行
二〇二五年　三月一五日　第二刷発行

著者　斎藤真理子
編集発行人　穂原俊二
発行所　株式会社イースト・プレス
〒一〇一‐〇〇五一
東京都千代田区神田神保町二‐四‐七　久月神田ビル
電話　〇三‐五二一三‐四七〇〇
ファクス〇三‐五二一三‐四七〇一
https://www.eastpress.co.jp
印刷所　中央精版印刷株式会社

ISBN978-4-7816-2416-7 C0095